大 美 中 国

杏花春雨江南

诸荣会 著 云南民族出版社

图书在版编目（ＣＩＰ）数据

杏花春雨 / 诸荣会著. -- 昆明：云南民族出版社，
2014.4
（大美中国）
ISBN 978-7-5367-6087-5

Ⅰ. ①杏… Ⅱ. ①诸… Ⅲ. ①散文集－中国－当代
Ⅳ. ①I267

中国版本图书馆 CIP 数据核字(2014)第 044797 号

书名	杏花春雨
作者	诸荣会著

策划	高力青 赵和平
主编	柳 岸
责任编辑	李福春 杨浩林
责任校对	张京宁
装帧设计	吴楚人
出版发行	云南民族出版社
	（昆明市环城西路 170 号云南民族大厦 5 楼　邮编：650032）
邮　箱	ynbook@vip.163.com
印　制	南京汇文印刷有限责任公司
开　本	787mm×1092mm　1 / 16
印　张	17.5
字　数	280 千
版　次	2014 年 3 月第 1 版
印　次	2014 年 3 月第 1 次
印　数	1～5000
定　价	32.8 元
书　号	ISBN 978-7-5367-6087-5 / I·1162

总序

美丽中国！中国美丽！

这种美只能是一种大美，一种大气、大化、大写之美：既有杏花春雨的优美，又有骏马西风的壮美；既有肃穆山岳的静美，又有奔腾江河的流美；既有高楼广宇的华美，又有边村野寨的淳美；既有椰林蕉风的自然美，又有秦关汉月的人文美；既有古色古香的经典美，又有日新月异的时尚美；既有乡风民俗的人情美，又有大餐小吃的风味美……不同美的形态，体现了不同的文化特征；不同的文化特征，又造就了不同的文化地域：江南、西北、塞外、中原、湖湘、岭南、青藏、川渝、皖赣、齐鲁……大体上便组成了中国的文化地域版图。

深入中国的文化地域版图，了解不同地域的文化，或许是我们许多人都有的愿望，因为中国文化的这条大河虽然宽阔而绵长，但它毕竟是由一条条支流汇集而成的，唯有深入这些支流，才能了解中国文化的来龙，当然也更能把握其去脉，以及其特质、品位和优势，以至懂得如何珍惜，如何利用，如何发展。

因为是深入支流，自然面临的或许是更小的支流，甚至是一条条文化的毛细血管，所以我们选择以散文的语体来叙写——唯有散文的语体，可以或记叙，或描写，或议论，或抒情，使作者自由书写、多方地揭示；唯有散文语体，最平实，最亲切，最生动，最自然，使读者可读、可感、可思、可叹；唯有散文语体最能与实地印证,与实物比读,与实景对照,使读者"读万卷书"后,方便"行万里路"。

本丛书的十位作家,都是生活在各文化地域中的一流实力散文家,老、中、青三代,各书都是他们有关本地域文化散文的精品力作。全书采用图文并茂的版式,精编精印,以期为读者提供一套精品文化读物。

我们期望你通过本书的阅读,能更加了解"中国的美丽",进而更加热爱"美丽的中国";

我们期望你读完放下本书后,能走出书斋,就此踏上人生"行万里路"的征程,去追寻更广阔的世界;

我们期望再次回到现实的你,能为自己的人生书写出更丰富,更美丽的篇章,也为"美丽中国"增添上新的美丽。

柳 岸

2014年3月20日

目 录

风景风物 *之美*

　　好风景往往便是好山水，但江南的山或许在北方人和西部人眼中压根儿就算不得山。孔子说"登泰山而小天下"，江南无泰山可登，好在江南人还可登楼临水，所以江南人的目光一样可以雄视天下穿越古今，因为江南的那些阁楼除了有空间的高度，更有时间的高度和文化的高度，何况他们面临着的是水——水给了江南人特有的智慧——智者乐水！

风月风华 *之美*

　　江南多烟柳画桥，江南多杏花春雨，江南自然也便多风花雪月的故事，那些故事中的人儿，虽然使得江南这块本来就很柔软的土地更加柔软，但有时却在他们的身后长出几株坚挺的箭兰和刚劲的翠竹，终使得这块土地上的文化多彩而又多元。于是，没来过这块土地上的人对她更加向往，来过的人离开后对她更加牵魂，总之，这块土地便成了中国人的"梦里故乡"，任人梦之、忆之。

风雨风烟 *之美*

　　石拱桥是江南最典型的造型吗？那一座座石拱桥驮走了江南多少风雨？请看一看阳光下那些面朝黄土背朝天的造型！那一条条小河流去了江南多少岁月？请问一问那些朝天的脊背上又流过多少汗水！江南的味道中，也沉淀着风雨的凄楚、汗水的苦涩和岁月的艰辛。

风流风骨 *之美*

当别处的人们一心一意用青铜铸造着精美、豪华与排场时，那里的人们一不小心却用青铜铸造出了"吴王金戈越王剑"，也铸造出了"男儿何不带吴钩"的典故；当易水之滨的荆轲吟唱"风萧萧兮易水寒"时，被专诸一刀毙命的王僚，墓上的荒草已不知青了又黄黄了又青多少回了；当外族的铁蹄携着大漠雄风一路南下时，那里人的头在"留发不留头，留头不留发"告示前昂得老高老高……

风俗风味 *之美*

那里的人爱吃酸，更爱吃甜，那里人的每一个日子便也酸里带甜，甜中夹酸了；那里的土地都浸泡在水里，那里人的生活便也如流水一般，明净而悠长了。你听过隔着雕花窗格传出的子落棋盘的声响吗？那是诗意生活平平仄仄的韵脚。你见过变幻在水巷墙壁上水流与波浪的影子吗？那是画意人生朦朦胧胧的境界。你闻过那将诗情画意与烟火气息一起升起的炊烟的味道吗？那是生活将自身的五味杂陈给这片多情的土地。

风景风物 之 美

好风景往往便是好山水，
但江南的山或许在北方人和西部人
眼中压根儿就算不得山。
孔子说"登泰山而小天下"，
江南无泰山可登，
好在江南人还可登楼临水，
所以江南人的目光一样可以雄视天下
穿越古今，因为江南的那些阁楼
除了有空间的高度，
更有时间的高度和文化的高度，
何况他们面临着的是水——
水给了江南人特有的智慧——
智者乐水！

穿越时空的辉煌

一

南京阅江楼

脚下屋舍俨然，竹树浮烟；天边寒水苍茫，长河落日……这是十多年前的一个傍晚，我第一次独自登上滕王阁放眼所及的景象。这样的景象是画，更是诗！

后来，我又陆续登上过岳阳楼、黄鹤楼，以及南京的阅江楼、镇江的芙蓉楼、金华的八咏楼、九江的浔阳楼等，发现这一景象竟几乎为所有江南名楼所共有。我想这大概就是江南名楼多名作（诗、文）的原因吧！

是的，名楼必有名作，但究竟是诗（文）因楼而名，还是楼因诗（文）而存，事实上很难说清，因此，当我一次次登临这些名楼时，总禁不住会在心中默默诵读那些名作，以至于常常很难说清自己的登临究竟是为了诵诗（文）还是为了登楼。

"山口多关隘，水口多楼阁。"江南多水，因此江南的楼也多。北方当然也有水，因此北方也有楼，但北方的楼比北方的关隘少多了。在北方，那些一夫当关万夫莫开的地方，大多都被筑上了关隘，自然也就很少再有建筑楼阁的空地儿了。细数下来，北方也就只有一座曾见证着"白日依山尽，黄河入海流"的鹳鹊楼历史上与江南楼宇一比过高低，只是今天，那鹳鹊楼早已与那颗鹳鹊一样，被历史的烟尘湮没在时间的深处了，而不像江南的那些著名楼阁，其绰约的丰姿至今还屹立在江南的青山绿水间。

在江南，那些本也可用来筑关隘的地方，江南人都大多把它筑上了楼阁，以至于在今天，江南能与北方关隘一比丰姿的建筑，唯有青山绿水间的那些凌空欲飞的古老楼阁。它们是江南的标志，也是江南的骄傲。

二

关隘是北方建筑的骄傲！

今天，虽然那一座座被遗落在荒原之上沐浴着黄沙夕阳的大小关隘，早已失去了它们往日的雄风，也失去了它们的实用价值，然而当年，它们像一道道分水岭，一边是鼓角铮鸣，一边是羌笛胡笳；一边是黄沙漫漫，一边是炊烟袅袅；一边是金戈铁马，一边是黄盖塞道……一旦没有了它们，甚至只要它们稍有豁缺，一切就会漫溢，就会碰撞，就会厮杀，就会乱套，就会不可收拾。它们的重要性和实用性都是那么的一目了然，那么的惊心动魄，那么的看得见又摸得着。因此，无论何时人们都不敢放松对它们的修建和加固，只要觉得需要，工程就会立即展开，不会等待日子，不会选择时间，不会因为关外和关内的风声紧、雨声大、雷声响而稍有放弃和放松，甚至，越是这样的时候越是要修得紧建得急。一旦工程竣工，无

滕王阁

需剪彩，无需庆祝，无需请一位文坛巨擘写出一篇文采飞扬的记或一首激情四射的诗，便立即投入使用，立即闲人莫近，立即森严壁垒……总之，关隘的修筑与诗文无关，有关的只有刀枪，只有攻守，只有城毁关破、血肉横飞……

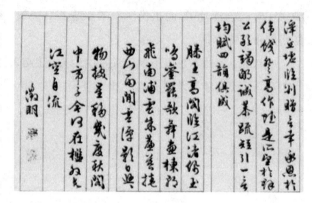

文征明书滕王阁序

然而，楼阁——那种用飞檐斗拱搭建起来的独特建筑，一看那气宇轩昂、华而不实的外表，就可知当初建造它们就不是为了实用，至少主要不是为了实用！

滕王阁的初建，那是滕王李元婴为了宴筵歌舞、寻欢作乐；岳阳楼，其初建情形今已实难考明，但它最有名的一次重建，说穿了只是巴陵太守滕子京的一个政绩工程而已——这一点范仲淹在《岳阳楼记》中写得清清楚楚。至于黄鹤楼，尽管有历史学家考证出，它的原址之上曾有过一座于三国吴黄武二年（公元223年）建成的军事瞭望楼，但是人们似乎更愿意从一个传说去揣摩其中的真真假假的来历：传说很久很久以前，在武昌蛇山之巅，有一辛氏妇人开酒店一间，一道士每日来店喝酒就是不给酒钱，但辛氏每日一如既往地给他喝，终于有一天，道士要云游天下去了，临行前为感谢辛氏的千杯之恩，在酒店壁上画黄鹤一只，并告辛氏，只要有客来店喝酒，它就能起舞助兴。道士走后，一切果如他言，酒店因之宾客盈门，生意兴隆。十年已过，一日道士复来，骑上黄鹤，取笛吹奏，黄鹤便载着道士直上云天而去。辛氏至此才知，那位道士原是一位仙人，为了纪念帮她致富的仙翁，辛氏便在酒店原址建楼一座，并取名"黄鹤楼"……

江南最著名的三座楼宇——建造它们，原来只是为了吃喝玩乐，为了显示政绩，为了美丽传说。其他名楼建造的原因和目的，想来也会类似于这些吧！这如果照直了说还真是有点不好听，不过总可以说得冠冕堂皇些，这就是它们都是文化工程。

因此，我们完全可以说，江南名楼的建筑目的不乏轻佻，建筑动议不乏轻率，甚至建筑本身也不乏轻巧。好在它们一旦建成，其时空高度实际上便与这一切无关了。

三

在众多的江南名楼中，若问时空高度谁为最，那毫无疑问一定是岳阳楼。然而重修岳阳楼的滕子京实际上是一个为政不廉的十足贪官。

范仲淹在《岳阳楼记》开篇写道："庆历四年春，滕子京谪守巴陵郡。"那么滕子京究竟是为什么"谪守巴陵郡"的呢？我们见过太多古代名人的被贬，其原因常常不是皇帝昏庸，就是小人陷害，或是自身的刚正不阿，然而滕子京的被贬原因并不是这些，而是因为他为官不洁。据司马光的《涑水记闻》记载，宋仁宗庆历年初，滕子京任泾州知府，任上竟"用公使钱无度"，正是为此，他"为台谏所言，朝廷遣使者鞫之"，也就是被人举报，朝廷派人来审查。不过，他一听到这个消息，便将所有账单票据全部销毁，使"使者至，不能案，朝廷落职徙知岳州"。在没有证据的情况下，朝廷难以给他定罪处罚，但又不能不有所警告，于是将他从繁华的泾州调到偏僻的巴陵。

滕子京在岳阳到底又怎样呢？如果他能就此思过改正，洁身自好，并且用实际行为为当地老百姓干点实事——或像白居易、苏东坡被贬杭州，兴修水利，或像韩愈、柳宗元被贬岭南兴教办学，最起码得常常问问桑麻，多关心些百姓疾苦，那

岳阳楼

么我们也应该对他表示敬意，然而，事实上他并非如此。相反，他上任伊始，便大搞基本建设，大修形象工程，即重修岳阳楼。他之所以选择这个项目，目的有二：一是给几个达官贵人、土豪乡绅（当然也为自己）建造一个饮酒作乐，玩赏风景的地方，并借此讨好他们；二是借这个工程项目拿回扣捞银子。而且这一次，滕子京汲取了在泾州时的教训，其贪污手段变得更为高明。他"修岳阳楼，不用库钱，不

敛于民"，而是出了一张布告，让那些债主们将多年催讨不回的陈年旧账的借债人报给他，由他派人追讨，而讨得的钱"献给"官府重修岳阳楼。那些债，反正老讨不回，债主们卖乖讨好，自然乐意。借债人惧怕官府，无可奈何只好交钱。就这样，滕子京"所得万缗，置库于厅侧，自掌之，不设主典案籍"，也就是，他不设经理，不设会计，自己掌管着这笔钱，既当经理又当会计，甚至还当修楼的包工头。最后，由于这钱既不是百姓所交，也不是国库所拨，本来关注的人就不多，再加上他毕竟把岳阳楼修得雄伟壮丽、金碧辉煌，自然是"州人不以为非，皆称其能"——这也就是范仲淹笔下巴陵郡的"政通人和，百废俱兴"！

当然，有人指出这都是司马光对滕子京的诬蔑，理由是司马光是范仲淹与滕子京的政敌，并由此推定，他笔下的文字不会是客观事实。此话有一定道理。但是如果说政敌的文字就不符合客观事实，那么作为政友的范仲淹笔下的文字就一定符合客观事实吗？或许二人笔下都有言过其实之处——司马光言重了，范仲淹言美了！不是吗，还是让我们再来读一读《岳阳楼记》的开笔文字吧："庆历四年春，滕子京谪守巴陵郡，越明年，政通人和，百废俱兴，乃重修岳阳楼。"按范仲淹的说法，仅仅只一年工夫，庄稼只收获了一季，这在以农业经济为基础的时代，滕子京便让一个原本不怎么样的巴陵郡"政通人和""百废俱兴"了，想想这可能吗——也许这正是文章大家范仲淹的春秋笔法吧！

然而，本文重点要说的是岳阳楼，滕子京与岳阳楼的关系无非是他重修过它，除此以外，他到底是个怎样的人与岳阳楼本身实际上并无多大关系，当然，他的形象若光辉些，或许能让岳阳楼有所增色，但即使他是个小人，又能让岳阳楼失色吗？好像并不能，且事实上也确实如此。

如果说建造岳阳楼的滕子京到底是个怎样的人物还有争议，那么建造滕王阁的李元婴却是个毫无争议的十足混王。无论是《新唐书》还是《旧唐书》关于他的记载大体相同，都说他"骄纵逸游，狎昵厮养"；"时方农要，屡出畋游"；"凝寒方甚，以雪埋人"；"巡省部内，从民借狗求置"；"以丸弹人，观其走避为

董其昌书《岳阳楼记》

乐";"贪财好色,逼淫官眷,摔辱下吏,所过为害"。

然而,滕王阁与滕王的关系,除了它是他最初修建,并以他名为阁名外,还有什么呢?事实上他的恶行同样也不会使滕王阁有丝毫的失色。

与岳阳楼最无法分割的是《岳阳楼记》,是其中"先天下之忧而忧,后天下之乐而乐"的人生浩叹。有此,岳阳楼就将永远屹立于洞庭之滨,屹立于天地之间,屹立于人们的心中。因为有《岳阳楼记》,所以我们今天登临的岳阳楼,虽然是明清重新修建的——滕子京建造的岳阳楼早在明崇祯十一年(公元1639年)就被战火烧毁了,但今天的岳阳楼不但与滕子京的那座岳阳楼本质上并无区别,甚至与历史上任何一座岳阳楼本质上都无区别。

滕王阁也一样,今天的滕王阁也不是滕王李元婴

滕子京画像

建造的那一座,但因为有《滕王阁序》,它便同样与李元婴的那一座,与历史上的任何一座并无区别。

黄鹤楼呢,人们为什么总不相信它曾是一个军事瞭望台,而确信它就是那位骑鹤而去的仙人所留下的胜迹?因为再坚固的军事设施总会被毁灭,而传说中的楼宇是永远也不会倒塌的,因为那已是一种文化;再则,若不相信那传说,崔颢又怎么能写出"昔人已乘黄鹤去,此地空余黄鹤楼"呢?而如果没有了崔颢的这一首被誉为"唐人七律第一"的诗,黄鹤楼能屹立到如今吗?

一座楼宇,只要有了属于自己的文化,它们的辉煌将穿越时空而成为永恒。

土木结构的江南名楼,最后的时空高度实际上是要用文化来封顶的!

四

在江南名楼中,南京的阅江楼是最为奇怪的一座,奇怪在它开工后便停了工,且一停就是600多年,使它一直只是一座子虚乌有的楼宇。然而它又的确很有名,有名到什么程度呢?一是有人将它与黄鹤楼、岳阳楼和滕王阁一起并称为"江南四大名楼",二是在从前中国读书人人人必读的《古文观止》中也有一篇《阅江

楼记》，作者是元末明初著名的文学家宋濂。

有记无楼，这不是很奇怪吗？

何以如此？

据说朱元璋当年曾在南京城北卢龙山大败
陈友谅，为了纪念此战役，他在称帝后，于洪武七
年（公元1374年）下令在此山上建一楼阁，亲自命
名为阅江楼，并令在朝的文臣职事，各写一篇《阅
江楼记》。虽然此时的阅江楼还子虚乌有，凭空作
记实在是个难题，但大臣们又岂敢怠慢，纷纷为
那座还是子虚乌有的阅江楼写起了记文，这样写
出的记文质量可想而知，基本上只会有被历史淹
没的份儿。但难能可贵的是，著名文学家、时任翰
林大学士的宋濂还是写出了一篇很不错的文章。

朱元璋画像

此时阅江楼工程也开工了，朱元璋动用服刑的囚犯，先在山顶修建了一个建
楼用的"平砥"，然后就此便停了工。为了解释，朱元璋亲笔写了一篇《又阅江楼
记》，他的这篇大作今天从有关史料中能够查得，这使得我们可以知道他所说的
停建原因：原来是上天托梦给他了，叫他不要急于建阅江楼，应该抓迫切需做的
大事，建阅江楼这事应该缓一缓。

皇帝不准建！上天不准建！谁还敢建？

然而阅江楼终于还是再建了，而且建成了，只是从它开工时间算起已过去了
600多年。2001年，在当年的卢龙山，即今天的狮子山上，一座雄伟的阅江楼终于
建成并向世人开放，建设者——南京市下关区人民政府。但是，阅江楼上高悬着
的一副对联又告诉我们，真正促使阅江楼建成的力量是文章：

一江奔海万千里，

两记呼楼六百年。

我在阅江楼上读到这副对联时曾想，作者为什么说"两记"而不说一记呢？
朱元璋的那篇《又阅江楼记》明明是"不准建"呵，何以也"呼楼"呢？难道仅仅
是为了对联声韵的和谐和对仗的工稳竟于史实而不顾吗？然而再一想，觉得并非

如此，而是"此中有深意"：宋濂的"记"无疑是"呼"，朱元璋的"又记"无疑是"否"，这是两种相反的声音，两种声音此起彼伏，不但热闹，而且似乎一直在考验着人们的判断能力和抉择能力，而这种考验有时比一个声音的单纯呼吁还要有力和有效。

宋濂终于胜利了，文笔终于战胜了御笔，文化终于战胜了皇权！这是文化的力量！

江南名楼，岂止只是用文化来封顶，甚至有时候就是用文化来修建的！

五

江南人在那些也能修建关隘的地方修建了一座座楼阁。

有人说这是江南人的迂腐和天真。的确，那飞檐斗拱美则美矣，然而最经不起的便是兵燹硝烟，还把它们筑在那些本该修筑关隘的位置上——烽火年代定为兵家必争，一旦硝烟燃起，首当其冲被殃及、被焚毁的往往就是它们。不是吗？岳阳楼、滕王阁、黄鹤楼，以及所有江南名楼，哪一座不曾被几次甚至几十次地焚毁！或许在那些地方，筑上一个关隘，甚至筑上几个炮楼、碉堡，至少会比这些楼阁要坚固些吧？

但又有人说这正是江南人聪明和高明，因为世上再坚固的关隘，也总有被攻破的时候。只有那用诗垒成的楼阁能够永存，因为人类热爱生活、热爱和平的诗心

黄鹤楼

永存。事实上也的确如此，那一座座至今还屹立在江南青山绿水间的楼阁呵，虽然它们一次次被战火焚毁，但是每一次，一旦硝烟散去，它们又总会顽强地重新站立起来，显示出一种令人不可思议的顽强生命力。可以说，这种顽强的生命力，是中国任何一种建筑所不曾具有的。不是吗？岳阳楼被毁7次后是第8次的重修，滕王阁被烧毁28次后是第29次的重修，黄鹤楼被毁30次后是第31次的重修……何以如此？说到底只因为有《岳阳楼记》，有《滕王阁序》，有让李白"眼前有景道不得，崔颢题诗在上头"的《黄鹤楼》诗——它们与成就它们的那些楼阁一起，形成了一种独特的"楼阁文化"，早已在中国大地上源远流长，生生不息。

正因为江南的那一座座楼阁都建在那些原可修建关隘的地方，所以它们又常常成了人们送别的好去处。学生时代我很不懂这一点，读《黄鹤楼送孟浩然之广陵》、《芙蓉楼送辛渐》、《宣州谢朓楼饯别校书叔云》等诗篇时，总不能理解，古人送别为什么总喜欢莫名其妙地跑到一座楼上去，甚至因此而曾怀疑，他们的送别或许只是为了写作这些美丽的诗歌而进行的一场作秀吧！直到多年以后，当我站在黄鹤楼上，看着脚下的滚滚大江向东一去不回地流着，想象着诗人孟浩然在喝过了李白为他饯行的最后一杯酒后登船离去，也想象着李白就是站在我站着的

毛泽东书《黄鹤楼》诗

地方，目送着孟浩然孤独的船帆渐渐消失在江天相连的远方，体验着他吟诵出"孤帆远影碧空尽，唯见长江天际流"时，从心头升起的那份悲凉，似乎忽然之间便明白了：那些多筑于水口山巅的楼阁，其空间的高度可以为送别的双方将目送对方的最后一眼尽量拉得长些，更长些，而其时间（历史）的高度又可见证着他们的友谊走得远些，更远些。在这样的时空高度上的送别，其产生的诗便自然具有穿越时空的力量。不是吗？只要你稍稍用心留意一下就不难发现，送别诗在唐诗杰作中是占了很大比例的，而这些成为千古杰作的送别诗，大多

数都是在那些江南楼阁上写成的——它们也构成了中国"楼阁文化"的一部分，最终自然又增加了楼阁本身的文化高度。

崔颢画像

正是因为江南名楼有着这种特殊的时空高度，古往今来的人们都喜爱登临它们。今天，那些江南名楼大多数都在某座公园里，成了公园的一部分。用这种方法对那些名楼加以保护是现代人的一种创造，也是行之有效的，我个人对此十分赞赏。然而也在那些地方，我们常常会发现一个十分有趣的现象，这就是那些公园的管理者，正是抓住了人们喜欢登楼的这一心理，大发其财：明明你已买过公园门票了，但要想登楼，对不起，请再掏钱，再买票！面对这种现象，许多人虽然心里明知不合理，但一般都会掏钱。为此我曾跟一些人说，不就是一座楼吗，为什么一定要费钱费力地爬上去呢？一般看看不就行了吗？然而许多人回答说：我们就是冲着这楼来的，来都来了，不上去看看总是一种遗憾呵！

那么，他们如果不去登临，遗憾的又是什么呢？

中国城市的摩天大楼越盖越多，也越盖越高，早已高过了那些曾经鹤立鸡群的江南名楼，如果仅仅只是要在空间上站得高看得远，乘上电梯，去那些摩天大楼的旋宫，可以更省力，也可以看得更清楚，实在没有必要劳民伤财地去登临那些名楼？然而那样的登高远眺，能有那种"八百里滇池奔来眼底……五千年往事注到心头"的感觉吗？因为那些摩天大楼虽然有着足够的空间高度，而没有时间（历史）的高度，人们的目光当然需要空间的穿越，但心灵更需要时间的历史的穿越，只有这样才能获得一种完整的文化体验，如果只有一半，那的确是一种遗憾。

正是因为江南名楼有着这种特殊的时空高度，古往今来的诗人们，一旦登上它们，笔下的诗篇往往不同凡响。

李清照，宋词婉约派的代表，清代著名学者王士禛在《花草蒙拾》中说："词派有二，一曰婉约，一曰豪放。所谓婉约以易安为宗，豪放以幼安称首……难乎为继矣！"的确，在李清照的笔下，本只有"才下眉头却上心头"的闲愁，只有"到黄昏点点滴滴"的秋雨，只有"应是绿肥红瘦"的春花，且极尽了委婉、曲折、细腻之能事，然而，当她登上八咏楼，笔下境界竟是别样一番：

千古风流八咏楼，

江山留与后人愁。

水通南国三千里，

势压江城十四州。

此诗境界之阔大，气势之雄浑，似乎完全是出自于另一人之手。此中原因常让文学史论家争论不休，但我以为最好的解释是，八咏楼时空的高度给了李清照目光穿越时空的力量。

孔子说"登泰山而小天下"，江南无泰山可登，但是江南诗人只要登上楼阁，目光就一样可以雄视天下穿越古今，因为江南阁楼除了有空间的高度，更有时间的高度和文化的高度。

六

文化是什么？是诗词歌赋，是锦绣文章，是音乐舞蹈，是珍馐佳酿……那些著名的江南楼阁，或许当初建造他们时最冠冕堂皇的借口便是打造文化，然而文化是可以像某项工程那样来打造的吗？

李元婴、滕子京们的"工程"最终是成了文化，但那是他们的幸运，多少有点歪打正着阴错阳差。元代学者虞集在《重建滕王阁记》里说："且一阁之遗，见崇于今昔者如此，彼滕王何其幸欤！"文化事业有时候还真常常歪打正着阴错阳差，甚至种瓜得豆的事情也时有发生。因此，急功者成就不了文化，近利者更成就不了文化，也因此有人说，只有那些吃饱了闲着没事干的人

王勃塑像

才去摆弄文化哩！此话说得虽让人有点不爱听，但细想一下还真有几分道理隐藏其中。的确，在这个世界上，本来并无事情，只要是事情便都是人忙出来的，但唯独文化有时却是人"闲"出来的。那些危关险隘中为什么没有诗？只因为它们是"军事禁区，闲人莫入"。没有了"闲人"，哪还有诗？

范仲淹塑像

江南名楼，它们的修建本身就是一些吃饱了的"闲人"（如李元婴、滕子京者）所干的"闲事"，再加上一群并没吃饱的"闲人"（如崔颢者）的不断抱饥登临，想要它们不产生文化也难！

那么江南为何多"闲人""闲事"呢？其原因说来也并不复杂。

江南远离胡地，远离匈奴，自然也远离长年的刀光剑影，生活在这块土地上的人们相对不需要一天到晚在头脑中紧绷着一根"对敌斗争的弦"；在江南名楼较为集中修建的唐、宋、明等几个大一统的王朝，中国的政治中心多在北方，这样，江南相对远离政治中心，自然也相对远离了勾心斗角，给人有点天高皇帝远的感觉，那里的人们也就不需要一天到晚在头脑中紧绷着一根"阶级斗争的弦"。没有了这两根弦，人就会有时间生出许多"闲心"。再加上江南毕竟"物华天宝"，所以多数时候肚子还是能吃饱的，有时候还会有几个"闲钱"。"闲心"与"闲钱"加在一起，最容易造就的便是"闲人"，"闲人"最容易生出的便是许多"闲事"。建楼造阁是闲事，登临送目也是闲事，吟诗抒怀也是闲事，怀古伤今也是闲事，而这些闲事，本质上又闲而不闲，最终都成就了一种文化。

说这是歪打正着也好，种瓜得豆也罢，都改变不了这一事实成其为事实！

七

不久前从网上看到一件事情：湖南省洪江市一位副市长率该市一文化考察团来到江苏镇江，不但实地考察了镇江名胜芙蓉楼，还就芙蓉楼所在地究竟何处的问题与镇江有关人士举行了一场讨论会。然而尽管两地人士都不乏文化交流的诚意，但会上还是充满了火药味，双方最终也争执不下。

镇江一方认为芙蓉楼原在镇江，理由是王昌龄的这首《芙蓉楼送辛渐》第一句就写明"寒雨连江夜入吴"，镇江古代曾属吴国，而洪江离吴地很远，历史上从未属过吴国，所以芙蓉楼不可能在洪江；且诗人的另一首也以《芙蓉楼送辛渐》为题的诗写得更为明确："丹阳城南邱海阴，丹阳城北楚云深。高楼送客不能醉，寂寂寒江明月心。"诗中的"丹阳"即是镇江。

但洪江一方则坚诗认为芙蓉楼原在洪江，理由同样是王昌龄的这首《芙蓉楼送辛渐》，其第二句明明写着"平明送客楚山孤"，洪江古属楚地；且他们认为这首诗正是王昌龄被贬龙标时写的，诗最后两句"洛阳亲友如相问，一片冰心在玉壶"，正切合了他此时孤寂落寞的心情。

我这里不想对此作任何评判，倒只想提醒双方，首先应该弄清楚两地为什么会出现两座芙蓉楼！

在我看来，两地之所以会出现两座属于诗人与诗歌的芙蓉楼，是因为两地的人民都希望自己的家乡能与诗人和诗歌的关系更密切一些，反映了两地人民对于诗人同样的好感，对于诗歌同样的热爱。他们这样的感情是真挚而纯粹的，至少不会掺杂着"增加本地旅游资源的文化含量，吸引更多旅游者，从而提高旅游收入"的想法。

因此，若真的是出于学术需要弄清楚，那另当别论，否则，我们何必要弄清楚究竟哪一座芙蓉楼是王昌龄的那一座呢？这世界上有两座属于诗人和诗歌的芙蓉楼，有何不好？弄清楚了，反而会少了一座！这又何必。况且这对于此地的人民来说，还是一种情感的伤害。我想如果诗人自己在世，也一定不愿意发生这样的伤害吧？因为拥有一颗诗心的人，往往会同时拥有着一颗爱心，而爱心是我们任何时候都不能失落的。说到底，这就是人们为什么热爱诗歌、敬爱诗人的本质原因，也是江南那一座座属于诗人和诗歌的楼阁千年屹立，其辉煌穿越时空的根本原因吧！

爱心不老，诗心不死！

诗心不死，辉煌永存！

走过南京的街巷

走在南京的街巷里，我常常生出一种鱼在水中漫游的感觉。

南京有世界上最大、保存最完整的古城池，城池的这个"池"字很形象，它最好地诠释了南京像一片水域——似乎从历史长河中截出了的那么一段。

南京的楼房参参差差，就如同水中的地形高高低低。那些摩天大楼，是水中新长出的岛屿，上面不乏成功的冒险家；而那些低矮的民房与有名的故居、祠堂，便是淹没在水中的沉船，其中藏着太多的历史秘密。那些随处可见的梧桐、雪松、水杉，生长在城市的空气中，正如同缠绵的水草漂荡在透明着阳光的清水中；那些纵横交错的大街小巷，如同水下错综复杂的沟谷；而城市的大街小巷里来往奔走的人儿，便是在水中游动的鱼儿——鱼儿是喜欢在水底的沟谷中弋游的。

第一眼瞥见南京的街道，是在孩提时期看过的一部记录"文革"中某次大游行的《新闻简报》中：六月天里，骄阳似火，可阳光照不透街道上空梧桐叶织成的

谁也不知道，在南京这样的一些老街里隐藏着多少历史秘密。

新建的市民广场是城市名片

绿荫，如同阳光照不透水草的绿荫。一队队穿着节日盛装的人们兴奋地在街上走来走去，背景是灰暗的店铺、破败的老楼——如同沉没在历史长河中的一条条破船。那是三十多年前，我正在江南乡村的一座祠堂里上学。当我少年的灵性被理想与现实的双重负重压得难以喘息时，南京对于我来说只是遥远的梦境里一个模糊而温馨的镜头：一列火车从夜晚的长江大桥上高速驶过，那一方方明亮而温馨的车窗，互相追赶着从江上凌空游过，如一条巨大无比的鱼，直游进这座灰暗破旧的城市——这片有着许多历史沉船的水域。这个现代和古老怪异地组合在一起的镜头，就像一道神谕，呼唤着我从遥远的乡村向南京一步步地走来。

终于来到了南京，颇有几分得意和幸福，倒不是因为南京给了我一个体面的工作和一份不菲的薪水，而是从此可以随意徜徉在心仪已久的南京的街巷里，一如鱼儿找到了冷暖相宜的水域。在南京落脚后的第一个午后，我把行李一放，就性急地骑上一辆从朋友那里借得的自行车，在那些大大小小、长长短短、曲曲折折的大街小巷里悠游起来。我首先来到了中山路，那里的人流和车流永远都是那么络绎不绝、浩浩荡荡，我从上面驶过，遵守着规则，顺应着方向，让我想起先行者的那句名言——"世界潮流，浩浩荡荡，顺之者昌，逆之者亡"，并对其第一次获得了一种最切身的感性体验。我又来到了鼓楼市民广场，那里号称是这座城市的名片。果然，那里充满了阳光，更充满了温馨和闲适，一切全没别的都市中那种快的节奏和强的竞争。人们在花间闲逛，在树下闲聊，尽情享受着阳光，也享受着各自的一份闲适，如同鱼儿在浅水的沙滩上嬉戏。

　　随着我在南京一天天地住下，我发现我最爱钻的还是那些古老的巷子，每一条寻常巷陌，历史的沉淀竟是那么的丰富：随处可见古旧的雕花窗格、粗朴的石刻辟邪、漆黑的滴水瓦当，以及立着瓦菲的门头、爬满青苔的石桌、探出院墙的红杏。它们让我走在深巷中有一种与生活水乳交融的感觉，于是院子里子落棋盘的声响一起一息，雕窗里婴儿动听的啼哭声高声低，小学生背诵唐诗的语调平平仄仄，听起来是那么的煽情。有一天，我无意间走进了城南的一条寻常小巷。那里的门牌告诉我这条巷子名叫"评事街"，我一时竟怀疑自己闯进了民国时的一张报纸的版面——这三个方块的汉字不正是当年名著一时的那个时事副刊名称吗？哦，那些泛黄的报纸原来都沉到了历史的水下，成了眼前的这一片低矮的民居，你看，它们黑压压，密匝匝，正如报纸上密密麻麻的字。还有一次，我从一条林荫大道上低头前行，一抬头，两个大字惊得我出了一身冷汗：午门——让我似乎听到了一声喝令："推出午门，斩首示众！"然而，眼前午门尚在，深宫已没，没入了历史的长流中，没入了南京这一片保守着太多历史秘密的水域中。

　　有一年时间，我每天上下班都要从两座小山脚下经过，并看见山上的两座宝塔，查书后才知道，那两座山，一座叫覆舟山，一座叫鸡笼山。那两座宝塔，一座塔下曾珍藏过玄奘大师顶骨舍利，而另一座下面，竟就是历史上著名的台城。那么，

老南京的街头巷尾

那口胭脂井也在那里了？我想。南京的街里巷尾到处都有历史的暗符，而每一个暗符，似乎都有一个难言的故事。"江雨霏霏江草齐，六朝如梦鸟空啼。无情最是台城柳，依然烟笼十里堤。"最是无情的哪是那台城的柳树呵，分明是那看不见的但永远起起落落的历史的潮水。

　　我曾多次地在第三十层楼的办公室里向四方眺望自己每日生活的这座城市，不止一次地俯瞰着那些匍匐在摩天大楼脚下的密密匝匝、参参差差的古旧房舍，心想，沉没在水下的历史不就是这个样子吗？我每天清晨和黄昏都要在南京的街巷里走过，上班，下班，我成了这个城市上班族中的普通一员。这是我在许多年前曾梦寐以求的。但随着我对这座城市的熟悉，我更加的觉得，我走在南京的街巷里，如同一尾鱼游弋在水流中，游弋在历史中，而且渐渐觉得这是做一个南京人的奢侈和幸福。当然不是每一个南京人都有这种游弋在历史中的感觉的，因为南京这一"池"似乎溢出了时代潮流的水，与邻居上海等相比，显得过于宁静、安详了些。然而，南京毕竟不是一片普通的水域，而是从历史长河中截出的一段，用死水一潭来形容它是一个极大的错误，它的宁静意味着它在蓄势，一旦时机成熟，便会奔腾咆哮，释放出巨大的能量。这样想过之后，我每次走在南京的街巷里，就觉得自己做一尾鱼的幸福，因为，等到有一天，南京的闸门一旦打开，自己将与蓄足了势的水流一起奔向广阔的大海。

姊妹湖

一

  杭州的西湖与南京的玄武湖实在算得上是一对姊妹湖，因为在中国，恐怕很难找到哪两座湖泊像她们这样如此相像。

  首先是成因——都是江河所带泥沙淤塞海湾或洼地而成。西湖是由钱塘江的泥沙淤塞而成，玄武湖是由长江的泥沙淤塞而成——正因了这一点，二者周边的自然景观也大体相同，都依山傍城，又有水道与大江相通。不同的只是西湖所依之山是不远处的灵隐诸山，所傍之城是杭州城，所通大江是钱塘江；而玄武湖所依之山是紫金山，所傍之城是南京城，所通大江是扬子江(长江)。

  其次是位置——都处在城市的边沿。西湖在杭州的城西，玄武湖在南京的城北——正因为这一点，二者连名字（或者说得名由来）也几乎一样：西湖因在杭州城西而得名"西湖"；玄武湖因为在南京城北而得名"玄武湖"（古人用青龙、白虎、朱雀、玄武分别代指东、西、南、北四个方位，因此"玄武湖"即"北边的湖"的意思）。只是"玄武湖"这个名字过于文了一些，所以玄武湖在南京的老百姓口中还有一个更直白的名字——"后湖"，因为习惯上人们又常将东、西、南、

今日南京玄武湖

北称作左、右、前、后。"金陵四十景"中"后湖烟柳"便是指玄武湖的柳色。

如果说以上这两点是西湖与玄武湖宏观上的相似，那么在微观上，西湖与玄武湖事实上也存在着许多相似，这更令人惊叹。

两座湖的大小和深度相差无几——西湖面积500公顷，平均水深1.8米；玄武湖面积487公顷，平均水深1.5米。

两座湖中都有几座小的人工岛屿——西湖中有三潭印月（即小瀛洲）、湖心亭及阮公墩三个人工岛屿；玄武湖中有蓬莱、方丈、瀛洲（今天分成了五个，即樱洲、环洲、菱洲、梁洲和翠洲）。

……

总之，西湖与玄武湖，作为两座湖泊，大自然所赐予它们的地理特征真是太相似了，相似得几乎如同一对孪生姊妹。

然而，就是这样一对孪生姊妹，她们的命运却很不相同，即她们对人们的吸引力相差很大：西湖吸引了人们太多的目光，相比之下玄武湖就有点受人冷落了。作为旅游景区，有一组见诸报端的数字可作一证：近年来，南京玄武湖年接待游客量总在100万到200万人次之间徘徊，收入也一直不能突破2000万元；而杭州的西湖近年来，每年接待游客都在1700万人次以上，收入更是玄武湖的十数倍。由此不难看出，去玄武湖的人远没有去西湖的多，换句话说，对游客的吸引力玄武湖大大不如西湖。

那么自然条件基本相同的两座城市湖泊，为什么对人们的吸引力事实上差别如此巨大呢？

有人说，这是因为南京的城市经济实力和社会发展水平不如杭州，但事实上好像并不能这样说。杭州是浙江省省会，南京为江苏省省会，在中国省份中，人们常常将"江浙"并称，因为它们同处中国的东南沿海，皆为中国的经济文化大省，经济和社会发展的方方面面都很难分出伯仲，作为两省省会的南京和杭州，也很难分出上下。改革开放后，杭州的经济发展势头是十分迅猛，也取得了令人瞩目的成绩，但南京的经济发展与之相比自有特点。杭州民营经济和外向型经济活跃，南京国营大型企业实力雄厚。至于发展水平的高低，硬要

图1

初看或许你会以为这两张照片拍的是同一个地方，其实图1是玄武湖，图2是西湖。

相比也就在伯仲之间，即使有差距，也不会很大（当然这须将南京的国家大型企业的经济成就算在南京的账上，一些报刊上的"城市经济实力排名"之类，杭州常常排在南京之前，那是因为将这一块挖去了）。再则，在改革开放之前，南京的经济发展水平和发展规模要远远胜过杭州，但即使是那个时候，玄武湖人气也不如西湖。

有人说，是南京这座城市整体所具有的历史文化吸引力不如杭州。这种说法似乎更是欠妥。杭州和南京都是中国历史文化名城，同列中国"七大古都"之内，但真要细论起历史文化底蕴，南京与杭州相比只会有过之而绝对无不及。对此只要稍有一点历史文化常识就会知道，实在用不着我在这里多说。就说现如今的一项硬性标指吧，南京现拥有的高等院校，无论是数量上还是办学水平上，都是杭州所无法望其项背的——南京拥有中国一流名校（如进入中国"211"工程的）近十所，而杭州仅有一所。

还有人从经济学管理的角度作分析说，这都是因为浙江人比南京人会做生意，更善于经营。证据之一便是人家西湖早就不收门票了，早就与国际接轨实行开放式管理和开放式经营了，而南京玄武湖还要收门票。此话初听起来似乎很有道理，你看改革开放后迅速崛起的浙江商人的确好生了得，而与之相比，南京"大萝卜"们确实太老实，太保守，太不懂经营之道了。然而，玄武湖的现状真的就是因为这个造成的吗？

从2002年开始，南京玄武湖学习西湖也开始不收门票，也实行开放式管理和经营，并且还主动招收浙江商人入园经营。然而事实怎样呢？到2007年底为止，5年来，游客人数虽每年略有增加，但并没出现像有些人事先想象的那样的情况，与西湖的差距一点也没有缩小。

不久前我从电视上看到一条新闻：一位浙江商人承包了玄武湖公园的一处场地经营陶艺等工艺品，但由于经营不善而交不上管理费，玄武湖公园管理处与其打起了官司。这条新闻是在一法制节目内播的，电视台播它肯定是为了给观众一些法制方面的教育和启发，而我当时看了只是在心里想：看来善于经营的浙江商人也不能让玄武湖一下子"火"起来。

图2

由此看来，玄武湖不如西湖对人们的吸引力大，主要原因也并非是南京人不懂得经营之道。

其实，玄武湖作为一处风景名胜地，对于人们的吸引力还是很大的，一年不是也有一两百万人被它吸引来了吗？有着如此大的吸引力的中国城市湖泊细数数也并不多，只不过因为它与西湖的自然条件太相似，所以人们很容易将它与西湖相比，而这一比便硬是把玄武湖给比了下去。

玄武湖对人们的吸引力与西湖相比的确小许多，但是中国又有哪一座湖泊能像西湖那样对人们有着如此大的吸引力呢？那么人们不禁要问，西湖为什么对国人有着如此大的吸引力呢？它真是什么灵异山水吗？其实非也，说穿了，西湖与玄武湖一样，既没有九寨黄龙之奇秀，也没有长白天池之深幽，更没有喀纳斯、百慕大之怪异，它们只不过是一个普通的湖泊，甚至从严格意义上说连湖泊都算不上，只能算是一片湿地。那么它对人们的如此巨大的吸引力到底来自于哪里呢？

二

我最早是从母亲的骂声中知道天底下有个西湖的。

我的父母都是农民，也都是文盲，他们生活中的相互交流许多时候竟是通过相互责骂来实现的。记得小时候，母亲在家里似乎有着永远也干不完的活儿，干得累了，想父亲帮一把，但父亲恰恰此时连个人影也不见，母亲便自然有些怨恨，当父亲从外面回家时，母亲常常会骂："一整天连你个人影也看不到，又去游你的西湖了？"母亲的骂有抱怨，但更是她询问的一种方式，对此父亲是知道的，因此他有时会回答："还游西湖哩，都累死我了！我是……"如此便完成了他们的交流。母亲骂得多了，我也听得多了，大体上便知道这"游西湖"便是在外瞎逛的意思，只是那时我真不知道这"游西湖"为什么在江南农村人的口里就借代了这个意思。有一天我向父亲提出了这个问题，父亲说："因为西湖是一个很好玩的地方，人一去了那儿就会忘记回家了呵。"我又问父亲："那你究竟游没游过西湖呵？"父亲说："傻小子，你爸哪有这个福分呵！别听你妈瞎骂，西湖远着哩，我们村里谁也没去过，你小子要是有福，长大了就去吧！"

也许真是托父亲的吉言，许多年后我真的来到了西湖。虽然是第一次来，但

苏小小画像

慕才亭

苏小小墓

望着眼前的湖光山色，我似乎一点也不陌生，相反竟有一种归属感。对此我有点奇怪，当时就曾想，我的这种归属感从何而来呢？真的仅仅就是因为小时候从母亲的骂声中听到过它的名字吗？这未免太荒唐了点儿吧！但是事实上，我这条注定要漂进西湖暂停的人生小船，又确确实实就是从母亲当年的骂声中悄悄调整了航向的。

后来我又多次去杭州，每次去都要"游西湖"，游得次数多了，差一点就来西湖边上的一所学校工作，让自己的人生小船在西湖做长久的停泊。虽然最后我没能来西湖工作，但对西湖的了解倒真是越来越多也越来越深了。这种了解有感性的，也有理性的，同时最重要的是觉得自己最初从母亲的骂声中知道"西湖"的名字实在是一种宿命，因为西湖几乎从古到今，一直都让人爱之恨之，趋之避之，歌之骂之。

较早以极大的热情对西湖爱之趋之歌之的，是南朝时一个叫苏小小的钱塘歌妓。

据清代古吴墨浪子的《西湖佳话》和《西泠韵迹》载，苏小小历史上确有其人，祖上曾在东晋为官，晋亡后举家流落钱塘，以经商为业，家境殷实。苏小小因生来就娇小动人，便取名小小。童年时小小即聪颖过人，父亲吟诗诵文，她一听就会，被父母视若掌上明珠。然而自古红颜薄命，六岁时小小父亲不幸身亡，十岁时母亲又不幸病故，小小由贾姨带着，不得已变卖家产，从杭州城里搬到西湖西泠桥畔住下，不久即沦为歌妓，以"容貌出众，诗才横溢"而名著一时。作为一名

歌妓，即使只拥有"容貌出众，诗才横溢"这两点也已经足够了，更为难得的是她
还有一颗敢爱敢恨、慕才仗义的心。

据说，小小在西泠桥畔住下后，便将迎湖的一个房间布置成了自己的书房，并
取名为"镜阁"，并自撰一联悬于阁内，联曰："闭阁藏新月，开窗放里云。"十八岁
时，小小又在阁内写出了一首流传至今的诗：

> 燕引莺招柳夹道，章台直接到西湖。
>
> 春花秋月如相访，家住西泠妾姓苏。

在这首诗中，小小不但向人们发出了盛情的邀请，而且将自己的住处和姓名
落落大方地告诉了人们，并宣称夜不设防。这在那个年代无疑是惊世骇俗的，许多
人读后首先是感到震惊，但震惊之余又纷纷传抄。于是，小小的这首小诗，竟成了
她一篇少女的怀春宣言。是的，小小用自己的才情向世人骄傲地宣告：苏家有女初
长成，养在深闺人不识。

呵，至此已不难想象，这西湖还能平静吗？

似乎只在一夜之间，平素有点清冷的西湖，一下子热闹了起来。趋之若鹜的
翩翩少年、纨绔子弟、花花公子和情场老手们，各怀心态，各使手段，硬是把整
个西湖闹腾成了一座求爱（如果说他们求的也算是爱的话）的擂台。难能可贵的
是，至此，这场活剧的总导演苏小小并没迷失，她与一个个趋之若鹜者周旋着，
尽管他们中不乏有钱的暴发户、有势的达官贵人，但就是看不上，她看上的偏偏
是那些怀才不遇来西湖边溜达的穷书生。如鲍仁，这个穷困潦倒的书生，一年前
赴京赶考不第，落魄西湖，小小慧眼识英雄于末路，将自己随身的首饰变卖银两，
资助鲍仁，演出了一出"美救英雄"的活剧。这一切，无疑让那些趋之若鹜的求爱
者吊足了胃口，也把西湖的这幕爱情（如果也算是爱情的话）活剧的演出长度拉
得很长。

让我们不妨来复原一下当时的情景：

草长莺飞，杂花生树，车水马龙，游人如织，大家闺秀们坐着油壁车，寻春于
碧水芳草之间；翩翩少年骑着高头马，隐现于红桃绿柳之中。远远的，一个年轻貌
美、青春逼人、才气非凡的女子在西泠桥畔，或散步，或远眺，望着涟涟碧波、点
点水鸟，对着湖光山色，或吟诗，或放歌。在妩媚的春风下，或笑靥如花，或蛾眉

微蹙，把少女心事朗朗宣之于阳光之下广众之间。这无异于那个年代一场精心炒作的行为艺术。在这样的炒作之下，她身处的西湖能不热闹吗？

然而，这个时候的南京玄武湖与西湖相比实在是很冷清。

玄武湖地处南京城北，也许因为北方属阴，地处城北的玄武湖似乎阴气太重，去的人一直不多，也便一直不太热闹，甚至还有几分冷清。不过冷清的地方常常是读书的好地方。第一个选中玄武湖读书的名人要算是郭璞了。

郭璞(276—324)，字景纯，河东闻喜(今山西)人，东晋文学家、学者、游仙诗人。西晋灭亡东晋建立后，郭璞南渡来到南京。郭璞是个奇人，曾深研风水方术之学，据说他曾经将自己的父母葬于一水边洼地，因此他不怕玄武湖的清冷阴气。一段时间内郭璞常常去玄武湖中一小岛上读书、吟诗，偶尔还讲讲学。但他读的书是《周易》、《尔雅》、《方言》之类，吟的诗是"游仙诗"，讲的是玄学。总之，他读的书是一般人不读也读不懂的，吟的诗也是一般人所不解的，所讲的玄学，正因为玄，更是少有人懂。因此，郭璞在玄武湖读书、吟诗、讲学时，去看去听的人并不多。再加上郭璞又是名士，他读书、吟诗、讲学时常常是"蓬发乱鬓，横挟不带，或褒衣以接人，或裸袒而箕踞"，因此，别人更不敢接近他了。再后来，郭璞在王

敦叛乱中被杀，他的衣冠冢就建在玄武湖中那个他常读书吟诗和讲学的小岛上，那小岛因此又成了一块与政治敏感神经相牵连

郭璞画像

玄武湖中的郭璞磴

的"是非之地"，去的人更加少了。

郭璞死后，又有一位读书人看中了玄武湖的清冷环境而常来此读书，但这位读书人可不是一般的贫穷秀才或白衣卿相之类，而是梁朝的当朝太子萧统。那么既是太子的读书处，便更不是一般人所能走近的。

昭明太子完成了《文选》的编选后不久，也就差不多在苏小小与那些公子哥儿们在西湖的红花绿柳间频频约会的同时吧，祖冲之（就是全世界第一个把圆周率推算出在3.1415926和3.1415927之间的那位）奉命把玄武湖做了他的秘密科研基地，在湖区内试制他的"指南车"和"万里船"。既然是秘密科研基地，自然是"闲人免进"的。至此，玄武湖也只能是更为冷清了。

如果说苏小小入住西湖和郭璞等人走进玄武湖是西湖与玄武湖在中国文化视野中正式亮相的话，那么这两个亮相，就各自争得的人气来说，

祖冲之画像

玄武湖是完全输给了西湖，尽管就它们对中国文化所作出的贡献来看，这并不公平。郭璞为《周易》、《尔雅》、《方言》和《楚辞》等作了注释，时至今日，我们还可以轻易地在《辞海》中找到郭璞的注释，而且他开创了中国"游仙诗"的先河，成了中国"游仙诗"的鼻祖，为此有人说，如果没有郭璞，或许就没有李白。萧统为中国文化提供的那部《文选》，千年之后竟成就了一门专门学问——"选学"。至于祖冲之，他为中国文化作出的贡献自不必我在这儿多说了。而西湖呢？它在中国文化中的这个亮相，虽然很热闹，但除了热闹，最多也就还有一些虚虚实实的故事而已。

但一般人喜欢的恰恰只是故事！

三

稍稍梳理一下西湖的历史不难发现，唐、宋两代是它的黄金时代。

唐长庆二年（公元822年），唐穆宗发出了一道极为普通的圣旨——之所以说它普通，是因为这道圣旨的内容只是任命一州官，而这种州官的任命，在中国几千年的历史上，可谓司空见惯，即使对于杭州来说，也不是什么稀罕事，仅唐朝一个朝代，这种任命就有150次之多。

然而，这一道对杭州地方长官任命的圣旨，却为杭州、为西湖实实在在地带来了一次重大的机遇，因为这位被新任命的杭州刺史不是别人，而是当时最著名的

诗人，也是中国历史上最伟大的诗人之一——白居易。

历史书籍上说到白居易的这次出守杭州，常常说是"被贬"，其实是白居易自己主动要求（至于他为何主动提出这一要求，由于离本文题目有些远就不在这里赘述了）的，这除了有历史事实为证外，还有他自己的诗为证：

> 退身江海应无有，忧国朝廷自有贤。
>
> 且向钱塘湖上去，冷吟闲醉二三年。

白居易从京城出发，长途跋涉三个多月来到了杭州——一位有抱负的诗人与一方美丽山水相结合，注定将书写一段万古流芳的精彩华章；一份出众的才情与一隅美丽风景相碰撞，注定将演绎一段令人动容的千古佳话。

白居易在杭州真的如他自己事先在诗里写的那样，待了三年。三年里，作为诗人的白居易，整日置身在有着人间天堂之称的杭州，日日与美景相伴，过着亦官亦隐的生活。据统计，他在杭州三年中，共写下诗篇百余首。最为著名的要算是那首《钱塘湖春行》了：

> 孤山寺北贾亭西，　水面初平云脚低。
>
> 几处早莺争暖树，　谁家新燕啄春泥。
>
> 乱花渐欲迷人眼，　浅草才能没马蹄。
>
> 最爱湖东行不足，　绿杨阴里白沙堤。

白居易画像

西湖一下子获得这么多这么美的诗篇，有史以来这还是第一次。这些诗篇无疑为西湖增光添彩了许多。

然而白居易在杭州的三年里留下的最精彩一笔并不是这些诗，而是将一道拦湖大堤实实在在地留在了西湖。这条拦湖大堤建成后，不仅解决了西湖水患，更使"湖葑尽拓，树木成荫"，使西湖真正成了杭州城的一个后花园。因此我们可以这样说，白居易那些写在纸上的所有诗篇，加起来或许也抵不上他留在西湖

白堤

上的那道白堤，那是他为西湖留下的最为得意的一件作品，甚至在他的一生中也算得上是最为光彩的作品，甚至在所有中国文人的作品中，这一件作品也算得上是最为光彩的杰作之一。

时至今日，我每次游西湖都一定要去白堤上走走，当我双脚踩着实实在在的白堤漫步在绿柳红花间时，总有一种莫名的自豪感在心头潜滋暗长。是的，白居易实在是为中国的文人们争了一口气呵！他证明了中国文人其实并不是只会吟吟风弄弄月——他们从小怀揣着"修身、齐家、治国、平天下"的抱负，以及"达则兼济天下，穷则独善其身"的特有情怀，一旦实权在手，有了施展才华的机会，政绩一点也不会比那些"原本不读书"的刘项们差的。是白居易让中国正统的文人们也开始以更大的热情关注西湖了，他们仿佛从西湖、从白居易身上找到了自己的人生目标和人生归宿。

文人们对西湖关注的同时，受益的百姓们更以自己的方式关注着西湖，也自觉和不自觉地参与着西湖的文化工程的建设。首先，他们将白居易当年主持修筑的湖堤命名为"白堤"（亦称"白公堤"），甚至在这道湖堤事实上已废弃后，又将另一条原本是别人修筑的湖堤硬记在白居易的名下，仍称它为白堤；二是他们硬是用口耳相传的方式，让传说中生活在天上的白娘子来到西湖的断桥上向许仙借伞，又让痴情的梁山伯与美丽的祝英台来西湖的万松书院同窗共读——如此一来，这本在人间地上的西湖呵，便在空间上接通了上天，在时间上接通了历史与未来，而属于它的故事便自然出入于天地之间，甚至是出入有无之间了，也变得更加丰富多彩，更加曲折动人，更加传奇美丽了。总之，西湖在文化上也更加雅俗共赏了，自然也更加热闹了。

而南京的玄武湖这时候又是怎样的情形呢？

公元589年，隋朝灭陈，隋文帝杨坚为了不让建康原有的宫殿被人占据称帝威胁隋朝统治，也为了破坏这里虎踞龙蟠的帝王之气，于是下令将建康民众遣散，行政级别也从原来的直辖市降三级而成为了州，所有城楼宫阙全部夷平作耕地，只留下了清凉山上一座小小的石头城做了蒋州的州城。随着一声令下，建康城几乎从地球上消失了。当然，玄武湖是不会消失的，但可怜它从此沦为了荒野之中的一个野湖，直至唐朝亦然。

当白居易为西湖取得了经济建设和文化建设双丰收时，玄武湖仍是一片荒凉。如果不是那位落魄的三流诗人，透过如烟的荒草，远远地眺望几眼后写下了一首还算不错的七绝，人们几乎已经忘了荒草深处还有一座与西湖本有一比的玄武湖。这位诗人便是韦庄，白居易逝世时，他正好10岁，他写的那首诗题为《台城》：

江雨霏霏江草齐，六朝如梦鸟空啼。

无情最是台城柳，依旧烟笼十里堤。

诗中所写的那道被无情的台城柳笼罩着的十里长堤，就是玄武湖的南岸

金陵四十景之『后湖烟柳』

湖堤。

这时的玄武湖与西湖，一个摇荡着荒凉寂寞，一个满溢着文化灵光，二者已完全失去了可比性了，若硬要相比，无异于将一个衣衫褴褛的村妇与一位满身珠光的模特相比一样无任何意义，尽管她们的身材确实十分相似。

这时的玄武湖比任何时候都渴望热闹，渴望文化，渴望像白居易一样的诗人向它走来。

北宋神宗年间，玄武湖终于迎来了一位伟大的文学家和诗人，他就是王安石。

王安石是江西临川人，但17岁时便跟随父亲移居南京（当时叫江宁），所以也可算半个南京人。王安石除了曾两度出任参知政事（相当于宰相）外，还曾三次被贬江宁。众所周知，王安石有一个政见上的老冤家，这就是苏东坡。苏东坡曾两次出守杭州，一次任杭州通判，一次任杭州知州。这说起来真是巧极了，这一对政治上的老冤家，竟然在差不多相同的时间段里各自与玄武湖、西湖较上了劲，只是他们较劲的方式也如同他们各自为事为政的惯常风格一样，很有点不相同。

宋神宗熙宁四年（1071年）的立秋日，苏东坡第一次被外放杭州任通判。此后的三年里，苏东坡在杭州亦官亦隐，西湖歌楼中的歌妓和灵隐山中的和尚成了他最喜欢交往的人物，西湖自然是他流连最多的地方，于是他为西湖写下了一首至今被用作广告词的七绝：

水光潋滟晴方好，山色空蒙雨亦奇。
欲把西湖比西子，淡妆浓抹总相宜。

苏堤春晓

但除了写下了这首小诗外，他这期间好像并没为西湖做更多的事情，因为他把这次出守杭州当作是一次心灵的疗伤。

又过了15年，苏东坡第二次出任杭州知州，这一次他连诗也不能写或者说不敢写了。因为此时，已届知天命之年的苏东坡能再来杭州，可谓是大难不死，在刚刚过去的"乌台诗案"中，所有的是非皆因诗起，所有的坎坷亦由诗生。多亏太后为他说话他才没脑袋搬家。所以东坡临来杭州时，朋友文彦博劝他不要再写诗了，苏东坡默认了。在以后的一连几个月里，与他住在一起的秦观，看到苏东坡不但不再写诗，而且连书也不曾翻看过一页。

但是，作为诗人的苏东坡，不写诗又能干什么呢？只能和250年前的白居易一样，选择了兴修水利，浚湖筑堤。于是乎，西湖之中除了白堤外又多出了一条"苏堤"。

对于诗人来说，第一个把女人比做鲜花的是天才，第二个是庸才，第三个则是蠢才。尽管苏东坡筑苏堤有点儿像第二个把女人比做鲜花的，但人们不但一点儿也没觉得他平庸，相反给予他的尊敬一点儿也不比当年给予白居易的少，因为那湖中筑堤毕竟不是在纸上写诗呵！

像白堤是白居易留在西湖的永远的经典一样，苏堤也是苏东坡留在西湖的最经典作品，而且其存世的姿态可能比他的任何一首诗、任何一阕词都更为自然、从容。这是此时的苏东坡的风格，也是西湖的风格。

王安石画像

那么王安石在玄武湖又留下了怎样的手笔呢？

熙宁七年（1074年），王安石被迫辞去相印，回到江宁任江宁府尹。作为父母官，他对百姓疾苦是十分关心的，上任伊始，他看到社会上贫富悬殊，又看到玄武湖一直荒凉着，就向宋神宗奏请将玄武湖"泄水改田"，而宋神宗竟很快就批准了他的请求。于是，南京城北突然多出了一片青葱的稻田，而玄武湖这片曾经是宋孝武帝训练水兵、祖冲之试验万里船、昭明太子悠然泛舟的千年水域，却从此消失了200多年。

这就是王安石的手笔！

我们不敢说这又是他的一处人生败笔，但由此造成的一个事实是：玄武湖是为南京城贡献了一些白花花的稻米，但同时南京城遇雨成灾的噩梦也从此挥之不去200余年。这一事实又让人不能不联想到，王安石的确是一位伟大的诗人，但更是一位一厢情愿的政治家。

至此，政治家兼诗人的王安石与诗人兼政治家的苏东坡，已将玄武湖和西湖规定了两种完全不同的存在形态和文化走向。因这种规定，在此后的200多年间，玄武湖只是一片十年九涝并不丰产更不丰收的农田，自然与诗无关，与画无关，甚至与文化无关；而西湖却不同，西湖水下积淀的淤泥越来越厚，空中弥漫的花香越来越浓，风越来越暖，水越来越清……

在雨如酒柳如烟的春天里，在西湖边的一间客栈里的破床上，辗转着一个坚强的灵魂。诗人陆游在尝过了爱情撕心裂肺的痛苦之后，在经历了报国无门理想破灭的失落之后，当然也在又一次游过了西湖之后，他静静地躺着，静静地听着屋外的雨声，静静地想念着远在一方的家园："世味年来薄似纱，谁令骑马客京华；小楼一夜听春雨，深巷明朝卖杏花……"呵，他的一生似乎就只为了等待那一场西湖的小雨，以及明晨小雨中那一声和着杏花芳香的叫卖声……

西湖十景之"雷峰夕照"

在葱郁夏日的荷风里，杨万里送走了好友林子方，在净慈寺门前静静地站立，心情似乎异常的好，虽然现实与他的理想越去越远，但他毕竟做成了一件事情——也在西湖中修筑了一道湖堤。因此在他的眼里，今年的荷叶似乎比往年更大，荷花似乎比往年更红。他是在劝慰朋友，更是诚勉自己："毕竟西湖六月中，风光不与四时同；接天莲叶无穷碧，映日荷花别样红。"有此情此景可享，一生何求……

在绚烂的秋天晴空下，在西湖的孤山的松林间，悠悠然走出来一个林和靖。他似乎把什么都看透了，梅妻鹤子，真正的隐士一个，一生只等春去秋来，只等那断桥的残雪，那浮动的暗香，"众芳摇落独暄妍，占尽风情向小园。疏影横斜水清浅，暗香浮动月黄昏……"

在雪压断桥的冬日，岳飞从朱仙镇抗金前线回到西湖边，脚步异常的沉重，只是他沉重的脚步不但没有踩醒昏睡的西湖，而且最终竟没能走回他的大帐，而是走进了西湖畔的风波亭……

于是有人开始咒骂西湖了：

山外青山楼外楼，西湖歌舞几时休？

暖风熏得游人醉，只把杭州当汴州。

这是南宋那个名叫林升的举子，在西湖边一间小饭店的墙壁上为西湖送上的最早诅咒。

四

千万不要以为咒骂会对西湖造成损害。

"雪夜闭门读禁书"不是中国人的人生一乐吗？某本书，任你说它如何之好，甚至为它赞歌唱尽，别人不一定会就相信你的话、买你的账，而你若说上它几点不好，骂上一通，甚至干脆下令将它禁了，人们反倒要去看个究竟；再若这本书，既有人对它唱赞歌又有人因它骂大街，这无疑如热闹的双簧，更能勾起人的兴头、吸引人的眼球了。人们阅读中客观存在的这种逆反心理，大体上也存在于对待风景名胜的态度中。

自从林升开骂之后，对西湖的类似咒骂似乎大有一发而不可收之势。

西湖十景之『断桥残雪』

梦里相逢西子湖，谁知梦醒却模糊。

高坟武穆连忠肃，添得新祠一座无。

这是明末张煌言送给西湖的骂声。张煌言是明末清初著名的文学家和抗清义
士，他的骂声可谓与林升一脉相承。

西湖七月半，一无可看，止可看看七月半之人。

这是与张煌言同时代的张岱在他的小品文名作《西湖七月半》的开头写下的
句子。张岱对西湖的挚爱堪与500多年前的那位林和靖一比，他用自己的全部人
生和整个生命爱着西湖，一生中为西湖写过的诗文，就其量来说前无古人后无来
者。但在清人入主后，他的黍离情结也让他对西湖放出了微词。

凄凉白马市中箫，梦入西湖数六桥。

绝好江山谁看取？涛声怒断浙江潮。

1899年（清光绪二十五年），意大利以海军威胁，要求租借浙江三门湾。康有
为在海外得知，写下了这首题为《闻意索三门湾以兵轮三艘迫浙江有感》的诗，
在痛斥侵者的侵略行径的同时，也把西湖给骂了。

"（雷峰塔）破破烂烂的映掩于湖光山色之间，落山的太阳照着这些四近的
地方，就是'雷峰夕照'，西湖十景之一。'雷峰夕照'的真景我也见过，并不见佳，
我以为。"

1924年，鲁迅"听说杭州西湖上的雷峰塔倒掉了"，高兴地写了《论雷峰塔的
倒掉》，从文章开头的这段话就可以看出，鲁迅对西湖似乎早无好感。

1933年，郁达夫携王映霞准备移居杭州，鲁迅得知后做诗劝阻：

钱王登假仍如在，伍相随波不可寻，

平楚日和憎健翮，小山香满蔽高岑。

坟坛冷落将军岳，梅鹤凄凉处士林，

何似举家游旷远，风波浩荡足行吟。

诗的意思是说，900多年前统治杭州的极苛酷的钱镠虽然死了，但像钱镠这样的人那里仍有。与其到杭州去，不如到更旷远的地方去。在那里，倒是"风波浩荡足行吟"啊！如果说诗写得还较含蓄，那么在此五年前，鲁迅说过的一段话，不但明确表达了他对西湖没有好感，而且说出了其中的原因。

郁达夫在杭州的风雨茅庐

至于西湖风景，虽然宜人，有吃的地方，也有玩的地方，如果流连忘返，湖光山色，也会消磨人的志气的。如袁子才一路的人，身上穿一件罗纱大褂，和苏小小认认乡亲，过着飘飘然的生活，也就无聊了。（川岛《忆鲁迅先生一九二八年杭州之游》）

是的，"如果流连忘返，湖光山色，也会消磨人的志气的"，我那大字不识一个、一辈子都生活在乡间并没到过西湖的母亲竟也知道这个道理，为此她常骂我那老不回家的父亲在外"游西湖"。这骂声，想来也是无数像我母亲那样的并无话语权的百姓，对西湖遥遥送去的诅咒吧！西湖呵，真可谓"湖光与青山一色，歌声和骂声齐飞"，而这样的一座西湖，要它不引人关注也实在是难呵！

与西湖相比，玄武湖自从成了农田后，既没人为它唱赞歌，也没人为它骂大街。鲁迅说过，一个人在一座铁子里大叫一声，如果有人呼应便会得到鼓励，如果有人反对会产生逆反，最可怕的是，大叫一声后既没人赞同也没人反对，这最会让人寂寞。而玄武湖这段既没人赞也没人骂的历史，竟然持续了200多年，它能不寂寞吗？

五

说来真是错位，作为诗人的王安石硬是将一座风景如画的湖泊变成了农田，而200多年后，只是一个农民的朱元璋却反而将已成农田的玄武湖恢复成了一座真正的湖泊。

公元1368年，朱元璋定都南京，不久便听从谋士朱升"高筑墙，广积粮，缓称王"的建议，大肆扩建南京城，就在筑城的工程中，玄武湖被疏浚成了南京城东北城墙外的护城河，只是湖面仅及六朝时的三分之一（大体也就是现在的大小）。

湖成后，朱元璋下令在湖中的岛屿上建立"黄册库"，作为明朝政府贮藏全国户口赋役总册的库房禁地。既是禁地，自然是"闲人免进"。

而有时候，没有了"闲人"便没有了文化，因为这世上的大多数事情都是人忙出来的，唯独文化有时候竟是人"闲"出来的。

南京的"闲人"都去哪里了呢？都去了莫愁湖——南京城另一边的另一个湖泊。于是，莫愁湖便与西湖一样，也有了许多真真假假、虚虚实实、远远近近的传说、故事和人物，只是南京的这个莫愁湖毕竟太小了，所以它实在不能与西湖一比。

玄武湖不但从来就拒绝闲人，同时还拒绝女人。俗话说"三个女人一台戏"，没有了女人就没有了热闹，更何况自古以来才子总是与佳人相随的，没有了佳人，才子定少光临，而没了才子的点化，再好的风景终究会如一出大戏而少了戏眼。玄武湖正是这样一处风景，因为任凭你翻遍它的各个角落，也绝找不出一个能与苏小小、白素贞、祝英台一比的女人。

那么南京的佳人都去哪儿了呢？都去了秦淮河。众所周知，秦淮河的才子佳人，用一句南京话来说："不要太多噢！"但是秦淮河终究是河而不是湖，所以没有谁会将秦淮河与西湖相提并论。

玄武湖最热闹的时候是我小的时候。那时的我是一个乡下孩子，从没来到过南京，并且那时我用自己的家乡话还很难将吴方言中读音极其相似的"玄武湖"三个字发清楚，但我知道南京有一个玄武湖。那时村里的大人去南京是一定要去玄武湖的，并且听当时南京的知青说，那时的南京人，家里来了外地亲友，如果客气一点的话，是一定要领着去逛一逛玄武湖的。那么人们那时都竞相去玄武湖干什么呢？去看动物。因为那一时期，南京动物园就设在玄武湖中的岛屿上。

我10岁那年，第一次来到了玄武湖，那是20世纪70年代了。我清楚地记得，动物园的动物栏前的人真是很多，多得用"人山人海"来形容一点也不为过。我现在想来，那时候玄武湖的客流量或许并不比西湖少太多吧！当然，喜欢看动物的人也许不是闲人就是俗人，但这世上毕竟是俗人多呵！至于闲人，中国从来就没有少过。

20世纪90年代，由于要保护玄武湖的生态环境，动物园从玄武湖迁走了，玄武湖的客流量一下子滑了下来，不久公园又实行开放式管理——人少了，公园开放了，我竟然可以每天骑着自行车从玄武湖穿来穿去了——我家住在玄武湖的东岸，工作单位在西岸，因此每天上班都骑着自行车从东向西，经翠洲、梁洲、环洲出玄武门而去，而下班又从西向东，经环洲、梁洲、翠洲横穿湖区。有时候禁不住想，我每天穿越的真的就是我当年曾无比向往的玄武湖吗？每当这样想时，眼前的玄武湖似乎变得很不真实，这种不真实让我一直对玄武湖少有归属感，与之相反的是，我每次去西湖似乎总有一种归属感。

那年，我准备调去西湖边的一所学校工作，在西湖边，我与那所学校的校长说起了我的这种归属感，并声称这或许是一种文化的归属。听了我的话，也许是觉得我有点矫情吧，他说："别忘了鲁迅对郁达夫的劝阻噢！西湖的文化是很丰富，但那多是俗文化，归属于西湖的文化，便是对俗文化的投降！"我说："投降也没什么呵，苏小小与鲍仁，许仙

本书作者在西湖

与白娘子，梁山伯与祝英台，不比许多高人雅士、正人君子更可爱吗？"

看来我也是一个俗人。

江南名山诗占尽

　　江南的山，或许在北方人和西部人的眼里是根本算不得山的，它们多数高者不过数百米，矮者只有百十米，甚至更低，若从地理学上进行地形分类，多数只属于丘陵。的确，在空间高度上，江南的山与北方的山和西部的山相比实在没有什么值得炫耀的，然而事实上江南却很有几座山不但其毫无愧色地跻身于中国名山之列，而且人们在它们面前常常唯有仰望、崇敬和膜拜。

　　江南名山的实际标高，并不是那些枯燥的数字所能设定的，而是那些只要是中国人就能脱口而出的诗篇，及其相关的古今人物、动人故事和美丽传说设定的，因此，江南名山多是地地道道的中国"诗山"，套用一句"天下名山僧占尽"的俗话，可谓是"江南名山诗占尽"！

今日北固山

北固山

　　镇江，世称江南水乡的起点。20多年前，我在那里的一所大学里读书，学校离北固山不远，再加上当时进北固山公园不必买门票，所以常去。

　　山门口有字大如斗的"天下第一江山"榜书石刻，山上有多景楼，楼上悬挂着宋代大书法家米芾手书的"天下江山第一楼"的匾额……它们曾让我不止一次地腹诽：古人真能忽悠，就这么一座小山，竟给戴上"天下第一"的帽子，也不怕后人骂睁着眼睛说瞎话！然而，有一天，我读到一首《次北固山下》的唐诗，这才似乎隐约意识到，古人说北固山"天下第一"，并非全无道理。

北固山门旁的"天下第一江山"石刻

　　《次北固山下》的作者王湾，生卒年不详，唐代洛阳（今河南洛阳）人，唐玄宗先天年间进士，当过地方官，曾两次应召参加朝廷的古籍整理工作。在当时享有一定的诗名，但流传下来的诗却很少，在唐朝这样一个诗星灿烂的时代，他充其量也就是个二流诗人。然而二流诗人有时候也能写出一流的作品，《次北固山下》便是一首这样的诗：

> 客路青山外，行舟绿水前。
> 潮平两岸阔，风正一帆悬。
> 海日生残夜，江春入旧年。
> 乡书何处达，归雁洛阳边。

　　由诗题中的"次"字可知，作者写作本诗时，正途经北固山，泊舟山前。因此，诗属于记游诗，内容为作者途经北固山时的所见所思和所感。

　　我初读这首诗时，最喜欢的是它的颔联，遣词平实而构思奇巧，画面清新而文辞隽永，为此它在我的头脑中曾留下了深刻的印象。

　　有一次，我的一位书画家朋友，应遵义会议旧址纪念馆之征欲创作一件书法作品，一时颇为为难。当然他为难的绝不是写字，而是写什么内容：写一首常见的唐诗宋词之类么，似乎有点不太切"题"，也不太严肃；写一首自做的诗词么，挂在那种地方，唯恐有字眼儿不当招致非难——因为他在"文革"中吃过这方面的苦头。他让我给出出主意，我稍加思索，便想到了"潮平两岸阔，风正一帆悬"这两句诗，我建议他将此写成一副对联。我将这两句诗写给他一看，他禁不住地击节叫好，说它不但切"题"，而且境界阔大，意味丰富。

的确，王湾通过首联对客路、青山、行舟、绿水的描写，交代了自己漂泊的行踪后，紧接着的这一联便是对自己前程的眺望。在诗人的笔下，"江潮"、"江岸"和"风"、"帆"，通过一个"阔"字和"悬"字而人格化了。因此可以说，诗人眺望到的不仅仅是眼前的一个美好的前程，更暗示了人生的一个美好前程就在前面。这样的一副对联挂在遵义会议纪念馆里，用来形容当年的遵义会议在中国革命史上的意义，的确是很确切的。

不过，事实上这首诗中最著名的句子是它的颈联："海日生残夜，江春入旧年。"据说它在唐代就获得了很多人的称道。据殷璠《河岳英灵集》载，当时的名相张说就激赏这两句诗，他曾将这两句诗悬挂在自己的政堂之上，以提醒自己作诗为文要以此为楷范。唐朝诗人郑谷曾在自己诗集的后记上写有"何如海日生残夜，一句能令万古传"的话。今天甚至有人说，就是这两句诗正概括了唐诗的整体艺术风格。这样的评价几乎已到至高无上的地步了。

那么，这两句诗何以获得如此高的评价呢？我们不妨先对它作些解释。海日：从江面升起的太阳。这里的"海"，是指江海相连的宽阔江面。唐代时，长江的入海口就在镇江与扬州之间，也就是说北固山向东面一点儿就是海了。残夜：天快亮的时

北固山上的『天下江山第一楼』

候。旧年：去年。整句意思是：残夜未尽，一轮红日已从宽阔如海的江面上涌现；江南春早，早得春天好像就来自于旧年的年尾。仔细吟咏后不难发现，它不但用对仗工整的诗句准确写出了江南初春的特点，而且时空交织，意象壮观绚丽，境界阔大高远，更为难能可贵的是，它在景物描绘中蕴藏着丰富的哲理。这正切合了盛唐时期人们普遍的审美要求，换一句话说，这不正是唐诗的整体艺术风格吗？也因此，它在浩如烟海的唐诗中显得不同凡响也就在情理之中了，而由这样的名句支撑着的一首诗，自然成了唐诗中的杰作。而北固山，也自然不再是一座小山了，因为它不但有大江作背景，而且它把这样一首唐诗作了自己的背景。以这一点比之天下名山，真还难找出一座能与之一比的。再加上早在王湾写出这首诗之前，这座小山还上演过一出刘备招亲的活剧；而在它之后，辛弃疾又两次登上山顶的北固亭，写下了《永遇乐•京口北固亭怀古》（千古江山）和《南乡子•登京口北固亭有怀》（风烟望神州）……

　　北固山拥有了这一切，其空间的高度虽然不足百米，却获得了极高的文化高度，说它是"天下第一"，虽有些夸张，但也不算太离谱。

庐山

　　庐山，尽管有蒋介石和宋美龄的"夏宫"美庐，尽管有毛泽东召开"庐山会议"的会堂，还有他会议期间住过的庐林1号别墅……但若问一个小学生：你知道庐山吗？恐怕他（她）还是会用稚嫩的童音为你背出李白的那首《望庐山瀑布》：

> 日照香炉生紫烟，遥看瀑布挂前川。
> 飞流直下三千尺，疑是银河落九天。

　　这是没办法的事情，尽管近代以来庐山曾一次又一次被拖进政治的漩涡，最终被弄得千疮百孔甚至面目全非，但它作为一座名山终究是属于诗的。

　　就文化高度来说，在中国名山中，能与之比肩，甚至超越它的并不是没有，例如泰山。但是泰山似乎又过于神圣，过于庄严，过于沉重，终究不如庐山那样让人们易于亲近，因此，泰山除了杜甫的一首《望岳》外，属于它的好诗真还不多。庐山就不同了，属于庐山的好诗太多了，因为登上庐山的诗人太多。诗人不像政治家，他们登上山来没有政治目的，更没有阴谋，他们登上庐山似乎就是为了诗——读诗、论诗、写诗、赛诗，在这过程中，虽然不乏争论——甚至不同时代的诗人还会发生跨越时空的争论，但这种争论终究也只是属于诗，绝不会像政治家们的争论——到底是先"攘外"还是先"安内"？到底是要"纠左"还是要"反右"……在今天看来，他们的争论是政治的不幸，也是我们民族的不幸，同时也是庐山的不幸。而诗人们的争论，则没有什么不幸，相反倒是诗的有幸，文化的有幸，当然也是庐山的有幸，因为在这样的争论中，庐山不但获得了极高的文化高度，而且其高度显得更为明确。

引起庐山诗争的第一首诗是中唐诗人徐凝写成的，题为《庐山瀑布》：

虚空落泉千仞直，雷奔入江不暂息。
千古长如白练飞，一条界破青山色。

就在徐凝诗成后不久，大诗人白居易登上了庐山，他看到了庐山瀑布，也读到了徐凝的诗，很是欣赏，当有人请他也题诗一首时，他明确表示："赛不得！"大有点儿"眼前有景道不得，徐凝题诗在上头"的味道。但是白居易终究还是给庐山留下了一首诗，只不过他另辟蹊径了，这便是那首著名的《题大林寺桃花》：

人间四月芳菲尽，山寺桃花始盛开。
长恨春归无觅处，不知转入至中来。

白居易的诗是公认的好诗，但白居易的观点有人并不同意，相反，他认为徐凝的诗实在是一首"恶诗"。此人并非是一般的芸芸众生，而是中国历史上另一位伟大诗人苏东坡。

据《唐宋诗醇》记载，苏轼"初入庐山，有陈令举《庐山记》见示者，且行且读，见其中有徐凝和李白诗，不觉失笑。开元寺主求诗，为作一绝，云：'帝遣银河一派垂，古来唯有谪仙词。飞流溅沫知多少，不为徐凝洗恶诗。'"苏东坡认为，徐凝的诗与李白的诗相比只能是"恶诗"，庐山瀑布已为李白写绝了。

苏东坡虽然不同意白居易的观点，但是行为也与白居易一样，也没有为庐山瀑布再写诗，而是又在李白和白居易之后再另辟蹊径，留下了一首著名的《题西林壁》：

横看成林侧成峰，
远近高低各不同。
不识庐山真面目，
只缘身在此山中。

苏东坡之所以不再（或不敢）把自己的诗献给庐山瀑布，而是献给庐山的石壁，显而易见是因为他不愿意自己的诗也成为"恶诗"！当然，他的"不敢"显然不是因为徐凝，而是李白。

的确，李白的这首《望庐山瀑布》可以说就是庐山的文化标高。

庐山"三叠泉"

说句良心话，徐凝的诗不见得真如苏东坡说的那样如此之"恶"，白居易的鉴赏水平也不见得就如此之低，而是因为李白的诗所达到的水平太高了。南宋诗论家、词人葛立方在他的《韵语阳秋》中大体上也是如此认为，他说白居易之所以表现出如此低的鉴赏水平，这都是因为他"或许未见李白诗耳"，言下之意，苏东坡之所以认为徐凝的诗是"恶诗"，全是因为他读到了李白的诗，有了比较才有鉴别。此话虽有出于为尊者讳的目的而为白居易开脱之嫌，但或许也是事实。

李白的这首诗实在太好了！好在哪里，已无须我这儿证明了，最好的证明是几乎每一个中国人都能脱口背诵它的事实，还有每一个到庐山来的人都想也去望一望那座李白曾望过的瀑布。

十多年前，我第一次上庐山时，一路上似乎满耳都是庐山瀑布的轰响。一上山，也顾不得参观180号美庐、庐林1号毛泽东别墅，以及176号彭德怀别墅等，便急着打听庐山瀑布的所在，至于那满山的别墅更似乎是视而不见。有人指点我们说："离这儿远着哩！"我们哪里顾得了远呵，因为我们几百里路都赶来了。用了整整一个下午的时间，我们可谓是吃了千辛万苦，终于走到了那个叫"三叠泉"的瀑布前，当我们惊叹着眼前的瀑布，赞叹着诗仙"飞流直下三千尺，疑是银河落九天"的诗句真是绝响时，有人告诉我们，李白的"庐山瀑布"并不是眼前这座"三叠泉"，因为这座瀑布在明代时才被发现，李白望过的那座庐山瀑布在香炉峰下。

这真是太煞风景了！我们失望之余立即决定：明天一定再去看李白当年望过的那座"庐山瀑布"！

第二天，我们终于来到了那座属于李白的瀑布前。然而说实话，这座瀑布并没有三叠泉壮观：水量既没有三叠泉大，高度也没有三叠泉高。如果仅仅为了观瀑，我们三叠泉既已看过，就实在没有再来看它的道理了。但我们终于还是来了，且一点也不后悔，就因为它是李白望过的庐山瀑布，我们只有也望到了它，才算是到达了庐山的文化顶峰。

天门山

忽然想去湘西的张家界看看，于是拨通了几家旅行社的电话。旅行社很快将一大堆景点宣传材料送了过来，那些材料一律印得图文并茂，精美异常。我翻看了一通，其中一则介绍天门山的材料让我觉得很有意味，因为它竟然将李白的那首著名的《望天门山》的诗也做了它的卖点。然而众所周知，李白此诗中所望此天门山非彼天门山，它在安徽，与张家界之天门山相距千里之遥哩！

李白所望的天门山并非是一座山，而是东梁山（在安徽省的当涂县）和西梁山（在安徽省的和县）的合称，由于它们夹江对峙，形势险要，看上去像一座天设的门户，所以又被叫做"天门山"。东梁山原名博望山，今天的博望镇（属安微省当涂县）是我故乡的一座邻镇，可想而知我的故乡离天门山并不远。

此天门山因为李白的诗而著名：

> 天门中断楚江开，碧水东流至此回。
> 两岸青山相对出，孤帆一片日边来。

我上初中时才第一次读到这首诗，那四句明如白话的诗，为我们展开的画面是那样的瑰丽而壮观：汹涌的长江一路奔腾，到此被一座大山阻挡住了去路，但江流怒涛不断冲击，终于把这座大山从中撞断，断成了东西两座梁山，断成了一座"天门"——长江仿佛成了一个凝聚着巨大力量的生命，显示着冲决一切阻碍的神力，而天门山似乎只能默默地为它让出一条通道。然而山并非因此而完全放弃了努力，你看它在为江流让道的同时，又将江流夹成一个巨大的回旋，让东去的江流不得不在他的怀里多流连一番——真是青山有意，江流有情！然而更为有情的画面还在后面：那从太阳升起的天边缓缓驶来的一叶孤舟，正举着白帆，载着诗人，向天门山驶来，而天门山呢，正向他伸出欢迎的两臂……

呵，天门山！若能去亲眼看一看它就好了，或许会因此而知道一点儿写诗的门道哩！于是我向父亲提出了这样的要求，希望他能带我去看一看那座并不算遥远的天门山。

我之所以敢提出这个要求，是因为我当时以为自己的这一要求并不算过分。那时，我们生产队里有一条载重五十吨的机动运输船，队里的男劳力轮流上船，从石臼湖里的郎溪口运一些沙石到长江沿岸的马鞍山、芜湖、南京和镇江等城市，以此赚点儿运输费，而那运输船来来往往听说都是要经过天门山的——说不定轮到父亲上船时，他一高兴就带上我哩！

"真是异想天开，那儿是你看的吗？"没想到，对于我的要求父亲是一口回绝，没有半点商量的余地。见我有些不高兴，或许是为了哄我吧，他又跟我解释说，天门山下江水异常湍急，他们的运输船，如果是逆流而上，只要载货载得稍多一点儿，常常在江流中以最大的马力开了半天，船还在

西梁山

原处未动；如果顺江东下，船又异常的快，不小心就会撞上山去，总之去那儿很危险。最后他似乎又安慰我说，不就是两座山吗，没什么好看的！

就这样，天门山虽然离我故乡不远，但我一直没有一睹它风姿的机会。

许多年后，我为了看三峡而从重庆乘船回家，当故乡在望，整个航程快要结束时，我终于第一次看到了原本离我故乡不足百里的天门山。然而说实话，我当时只一眼，便大失所望，因为眼前的天门山，比之三峡中的任何一座山，都只能是小巫见大巫；还有山间的江水，在父亲当年的讲述中，它是那样的湍急，但与三峡中的急流相比，那也实在是不值一说。不过我很快便自我安慰道：这或许都是因为自己刚经过三峡的航行，应了"曾经沧海难为水，除却巫山不是云"的话吧！我相信天门山绝不会是如此"平庸"。

于是，回家后不久，我又专程去了一次天门山。

这一次，我与几个同伴是从南京乘车走陆路去的。我们先来到芜湖，一番打听后知道，东梁山在芜湖城北5公里大桥镇的长江岸边，海拔高度为82.12米。又驱车几分钟，我们便从芜湖市区来到了东梁山脚下。眼前的东梁山果然不算高，但山体似倾斜着突兀江中，临江一面因而如刀削斧劈，巍巍然又似砥柱中流，而连岸一面，坡度平缓。我们从缓坡登山，尽管沿途还看了两处古迹，一处是始建于公元1246年的天门书院，一处是别具特色的铜佛寺，但上到山顶还是并没多大一会儿时间。老实说，这样的旅程实在很难让人有太高的兴致。果然，当我们从山上下来

东梁山

后，尽管时间尚早，但同伴都不愿再过江去游西梁了。就这样，我这次专程的"天门之旅"，事实上在只游了它的半边"门"后便结束了。

至此，对于真实的天门山，凭着自己的一次远望和一次近观，我可以说已基本了解，它实际上就是长江边的两座小山。相比之下，倒是张家界天门山其空间高度确是高多了——其主峰海拔高达1518.6米。而且说实话，它也一定比安徽的天门山好玩得多——有旅行社罗列的卖点为证：

1999年12月，世界特技飞行大师驾机穿越天门洞，实现人类首次驾飞机穿越自然溶洞的壮举，震惊世界。

2005年5月，天门山盘山公路竣工通车，盘山公路共计99弯，被称为"通天大道"、"天下第一公路奇观"。

2005年9月，天门山观光索道竣工运行，它是世界最长的高山索道，全长7455米，高差1279米，堪称"冠世奇景"。

2005年9月，天门山被亚太旅游联合会、世界华侨华人旅游合作组织评选为"中国最佳森林公园"。

2006年3月，俄罗斯空军特技飞行表演在天门山上演，重型战斗机苏—27、苏—30曾激情穿越天门洞。

然而，好玩不等于有文化，空间的高度也不等于文化的高度。大概正因为这一点吧，只有82.12米高的安徽天门山，却让高达1518.6米的张家界天门山没有一点文化的自信，可怜它只得硬将别人的诗拉将过来贴到自己身上——殊不知这本身恰又成了缺乏文化的一个笑话。

敬亭山

　　宣城（今宣州），李白曾先后七次来过；敬亭山，李白在宣城累计居此十年之久——在同一个地方居住这么长的时间，这对于一生都在漫游的李白来说是绝无仅有的。仅凭这一点，敬亭山实在是一座属于李白的山，更何况他还为敬亭山写下了这么一首有名的诗：

　　　　众鸟高飞尽，孤云独去闲。
　　　　相看两不厌，只有敬亭山。

　　如果把山比做女人的话，庐山可谓是李白的情人，而天门山则是李白走在路上看到的一个让他浮想联翩的曲线优美背影，而只有敬亭山才是与他相知相守、知冷知热的妻子。

　　庐山曾让李白激情澎湃——不仅因她而写下了激情澎湃的诗篇，而且激情澎湃地下山，跟着成王去建功立业，只是他的这一腔激情随着成王的兵败而如庐山瀑布一样很快便"飞流直下"了，而且"飞流直下"的还有他的人生：在庐山脚下，李白被捕，因大逆不道的罪名，而"人人皆曰杀"，最终被判充军夜郎。如果说庐山真是李白的红颜知己，那么对于李白来说，那也真是应了"红颜祸水"之说。

　　李白与天门山相遇时只有26岁。那是一个人壮怀激烈的年龄，也是一个人想象最为丰富的年龄，更何况此时李白第一次沿江出川，心中的激情正如这澎湃的江水一样不能扼制，此时一座并不太出众的天门山映入眼帘，如同走在路上突然映入眼帘的一个朦胧背影一样，有时竟也能激发出他无穷的想象和澎湃的激情——那首《望天门山》便是这样写成的吧！只是这样的背影只能看一眼，终究很难留住她并与之相守。

　　能够留住并日日相守的还是那家里相濡以沫的妻子。李白每次投向敬亭山的怀抱都是在失意之后，他回敬亭山，如同回自己的故乡，自己的家。只有在那里，他受伤的心才能得到安慰，日子才能过得比较踏实，甚至还有几分悠闲和安逸。

　　我学生时代读李白诗篇，常常羡慕他游过的名川大山真多，羡慕之余总禁不住想：他成年累月天南地北的漫游，这差旅费哪里来呵？要知道那时候并没稿费与版税可拿，也没听说过他做过什么生意有什么产业，难道真的因为人们称他"诗仙"便不食人间烟火吗？

　　野史上说，当初唐玄宗将李白"赐金放还"时不仅曾给过他许多钱，还给过他一道圣旨，因此，他每到一地，军民人等都会热情接待，也因此他的漫游并不需要自己准备差旅费。但我对此总不太相信：野史中唐玄宗的那道"赐金放还"的圣旨，大体上也就如宋徽宗赐给柳永的那道"且去填词"的圣旨一样，或许只是人们根据皇帝当初只一句随口说出的玩笑话而附会出的吧！柳永虽然每到一处都打着"奉旨填词"旗号，但是事实上并没多少达官贵人买他的账，他多数时候是靠填一些新词卖与歌楼的妓女过日子，而那样的日子他事实上是过得贫困交加、漂泊无定。再退一步来说，即使玄宗真的在当初给过李白一道圣旨，李白手中也一直真握有那么一道圣旨，但也很难所到之处总有人箪食壶浆而使他总衣食无忧，原因不难想象：你说你手上的是圣旨，但在那些天高皇帝远的地方，有多少人见过圣旨的样子呵，谁能证明你手上的那圣旨不是假的呢？谁能证明你不是个骗吃骗喝的流浪汉呢？因此，我们猜想，李白漫游的日子，事实上过得也不会比柳永好到哪里去，因为柳永至少还可以将随手填出的新词与歌楼的歌妓换几个小钱，而李白的

敬亭山山门

时代没有那样的歌楼也没有那样的歌妓，即使有，他的诗也不是那种拿到手就能唱的流行歌曲呵！

李白第一次来到宣城时已53岁，那是天宝十二年（753年），此时他从长安出走已经整十年了，当初仗剑出川时的那颗雄心早已是千疮百孔，正好他的从弟李昭在宣城做长史，写信邀请他来宣城："宣州自古为名邑上郡，星拱斗牛，地控荆吴，为天下之心腹，实江南之奥壤。既有山川之胜，又兼海陆之丰……北望敬亭崛起于川原之中……高人逸士所必仰止而快登也。"正是因为这封信，一代诗仙李白与宣城结缘了。据史料记载，李白一来到宣城，便不顾旅途劳累，立马与从弟及宣城太守宇文一起登上了敬亭山，并于此结庐居住了下来。由此我们推想，李白此时在宣城，住的地方有了，吃喝又有太守、长史的帮助，最基本的生活保障便有了。更何况宣州还有像汪沦这样好诗更好客的百姓，他们会三天两头请李白去乡村走走，去看看那儿的"十里桃花"，顺便去"万家酒楼"上喝上几盅。这样的日子，对于李白来说，可比过去的十年漂泊滋润多了。

当然，对于一个诗人来说，光解决其物质需求的问题而精神需求不能满足显然也是不行的，而宣城恰恰又为李白提供了丰富的精神食粮。李白一生最崇敬的诗人是谢朓，而谢朓曾任宣城太守，他不但留下了一座谢朓楼，还有一首著名的《游敬亭山》诗，正因为"宣城谢守一首诗，遂使声名齐五岳"（刘禹锡诗）。至此，有吃、喝、住之外，还有一楼、一山、一诗，李白能不过上如神仙般的日子吗？据统计，李白在宣城期间，共写诗82首，光为敬亭山就写了21首，其中最著名的当然还是那首《独坐敬亭山》。

那真是一首孤独的诗：

敬亭山雪景

你看，敬亭山下除了独坐的诗人，连山间平时那么多的鸟儿也全飞尽了，连天空的浮云也是孤独的——人的孤独可想而知！

那也是一首闲适的诗：

你看那远去的浮云，虽然独自飘去，但它的飘去是那么的从容悠闲——在孤独中，最容易产生焦虑、烦躁和不安，但是这儿只有悠闲！

诗人为什么孤独？因为没有可以交流的对象——有生命的鸟、没生命的云都飞走了。诗人为什么闲适？因为有一座敬亭山正用自己的美目与诗人对视着——此时的敬亭山，哪里只是一座无生命的山呵，分明就是一个善解人意的人！

难怪四百多年后，宋代词人辛弃疾，要从中化出"我望青山多妩媚，料青山见我应如是"的词句！

难怪又四百多年后，秦淮河边的一位绝色女子，又要从辛词中为自己化出一个美丽的名字"柳如是"！

有这样的一座敬亭山整日厮守着，李白能不与她相濡以沫度余生吗？能与中国最伟大的诗人相濡以沫的敬亭山，能不成为中国的"诗山"吗？

秦淮河从窗下流过

山如眉黛，秦淮河恰似江南脸颊上闪闪亮亮的泪一行，又像一条碧波织就的青罗带，从远处飘悠悠而来，从从容容地飘过我的窗下，与我居住的小城缱绻缠绵后，又在城西那苍老的永寿古塔下流连了一番，才带着几分幽幽的古意、几分依依的恋情，向那"六朝金粉"的故都柔婉而去……

插图

秦淮河从我的窗下流过，那窗下的桨声灯影便是一首恬恬淡淡的歌，江南小城那独特的韵致便如此被有声有色地轻唱吟哦。这里的桨声灯影可贵的是还没沾上脂粉气。那些透出灯影的小屋，将两岸装饰得古色古香，显示着古秦淮独特的景观。它们依岸而建，座座幢幢各具姿态，共同的特征是都有一个小阳台临河翼然，阳台下一般都有一个小码头，如此上下对称，建筑上构成了一种有趣的呼应。当孩子们在码头上叉鱼钓虾时，大人们则在阳台上照看。码头是各家为淘米浣洗之便而建的，那些身材窈窕的秦淮女，在码头上一边淘米浣洗，一边隔水聊天，那些家长里短的故事往往比河水还长。每当此时，总在河里浮着的鸭子，便围拢过来，争食她们洗去的菜帮糠稗，赶也赶不开。当女人们的故事说得动情时，鸭子们会忽然衔走她们搁在码头上的抹布之类，这才使她们的故事不得不草草收场，精彩的结尾只好连同那些花花绿绿的衣衫一起晾到一个个小阳台上。此时，便是秦淮河桨声悠悠的时候。那些满载瓜果蔬菜的小船沿岸叫卖，卖主多附近的农民，他们在各家的小码头上与人讨价还价，做成一笔笔生意。住在楼上没有码头的人家，就用一根绳子将一只竹篮或吊桶之类从窗口放下来，一笔笔生意同样可以成交。在这里，秦淮河的桨声灯影，轻唱摇曳着的是秦淮人家日常生活的恬淡和温馨，悠闲和自足。

　　的确，这里的建筑景观古色古香，这里的乡风民俗粗朴淳厚，然而，你千万不要将这里当作理想的世外桃源，这里"古色古香"的背后隐藏着一种难言的尴尬和无奈——这里的建筑是别致的，但也是简陋的；这里的格调是清新的，但更是灰暗的。那些小码头实际上只是在驳砌的岸下多垒了三五块石头；那些阳台，也只不过是用几根木头支撑着几块木板而已。那些危楼小阁、低篷矮户，虽将两岸的空间分割得恰到好处，但同时又将不宽的河面拥成了一条闭塞的陋巷，向世人显示着困窘；那些翼然而伸的阳台，小巧玲珑各具其妙，在局促的住房外艰难地拓出了一片向阳的空间，但与其说这是建筑艺术的天才发挥，还不如说是一种无奈的阉割。可以说，这里的一段秦淮河，是一段逝去了的岁月的留影，也可以说是一个民族贫穷困厄而又不甘现状的精神的物化……我是看着这里的一切长大的，当我在襁褓中睁开眼睛时，这里的一切就已经是这样的苍老了，苍老如我的祖母。那剥落的粉墙，那错落的瓦行，那摇摇欲坠的阁楼，我每当看到它们，就如同看见

插图

我年迈的祖母，看见她霜染的银发、深陷的皱纹和维艰的步履。意大利作家措德勒曾说："故乡是我深爱着的不幸。"对于我来说，秦淮河何尝不更是我"深爱着的不幸"呢!河两岸的危楼小阁、低篷矮户，尽管我的确深爱着它们，但它们常在梦中压得我难以喘息。每当我凭窗临河，那脉脉的流水就如一幅历史的长卷一幕幕地展现于眼前……

公元前2世纪，秦始皇为了"泻去"钟山脚下的"天子气"，下令疏凿秦淮河。这当然是无益的徒劳，钟山脚下的"天子气"不但一点没被"泻去"，反倒多了个"六朝金粉销魂地"，"十世都会销金锅"，为这块古老的土地平添了许多风流佳话："宝钗分，桃叶渡，烟柳暗南浦"，是"书圣"王献之的风流；"何缘十二巫峰女，梦里偏来见楚王"，是才女李香君的风流……多少次，我眺河思索：一千年前，晚唐风流诗人杜牧夜泊秦淮，为何吟出的竟是"商女不知亡国恨，隔江犹唱后庭花"的忧愤；七百多年前，爱国词人辛弃疾泛舟秦淮，又为何要"唤取红巾翠袖，揾英雄泪"；公元1842年，《南京条约》在秦淮河畔的静海寺草签，此后激起了多少中国人的哀怨和抗争；还有我居住的小城，太平军曾三进三出，那些流血漂橹的太平军将士，为何圆睁的怒目至死未瞑?秦淮河日夜流淌，流淌的岂止是桨声灯影、佳人香泪!它流去了无穷的时光，它日日夜夜都在唱着一支沉重而不幸的歌。

好在今天的秦淮人已从这支既往的歌中认识了自我，他们不再只津津乐道秦淮河的风流故事和美人佳话，更不再因此而悠闲自足。每天清晨，当秦淮河还哈欠连天吐着满河雾气的时候，两岸一个个雕花小窗如惺忪睡眼似的已早早睁开了，人们上班前的忙碌从窗口溢出，打破了河面上晨雾裹着的宁静。河边小码头上人影匆匆，临河梳洗的人们，将还在河心睡着的月亮搅成了满河银片，他们梳洗的姿态优美，动作利索，小码头间没有了聊天的空闲，更没有了那比河水还长的故事。就是回响在石驳两岸的捣衣声，节奏也变得短促而明快。随

插图

插图

着一声清脆的喇叭声，满载着小城风情的第一辆邮车，从跨河的桥上驶过，一个个精彩的小城故事便被发往遥远遥远的地方。随后，一辆辆锃亮的自行车，在桥上有声有色地汇成了一条湍急的车流，古老的石拱桥成了"立交桥"，桥上桥下，争分夺秒的车流与缓缓悠悠的水流，协奏着一首时代感鲜明的秦淮晨曲。

太阳升上了天空，秦淮河收起了薄薄的轻雾，但河两岸反而人影寥落，清亮亮的河水轻扑着两岸的驳石，同时潋滟的水光在背阳的石岸上悠闲地变幻着图案。河里的鸭子，有的浮在水上，将头插在自己背上的翅膀里打盹儿，有的则在水边的小码头上插洗羽毛。小阁楼的阳台上，色彩缤纷的时装早已晾干，但仍没人来收拾。骄阳下，小阁楼更加显得委靡不振，直到傍晚，斜柳绿桑间陆续停满了大大小小的自行车，它们才恢复生气——它们的主人回来了，眉宇间明显都挂着倦意。但是当他们听见了秦淮河轻声的吟唱，看见了古秦淮独特的景观，再浓的倦意就都烟消云散了。此时有人隔河交流着一天工作的收获；有人倒上一杯清茶，专注地阅读当天的晚报、导报、桥报，为各自的工厂和公司寻找着有用的信息；孩子们也不再叉鱼钓虾，各自就着一张小方凳专心做着每天要做的功课。夜幕降临，这里的人们无论多忙，每天的《新闻联播》是不能不看的。许多人把电视机搬到阳台上，于是黑白的、彩色的荧光交相辉映，如霓虹闪烁，陋巷般的秦淮河此时成了一条不夜的长街，有声有色地装饰着小城不曾有过的风情。

是的，这里的风情在发生变化了，色调灰暗的低篷矮户间，悄悄崛起了一座银灰色的摩天大楼，虽有点鹤立鸡群，也破坏了这里古色古香的建筑风格，但唯因如此才使人动情——这是秦淮人在贫瘠的土地上艰难培植出的一棵参天大树，也是他们在天地间大写给世人的一个巨大的惊叹号！

秦淮河从我的窗下流过，每一个"烟笼寒水月笼纱"的夜晚，我总爱凭窗临河，此时秦淮河悄无声息，但两岸小阁楼的雕花小窗，如一双双不眠的眼睛还在发着光芒，那是秦淮人投向秦淮河的一片深情。

呵，秦淮河从我窗下流过，秦淮河从我心头流过！

油菜花开

油菜花开，是春天的江南最为辉煌的一页。这一页刚掀开，放蜂人便准时地来到村口，把成箱成箱的蜜蜂放飞。于是小小的蜜蜂嗡嗡嘤嘤，春天的乡村便被它朗诵得有声有色。

"今年的油菜花特别的鲜，这蜜一定特别甜吧！"

"油菜花今年鲜得特别，这收成一定特别好吧！"

放蜂人与村里人这样互相答问。就凭这样的答问，村里人便用整个花期接纳了放蜂人，也接纳了他们放飞的蜂群……

晨曦初露，村里人在无边的花海浮游。男人们为了不碰落花瓣，赶在日出前给菜地理最后一次水；小媳妇大姑娘，则钻进菜垄间，嗅着花香，将嫩嫩的青草带露割进筐——这种带露的青草喂猪喂兔特别长膘。此时，放蜂人在帐篷前升起乳白色的烟缕，这烟缕将村里人的目光扯得老高老高。逆光中，放蜂人来河边汲水的身影模糊而高大。

傍晚，村里人看着蜂群在夕阳下飞舞，平常看惯了的乡野景色，竟让他们胸中突然涌动起一种情感，复杂而又旷远。

于是，他们期望走近放蜂人魔盒似的蜂箱，更走进那花海边用油布搭起的帐篷，渴望与放蜂人做一次春夜长谈，谈春天，谈花期，谈太阳和雨，或许也可以谈谈他们漂泊的行踪和传奇的艳遇。然而村里人开始总怕那乌云一般的蜂群。放蜂人说，只要你不去扰它，蜜蜂绝不先蜇人。于是在一个春雨淅沥的午后，村里人终于走进了放蜂人的帐篷。村里人从此知道了，那仿佛童话中的帐篷里，原来除了一卷铺盖和几桶蜂蜜外，还装满了孤寂。放蜂人让客人喝最新鲜的蜜，这蜜足以滋润村里的男人们一冬的话题，而女人们则从此夜里常做甜甜的梦——在梦里，放蜂人被春雨淋湿的身影，总被他帐篷中的马灯映得高大而亲切。

村里最漂亮的妹子，在喝过了放蜂人的蜜以后，越发鲜活水灵了，她的笑容里仿佛也沾了放蜂人的蜜，甜得让人心痛。在放蜂人的卡车将他的蜂箱和帐篷连同乡村的春天一起载走后，村里人发现那个漂亮妹子也失踪了。她年迈的父亲，在村口望着天上的浮云发了好一阵呆，回家从箱子里取出八百元钱，掂了掂，还给了村东头的老王家——那是他家昨天刚送过来的彩礼。

第二年油菜花开时，放蜂人的卡车又准时来到了村口，村里人又走了过来。

"今年的油菜花特别鲜，收成一定特别好吧!"

油菜花开，是江南乡村最为辉煌的一页。

放蜂人笑着高声说，可是村里人这一次谁也没有接他的话茬。

失踪的妹子腆着大肚子从车上下来，村里人更不能接受她这个形象，她一气之下又上了车，从此再没回来，尽管油菜年年开花。

文房四宝

签字笔时代寻购湖笔的历程

规格：墨木杆·羊毫

（双鹿牌）
17号羊毫四支（羚羊韵锋）

湖笔

来到湖州，当然要买几支"湖笔"带回去。

在中国传统的"文房四宝"笔、墨、纸、砚中，笔是占第一位的，而湖笔代表着中国毛笔的最好品质。

但哪里知道真正的湖笔并不出自湖州，而是出自它下面一个叫善琏的镇子上。那个镇子太小了，那两个字放在一块儿读起来又有点拗口，外地的人们难以记住；容易记住的是它隶属于湖州，所以那儿生产的笔便世称为"湖笔"了。

来到善琏镇，沿街总能看到许多笔庄和笔店，且都是那种传统风格的：店招是红木匾额式的，上面是石绿色的字，多出自于书法名家手笔；当街曲尺形的柜台，柜内放满了各种各样的湖笔，柜上有红木的笔架，架上也挂满了大大小小的湖笔；店内的墙壁上，你一不小心就可以看到林散之、沙孟海的字，或者是林风眠、陆俨少的画。

这样的小街，这样的小店，让我们有一种时光倒流的感觉，因为这样的小镇今天只在影视上经常看到，而在现实的中国除了这儿可能很难找到第二处了。虽然如今的确是一个市场发达，商品丰富的时代，但是即使是在大都市，要买得一支可心的毛笔并不是一件十分容易的事情。不过这也并不奇怪，如今用毛笔写字的人越来越少，用钢笔的人越来越多，不，用钢笔的也越来越少了，用那种一次性的签字笔，或者干脆不用笔而只用电脑打字的人越来越多了。毛笔在现如今几乎成了书画家们的一种专用品了。既然销量有限，经营它赚不得更多的钱，谁愿意卖它。

而这儿依然是一个毛笔的世界，只几家小店走过来，握在我手上的笔已一大把。我知道，有些笔我是不会用它们的，有几支我是纯粹因为它的名字太好了才买的，如"金不换"，它是那种用来写小字的狼毫，我很少写小字，但买上一支带回去，作个纪念，说不定还可以送给朋友——送人，你想想，这笔的名字正合适！还有"幽兰"，是一种兼毫，顾名思议一般都是用来画兰草的，我虽不画兰，但就冲这名字，带一支回家，悬于我案头的笔架上，一定会让我时常记起那关于幽兰的诗："幽兰在山谷，本自无人识；只为馨香重，求者遍山隅。"也让我更能埋头写自己的字，读自己的书。

在一家叫"戴月轩"的店里，我在柜上的红木的笔架上，竟然看到了一种名叫"中山兔毫"的毛笔，这让我十分惊诧，因为我知道，那是一种早已失传了的毛笔，且它的产地本也不是湖州，而是我的故乡。

我的故乡在苏南的溧水，那儿古称中山，是一个小地方，不太有名，但是它竟是传说中中国毛笔的发源地。

传说秦朝时，秦始皇命大将蒙恬远征楚国，并要他定期写出战报及时汇报。那时，人们写字，除了用刀子（刻），就是用竹笔，即将一根竹棍头部削薄，削尖，蘸上墨汁，将字写在竹片或木片（简）上。蒙恬所写的战报，由于要做千里传送，为了方便，他就写在一种白帛（白色丝织品）上。而竹笔在白帛上写字，一不小心就会划上帛丝，写起来很慢很吃力。有一天，他率领大军来到了一处叫"中山"这个地方，见"中山多狡兔"，兔子尾巴拖在沙地上留下的痕迹让他产生了灵感，于是，他猎了几只野兔，剪下尾毫，并将其束于竹端，就这样，蒙恬发明了毛笔，而他本人也被后世尊为中国制笔业的始祖。

湖笔一条街小景

毛笔当然不会真是由蒙恬发明的，因为有太多的证据证明，早在秦以前中国人就开始使用毛笔了，但是我常常想，究竟是谁最先发明了毛笔呢？以后中国人为什么会选择毛笔做了最普遍的书写工具呢？毛笔属于软笔，写起来绝无硬笔方便，且中国人最早使用的笔也是硬笔——甲骨文、金文等一定是用硬笔"写"出的，但是后来为什么就取软弃硬选择了毛笔呢？其中或许有偶然，但一定也有着必然吧？

与西方人相比，中国人的性格是含蓄的，即使有再多的不满，也常常只会是绵里藏针式地表现，毛笔及其由他写出的线条，或许正符合中国人的这种性格。因此，与其说中国人选择毛笔，还不如说毛笔选择了中国人。正因为这种选择，世界才有了以写意、含蓄、抽象、表现为特征的东方艺术，并以此区别于西方艺术的以写实、明朗、具象、再现为特征。中国人出于自己的生命需要造就了毛笔，也赋予了它生命的特征，同时毛笔又强化了中国人的这种生命需要和性格特征，简而言之，是中国人造就了毛笔，同时毛笔也造就了中国人。我坚信，如果没有毛笔，中国人和中国文化一定会是别的样子。

大概正是因为江南人与北方人相比性格更含蓄、更会绵里带刚吧，所以毛笔的发明者虽是北方人，但最终还是让他来江南完成了他的发明，且中国最好的毛笔终究是由江南人制造的。

我的故乡虽是传说中毛笔的发源地，但由于南宋时文化中心辐聚杭州，再加上后来的元人南侵，制笔工匠的南逃，故乡制笔中心的地位渐被湖州取代，时至今日已不出产毛笔了。然而，有太多的史料证明，"中山兔毫"的确曾是中国历史上毛笔中的名品，而我的故乡也的确曾经是中国制笔业的中心，只是现在已很少有人知道了。这实在有点令人遗憾。大概是为了弥补这种遗憾吧，我故乡的书友许君，近年来正埋头试制"中山兔毫"，想用一己的智慧恢复失传的"中山兔毫"，虽然现还没取得令人满意的结果，但精神可嘉。如今湖笔中竟有了"中山兔毫"一款，我自然买上两支：一支带回去自己留着作纪念，一支送给故乡的许君，想必多少能对他的试制有一点参考作用吧。不过虽然我也祝愿他的"中山兔毫"能早日试制成功，但更希望作为一位书法家的他，能就用手上的笔写出更好的作品，无论是用什么笔，只要是毛笔。

满载而归到了我们下塌的湖州宾馆，我打开电视看每天必看的《新闻联播》——是中外领导人的一个签字仪式。

这样的签字仪式，从前我是很愿意看的——主要是为了欣赏毛笔给我带来的那分民族的荣耀与自豪：在那种签字仪式上，中方领导轻轻拿起一支准备好的毛笔，在一旁的砚池中轻濡一两下，然后悬腕甚至悬肘写下自己的名字，那一气呵成、从容不迫的过程，可用来形容的词语自然是从容、潇洒、大气等；而相比之下，外方领导似乎显得总有点急促、拘谨，甚至有点鬼头鬼脑。

为什么同样只是签一下字，但给人的感觉却很不同？我想其中除了我的民族自信心的作用外，全在于签字双方一方使用的是毛笔，一方使用的是钢笔（签字笔）吧！毛笔是笔中的贵族，它的笔杆那么的长，书写时书者必须将笔杆竖握，最好还要悬腕甚至悬肘，同时要端坐平视——如此书写，本身就堪称一种行为艺术了。而与毛笔相比，那钢笔的笔杆短多了，书写时一般又是随意地斜握在手，平时这样倒也没什么，而在签字仪式那种场合上，它实在显得有点寒酸了，再加上钢笔的书写，不需任何辅助动作（最多也就只需将笔帽除下就可），这本身就显得有点急促，再加上书者都得埋头伏案，这就更显得有点鬼头鬼脑了。

只是不知道从何时起，也不知何种原因，我国领导们也在中外签字仪式用签字笔签字了，时到如今几乎已放弃了毛笔——难道这也是一种"与国际接轨"吗？

真希望我国领导在中外签字仪式上还是多用毛笔，因为用毛笔写字本身就可代表中国。

打印机时代关于徽墨的联想

我们是冲着胡适而去上庄的，但没想到竟看到了胡开文。

上庄，皖南绩溪县的一个美丽村子。村里一处普通的两进徽派砖瓦房是胡开文的故居，现如今被胡开文的后人们打理成了"胡开文故居"——有点像一座纪念馆。来到这座纪念馆的游客大多与我们一样，本是去看"胡适故居"的，这"胡开文故居"既已路过，也进去看一看吧！这让我不由得想，这胡开文真是沾了胡适的光，好在他们百年前原本就是本家，谁沾谁一点儿光都无所谓。

胡开文是商人，做墨的生意的商人；胡适是文人，文人自然是用墨的。那么产自他故乡的"徽墨"，既是中国最好的墨，他一生一定没少用吧！尽管胡适是留过洋的博士，是喝足了洋墨水的，但是胡适也喜欢写毛笔字，且很以自己的书法而自得。我看见过胡适的字，那种带有北碑风格的行楷，刚柔相济，亦秀亦拙，秀中带拙，拙中藏秀，一派风流。以编辑为务为生的我第一次看见时，曾不由得想，胡适的那些大块文章竟是用这样的漂亮的字迹写成——看这样的文章，不要说内容了，光是这字，也是一种享受呵！只是今天这样的稿子再也不可能看到了。

是的，今天的人们写稿已不再用墨，甚至连笔也不用了，而是用电脑"敲"或"打"，"写文章"已变成了真正意义上的"敲文章"或"打文章"了。说起墨，可能许多人连它的形态都已经弄不清了。他们能够迅速联想到的或许首先是打印机上的墨盒，因为现如今，打印机似乎并不算贵，几百元钱就能买上一台，倒是那墨盒实在是太不经用了，一年得换好几个，而几个的价钱就远远超过一台打印机的价钱了——这让人不由得怀疑，这打印机的"便宜"原本就是商家事先早就设好了的一个阴谋和陷阱；其次，他们或许还能联想起上小学时用过的那种在坊间用块儿八毛就能买上一瓶的化学墨汁，因为它的那种既怪又臭的味道一定曾给过他们深刻的记忆。

徽墨

我虽然也用打印机，也曾遭遇过墨盒的阴谋和陷阱，我上小学时也曾用过那种奇臭的墨汁写过大字，但是我一般不会因为墨而产生这样的联想，我有关墨的联想比这些美好许多。

小时候的我是个调皮的孩子，我的调皮所付出的代价是常常将自己弄得皮破血流。每当此时，母亲常常会拿出一块墨来，再将一只碗翻个底朝天，在朝天的碗底里滴几滴水，在里面磨出少许的墨汁，涂到我的伤口上。说实在的，对此我最初有点怕，怕这漆黑的墨汁会把我已破了的皮肉弄烂掉弄黑掉，但母亲告诉我说，这是爷爷留下的墨，涂些在伤口会好得快。果然，涂过墨汁的伤口，一般会愈合得很快，等到黑黑的瘢盖脱去后，长出皮肉总完好如初。因此，我对墨的最早记忆是，它无异是一种良药。

不过，墨原本不是药，尽管它有着如此的药效。古时墨是"文房四宝"之一，那时的文人们首先是用它写最新最美的文字，又用它画最新最美的画图。但是它之所以成为文人雅士至爱至赖的信物，并不单单只是用它能磨成墨汁以作书绘画；他们求墨、搜墨、藏墨更不单单是为了弄一块墨来磨墨汁，他们是以这一过程本身为一种雅事，并以此追寻一种雅趣，他们更注重赏墨，古人云，文人"有佳墨者，犹如名将之有良马也"。因此，佳墨既是一种实用的对象，更是一种审美的对象。

据史籍记载，徽州并不是墨的原产地，但是中国最好的墨的确产自这儿。中国历史上最早的制墨中心在河北省易水之畔的易州，是唐朝的安史之乱让那里的制墨工南逃，其中奚超、奚廷父子俩，为黄山白岳之奇和练溪、新安之妙所吸引，遂定居歙州，重操旧业。此时又得皖南的古松，燃之为烟，以烟为墨，后又改进了捣松和胶等技术，终于创制出"丰肌腻理，光泽如漆"，经久不褪，香味浓郁的佳墨。南唐后主李煜，雅爱书法绘事，将奚廷召入宫中担任墨务官，并以赐国姓李为奖励。于是，奚氏全家一变而为李氏，李廷也因此成为古今墨家的宗师。时至宋宣和年间，已出现"黄金易得，李墨难求"的局面。从此以后，历代制墨名家辈出，垂至明、清，"徽墨"早已一统天下，其中尤以"胡开文"品最佳名最著。

胡开文原名胡天柱，原本是上庄村的一个牧童。

慢慢走进胡开文故居这座两进的瓦房，胡天柱放牧时用过的鞭子自然已经不在，因为如果他仅仅只是在家乡放牧，是断不能走进中国文化史的。但是他学徒时雕的墨模、开店时用过的算盘，还有他店号里制作的墨碇等应有尽有。看着眼前一切物件，我们似乎看到两百多年前，一个少年，身背褡裢，独自离开上庄去为自己讨生活的情景。

胡开文少年去了休宁县汪启茂墨店当学徒，因诚实勤劳，精于店务，深得老板器重，后来又娶汪启茂独生女为妻，于乾隆三十年（1765年）承顶汪启茂墨店。为创出高质量产品，他不惜巨资购买上等原料，挑选旧墨模中之精品，聘良工制墨，并取徽州府孔庙的"天开文苑"金匾中间两字，冠以姓氏，打出"胡开文墨庄"招牌，在墨家如林中的徽州，通过竞争，终获成功。

据说胡开文墨配方绝妙，其中因加有冰片、麝香等名贵中药，所以它不但墨色鲜亮，而且遇水不跑不褪，不霉不蛀。这当然是胡开文墨业成功的原因之一，但更重要的原因恐怕还不在此。

传说胡开文第二代（即胡天柱次子胡余德）时，店里研制出一种新墨，任在水中浸泡多长时间也不溶散，因此此墨销路一时很畅。一日，有位先生竟一次性购买此墨一布袋之多，声称是慕名而购。然而他走过不久便回到店内，声称他在路上过河时连人带墨都掉到了河中，上岸后，墨水染黑了他的背。胡氏最初并不信他的话，但购墨先生当场以盆盛水，将墨浸入其中，不久，便见墨裂色散——原来是店里伙计在生产这批墨时偷工减料了。胡余德连声道歉，并以一袋"苍玦宝"作赔，并令所属各店各坊，立即停售这批墨，已售出的，高价买回。不久，胡开文便将这批劣墨全部倒入休宁城外的一个废弃的池塘中，这池塘竟因此而变成了一方真正的"墨池"。

如今，那"墨池"是不是还在，我不知道，但我知道那当初使胡开文墨业兴旺的秘密一定全在这个"墨池"中。

宣纸故乡一刀宣纸的分量

如果没有了宣纸，中国的书法史便会少了一半的精彩，因为那些刻在甲骨上的图案、摩崖上的造像、碑石上的汉隶与唐楷，以及铸在青铜上的金文，终究加起来只能勉强算做是中国书法的一半形式，而且是其最早期的形式，唯有那纸上的——宣纸上的龙飞凤舞、铁画银钩、水墨淋漓、云蒸霞蔚才代表了中国书法的最高境界，而中国书法最美丽最潇洒的姿态——落墨如烟，笔走龙蛇，计白当黑，笔断意连，也只有在宣纸上才能表达和实现。

如果没有了宣纸，或许就没有了"中国画"，即使有，那也可能只是"中国的画"，它可能很难区别于日本的浮世绘、印度的细密画，甚至也可能很难区别于西方的水粉与水彩画。当然，鲁迅先生也无法用一张白纸就能换得外国版画大师的一张画作。

如果没有了宣纸，中国文化可能就会是另一种形态。

我们去宣城，就是冲着宣纸而去的。

然而，就如同湖笔的故乡并非湖州而是它下面的一个镇子一样，宣纸的故乡并不在今天的宣城，而是在它下辖的一个县——泾县。

许多人知道泾县这个地名，是因为六十多年前发生在那儿的一次事变曾让周恩来挥笔写下了一首诗："千古奇冤，江南一叶；同室操戈，相煎何急？"但并不知道他写诗的这一张纸便是产于泾县的宣纸。

因为泾县古属宣州，虽然最好的宣纸产于泾县，但它销得太远了，名声也传得太远了，人们于是只知道它来自宣州。于是泾县似乎有意无意间一直潜伏在中国文化的后台。

顶着夏日的骄阳，我们走在泾县的山间，走在古宣州的大地上。

漫山遍野都是纸，白花花的宣纸，它们晾晒在村头的山坡上，一大片一大片，让人很容易就会想到天上的白云。如果那就是白云，那么那簇拥在白云间的一个个山村呢，就像是飘在天上的仙境了，更何况还有青山绿水在远处作了它们的背景。

这里是一个青山绿水的世界。制造宣纸最重要的原料便是檀树与竹子，这里山上正多檀树与毛竹，取之不尽，用之不竭；制成的宣纸要云一样的洁白，丝一样的柔韧，要纯净的矿泉漂洗，这儿的水多山泉，不但养人，也养纸，更养中国几千年的文化。

这里也是一个纸的世界。这里家家造纸，造了千年了。

相传，蔡伦的徒弟孔丹，以造纸为业，为了感谢师傅传艺之恩，他一直想制造一种理想的白纸来为师傅画肖像修年谱，但经过许多次的试验都未能如愿。东汉末年，因战乱孔丹流落到皖南泾县一带，有一次，他在山里看到有些檀树倒在山涧，因年深日久，被水浸蚀得腐烂发白。凭着一种职业的敏感，他就用这种腐烂发白的树皮来试着造纸，果然造出了一种不同寻常的白纸，特别适宜于写字画画——人称宣纸。如果真是这样的话，那么——

王羲之的《兰亭序》或许就是用桃花坞所造的仿古宣一气呵成的；

王献之的《中秋帖》或许就是用竹西寨所造的虎皮宣一挥而就的；

颜真卿的《祭侄稿》或许就是用张家所造的毛边草就的；

苏东坡的《寒食帖》或许就是李家所造的玉版宣书成的；

还有，赵孟頫的手札、张瑞图的长卷，王铎、傅山的条幅……当然还有顾宏中的《韩熙载夜宴图》、范宽的《秋山行旅图》、黄公望的《富春山居图》以及八怪和八大的花鸟、黄宾虹的山水……或许都是用这里出产的净皮或绵料挥就的吧？

望着这儿如白云一般铺展开在天地间的宣纸，一抹最温馨的关于文化、关于艺术、关于历史的情感从我们心头掠过。

发明造纸术的蔡伦是

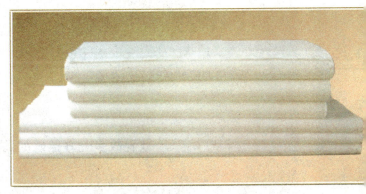

成品宣纸

河南人，他发明纸的首要目的当然是为了实用，但是江南的山水让纸在保证实用的前提下将其艺术品性发挥到了极致——它的洁白与细腻能将落在它身上的墨色自分出浓、淡、枯、涩，它的坚韧与柔软能让走过它身上的笔锋凸现出提、按、顿、挫，它的内敛与含蓄能将龙飞凤舞的激情渲染成一种力的张扬，它的中庸与平和能将云行水流的韵致氤氲成一种美的永恒。

因为有了宣纸，中国的书画艺术事实上成了纸上的艺术——最简单同时又最高难，最实用同时又最写意，最古典同时又最现代，总之成了世界上最接近艺术本质的一种艺术。它与西方美术是布上的石上的艺术相比，似乎脆弱许多，但唯其脆弱，才更让人珍视。我记得我小时候，家里的墙上贴着爷爷工笔手书的"敬惜字纸"的纸条；村里宗祠的天井中，设有专门的"化纸炉"。我在祠堂里念书时，还可常见到村里的老人，将有字的纸片特地送到那儿去焚化，其神圣的表情至今只要一想起还历历在目。正因为中国人对于纸，尤其是字纸的如此珍视，才有了"秀才人情半张纸"的传统。猛然想起徐志摩与陆小曼结婚时，诗人邵洵美送给他们的礼物就是四尺三开的一小张宣纸，上面简笔画了一把茶壶、一个茶杯，还有诗人的几行字："一个茶壶，一个茶杯，一个志摩，一个小曼……"

宣纸生产流程示意图

净浆　　捞纸　　炕纸　　捡纸

这就是宣纸——因为薄所以厚，因为轻所以重，因为脆弱所以坚韧，因为单纯所以丰富，因为古老所以亲近，因为文化所以敬惜。

离开泾县时，县文化馆书法家，也是与我神交已久但见面还是第一次的书友关德虎兄，竟送给我一刀宣纸，并亲自给我扛上了车——半张纸的人情也是重情呵，这一刀宣纸的情分让我如何还呢？

歙砚故乡一方歙砚的约定

砚，如今在现实生活中已踪影难觅了，不要说在寻常百姓人家，就是在一些知识家庭里，甚至在一些书画爱好者的家里，也很少看到它了。就说我吧，虽也顶着个书法家协会会员的名头，但家里案头就没有一方像样的砚台，每每操翰，多以碟盛墨——现在都用墨汁，已无需以砚磨墨了。

曾从照片上看到林散之老人的书房里挂着一副对联："有书真世界，磨墨静精神。"可见在古人那里，在真正的书画家那里，磨墨是作书绘画的一个必不可少的程序，哪有不磨墨就走上来展纸挥毫的呵？那样无疑是一种乱弹琴，是对笔墨的一种糟蹋，也是对自己的一种作贱。

既要磨墨，砚便必不可少。

既然以砚磨墨也是一种境界，那么砚与墨一样，也便可赏了，进而可藏、可搜、可寻了，此过程本身也便是一种雅事了，当然，其中的雅趣非入得其中者不可道也！

我曾在拙作《寻梦午梦堂》中写过一个关于眉子砚的故事，那是一个可以拍成一部几十集电视连续剧的故事，这里限于篇幅，恕我难以赘述，我在这里提起它来只是想说，像这样的故事，其实是代不缺乏的，它们也是中国"砚文化"的重要组成部分。

在代表传统"文房四宝"最高品质的湖笔、徽墨、宣纸、端砚中，前三者都出自江南一隅，唯有端砚出自古端州，也就是今天广东省的肇庆市。我常常想，这或许都是因为人们觉得，总不能四样都让江南占了吧！至少分掉它一样也好呵！

其实江南也出产好砚，那就是"歙砚"——因产于古歙州（也就是今天安徽的歙县和江西的婺源一带）而得名。

真要论起砚本身的品质来，歙砚也并非一定比端砚逊色多少。古人论砚之"坚、润、柔、健、细、腻、洁、美"，即所谓"八德"，歙砚一德不缺。

而要论起历史，歙砚也有着很长的历史，与端砚也不相上下。北宋唐积《歙州砚谱》上就曾有这样的记载：婺源人"唐开元中，猎人叶氏逐兽至长城里，见叠石如城垒状，莹洁可爱，因携之归，刊出成砚，温润大过端。"可见，歙砚的历史至少也在千年以上了。

湖笔、徽墨、宣纸，再加上歙砚，江南的文房四宝就算是全了。我常想，古代的文人为什么多对江南充满了向往之情，除了那里有如画的风景、富饶的财富和美丽的佳人外，一定也与这儿有着中国最好的文房四宝有关吧！想想看，那时的文人，若到江南走上不必太大的一圈，就可湖笔、徽墨、宣纸、歙砚样样不缺，那将是一种怎样的惬意和风流呵？

就差一方歙砚，我此次的江南之行就算是圆满了，所以来到歙县，就下决心一定得带一方歙砚回去。然而走过了一家又一家砚店，竟然发现这并不容易。当然，这并不是因为走了这么多的店看了这么多的砚，真的没有一方看中的好砚，而只是因为看中的太贵，买不起，而买得起的又看不中。

然而我又不死心，吃过晚饭后我又独自去寻。

来到一家叫"歙砚斋"的砚店里，见店内端坐着一位中年妇女，一身朴素的衣着，短发，浓眉，圆脸，看上去像是刚从麦田或者茶园劳动归来的农妇。这样的店家，实诚，我心里想。于是在店里看了圈，也问了问价，但结果还是如此，看中的太贵，不贵的又看不中。正准备离开时，她又客气地问："一方也没有看中吗？"并告诉我，如果有什么特殊要求，可以定做。见她说话和气，我如实相告：其实我并不一定要多么好的料，我对雕工也不一定要多么繁复，唯求造型要奇些，巧思要巧点，还有价钱也不能太贵。

我将这些话一说出口就有点后悔了，因为我自己也觉得那似乎有点儿"既要马儿好，又要马儿不吃草"的味道了，根据我以往购物的经验和教训，对于这样的话店家一般是不爱听的。可是没有想到，听了我的话，她却说："看来你是个懂砚之人！你是哪儿人呵？"听我说过是南京人后，她几乎有些兴奋地跟我说："你看这样好不好？你说你最高愿意花多少钱？我根据你出的价给你选一块料，刻好寄给你，你如果觉得满意，你就寄给我钱，如果不满意，你就把它还到我弟弟在南京开的店里去，我给你重刻，直到你满意为止。"

还有这样的事情？我说："你就不怕我收到你的砚不寄给你钱吗？"

"不会的，爱砚之人绝不会做这种事情的！"她坚决地说，"再说你得让我看一下你身份证呵，你真不给钱，我会找上门的。"

既是这样，我还有什么推辞的呵！于是我与她说好价钱，写给他寄货的地址。她也将她弟弟开在南京的店的地址写给我。我一看她写的地址，也有些吃惊，真是太巧了——那儿离我的住处很近！但我也有些疑惑，因为我好像并没发现那儿有一家歙砚店。

回到南京的当天，我就找到了她弟弟的店。然而那并不是一家砚店，而是一家茶叶店，兼营歙砚——怪不得我多次晚饭后散步从这儿走过，并未发现这儿有歙砚出售。

店主是一位三四十岁的中年男子，我想这就是那位砚店主人的弟弟了。只要确有这样一家店，我想一切就不会是骗局了。再说我又没付钱，能骗我什么呢？

近一个月过去了，我真的收到了一个寄自安徽歙县的邮包，一掂那分量就知道除了是砚不会是别的。迫不及待地打开，果是一方砚。然而说真的，并不是我心

翕砚

目中的样子。我有点失望，心想，好在根据约定我可以将它退给不远处的那家店里。但是真的可以吗？我忐忑不安地来到了那家店里说明来意，没想到店家非常爽快地就收下了。这弄得我倒有点不好意思了，于是没话找话地想与他搭讪几句，希望他能对我带给他麻烦有所谅解。正是通过与他的攀谈，我知道了他姐姐并非是一位家庭妇女，也并不是看店的，她那天是偶尔在店里，她是一位歙砚的传人，有着中国工艺美术大师的称号……

知道了这一切后，既为自己当初的有眼无珠深深内疚，又为自己看不出大师作品的妙处而深深自惭，我于是说："要不就算了吧，就这件吧？""不，看不中买回去不舒服的。这是说好了的嘛！再说你看不中，那是你与它无缘，但总有有缘人呵！说不定放在这儿还能卖个比你贵的价钱哩！你不必有什么歉意。"话虽这样说，但我心里还是有些不安。

又过了近一个月，我又收到了一方歙砚，或许也有心理的作用吧，这一方砚我只一眼就喜欢上了它。于是我赶紧将钱按地址如数寄去——我想加一点，但又怕亵渎了这一份美丽的砚缘。

69

乾坤一壶

一

2002年3月，北京电影学院导演系在招生考试时出了这样一道专业试题：请考生为三个不同的人物各选择一件最能表明他们身份的道具放置在他们的住处，这三个人物分别是贫困潦倒的书生、欧洲某国的驻华大使和当下的一个暴发户。

今日宜兴

就是在这次考试中，有一位来自江苏宜兴的考生，很是出人意料，他为三个人物选择了同样一件道具，然而结果竟获得了考官们的一致认可，这位考生也因此而获得了本次考试的最高分——满分。

那么这位考生到底选择了怎样的一件道具——它到底是一件怎样的稀罕之物，竟然对三个不同身份、不同年龄和不同文化背景的人都适合呢？

是一把紫砂壶——这位宜兴考生故乡的特产。

紫砂壶，本质上只是用紫砂制成的一种茶具，但它同时也是一种工艺品。任何工艺品都和艺术品一样，是人们充分利用自然，并将自己的审美理想和审美追求物化而获得的结晶。人们之所以喜欢、欣赏，甚至追捧它们，是因为人们能通过它们而获得一种对自然的珍惜和对心灵的关照。紫砂壶当然也一样。正是为此，近年来我常常有意无意间，将自己的目光投向手上那把体积只在一握之间的小小紫砂茶壶，但这绝不是因为我手上的这把茶壶也算是一件名家作品，应该有着不菲的价格，而是因为我总想通过这把小小的茶壶去一探时风，一窥世情，一解人心……

如今，在一般的茶叶店和茶具店间，紫砂壶并不鲜见，便宜一点的，几十块钱甚至几块钱就能购得一把，因此，即使是在贫困潦倒的书生家里看到它的身影也是不足为怪的。但是，近年来一些精品紫砂壶的价格，尤其是名家作品的价格，可谓是一路飙升，因此，它出现在一些外国驻华高官，或者暴发户的厅堂中，也属正常。据报载：

2002年4月，一件高只有14.7厘米的清初陈亮彩制的六棱文人壶拍出了22万元人民币。

2002年5月，在香港佳士得拍卖会上，一件清乾隆剔红饕餮夔龙纹壶以147.7万港币成交。

2004年3月，在上海的一次拍卖会上，清朝制壶大家邵大亨的一把"龙头一捆竹"壶，竟拍出了40万美元的高价。

2005年7月，一件清乾隆年间的花卉文字茶壶拍出了17.05万元人民币。

2006年6月，中国嘉德在北京拍卖会上，一件近代大收藏家龚心钊收藏的封侯图壶，竟拍出了30.8万元人民币的高价。

……

每当从报上看到这样的类似消息，我总会本能似的看一看自己手上的这把紫砂壶，同时在心里默念：小小的紫砂壶呵，你那玲珑的造型，曾给多少冥思的黑夜以光明的想象，你那温润的质地，曾给多少疲惫的心灵以春天的慰藉，你那质朴的色调，曾给多少迷惘的眼睛以审美的启迪……然而，今天，那些用金钱将她收走的人，他们真能体会这一切吗？

二

紫砂，陶的一种。

有关考古发现证实，中国的陶器起源于8000多年前的新石器时代。作为"中国陶都"的宜兴，其制陶历史是十分悠久的。1975年，在归径乡的骆驼墩和唐南村，以及周墅的元帆村等处，不但出土了大量各式各样的磨制石器，还发现了许多陶器残片，其中大部分是红陶和夹砂红陶，还有少量灰陶等，从而证明远在5000多年前，生活在宜兴这片美丽富饶土地上的先民们便能烧制十分精美的陶器了。

陶器从本质上说只是人们为了盛煮和饮用而制造的一种生活用品而已。然而我们的先民们似乎从一开始就并非将陶器仅仅是作为简单的生活用品来制作和对待的，从今天我们出土的8000多年以前的原始陶器来看，上面已开始出现少量纹饰。可见，那些陶器对于我们的先民来说，它们不但具有实用的功能，而且具有审美的功能，换句话说，它们既是生活用品，也是工艺品。

紫砂器，尤其是紫砂壶，它所具有的这种双重功能的特点更加明显，甚至在许多时候，其事实上表现出的审美价值要远远大于其实用价值。不是吗，一把仅仅只能用来喝茶的茶壶，即使是用黄金制成的，想来也很难卖出动辄数十百万的价格吧！

今天，紫砂壶可算是陶艺家族中身价最高的品种了，然而，在陶艺家族中，它实在只能算是后起之秀，它的起源相对来说要晚许多，据有关专家考证，最早也是在宋以后的事情。

那么，在陶的家族中，作为后来者的紫砂壶，为什么能够在其发展过程中取得居上的位置呢？要回答这一问题，就不得不说到中国人的饮茶习俗。

中国人的饮茶习俗，传说是由神农氏传下的，"神农尝百草，日遇七十二毒，得茶（即茶）而解之"；到了唐代，陆羽总结历代饮茶的经验，撰写了一部《茶经》，这标志着中国人对茶叶有了相当高的理性认识，为此他被后人尊为"茶圣"；到了宋代，饮茶的风气更为普及，吴自牧的《梦粱录》记叙杭州百姓生活时说，"人家每日不可缺者，柴米油盐酒酱醋茶也，谓之起来八件事"，可见茶已经成为家家户户不能缺少的生活必需品。然而，就是

泥料场

龙窑

在这样的时代背景之下，作为茶具的紫砂壶似乎还没有出现，至少是还没普及。因为那时候的中国人，通常要采用煮茶、烹茶（或统称为煎茶）的方法，才能最后喝到茶。那为什么要煮茶、烹茶，而不沏茶呢？因为那时候的茶，都做成茶饼、茶团，类似今天的坨茶，而不是散茶。因茶饼、茶团经焙干制成后，饮用时必须将其研碎，故需放在火炉上用一定时间进行烹煮（有点像今天的煮咖啡）。煮茶当然也可以用紫砂壶，正如梅尧臣诗云："小石冷泉留早味，紫泥新品泛春华。"但紫砂有着一定的隔热性，这便决定了用它煮茶有许多不足，因此终究不能普及。

明朝初年，农民出生的皇帝朱元璋，鉴于中国人饮茶程序的繁复而下达了一条法令，要求官府上下间互相往来，一律改为"散茶"接待。渐渐地，这一风气为全社会所接受，于是中国几千年的饮茶习惯发生了一次最重大的改变。明人张源在其撰写的《茶录》中，对沏茶的程序做了详尽的描写："探汤纯熟便取起，先注少许壶中，祛汤冷气，倾出，然后投茶，茶多寡宜酌，不可过中失正……两壶后又用冷水汤涤，使壶凉洁，不则减茶香矣。" 由此可见这与今天的沏茶方法已没有多少不同了。烹茶演变为泡茶后，人们发现，用紫砂壶泡不但茶味隽永醇厚，而且由于紫砂壶能吸收茶叶汁，用的时间愈长，泡出的茶叶味道就愈好。就这样，紫砂壶应运而生，应时而普及开来。也就是在此时，宜兴这个地处江南一隅的小县，渐渐走到了历史的前台，因为那儿不但盛产茶叶，还盛产泡茶的紫砂壶，当然也不乏清冽的甘泉。

不过，此时的宜兴紫砂壶，型制大而笨，装饰少而粗，在许多人的眼里，也就只是一把能泡茶的壶而已。然而，中国人喝茶可不一定只是为了解渴，这便注定了人们手上的那把虽是用来喝茶的茶壶，其功用并不仅仅只是装茶！因此，宜兴的紫砂壶必须有更大的改观！

明朝正德年间，蜀山脚下住着一户贫苦人家，家里有一个名叫龚春的孩子。这孩子不但像许多农家孩子一样手脚勤快，而且难能可贵的是聪明伶俐，很小的时候他就做了当地一吴姓进士的书童。然而做书童的龚春对书本似乎并无多大兴趣，倒是对泥巴有着一种特殊的兴趣，他不但能用泥巴捏出一般孩子都能捏出的

刀枪斧头之类，而且能捏出青蛙、蚂蚱、知了等小动物，且个个惟妙惟肖。父亲见小龚春如此喜欢泥巴，便想索性让他去学制陶吧！

黄龙山泥坑

离龚家不远处有一座小庙，庙里的老和尚是当地一位出名的制陶高手，由于龚春常到庙里玩耍，有时还帮庙里的老和尚做些杂活，所以老和尚对龚春十分喜欢，但当龚春的父亲领着龚春要拜他为师时，老和尚还是一口回绝了："学这个行道，难混到饭吃呵！"可真正的原因是怕手艺传人后会丢了自己饭碗。

龚春拜师不成，只好刻苦自学。

制陶首先得有泥，而紫砂泥只有丁山镇黄龙山洞里才有，可是价钱太贵了，龚春买不起。他想起老和尚制壶后每天洗手的那个小水潭，于是急忙赶到那里，伸手往水里一捞，小水潭里果然淤积了厚厚一层极细极柔的紫砂泥。他喜出望外，急忙用木勺舀在盆里，不厌其烦地筛、淀、压、碾，制成干湿相宜的精料。

有了泥料，龚春开始想，自己的茶壶到底该做成个什么模样呢？

一天夜晚，月光如水，正是那如水的月光，将院中古树上的一个虬枝节疤投影到一侧的粉墙上，形状别致而生动，他看着看着，忽然心里一亮：这不正是一把从未见过的新式茶壶么？然而他看到老和尚所制的那些紫砂茶壶，可都是光光的呵，最多也只不过是在壶身上雕刻一些浅花。而要以桃木节疤为壶身，饰以桃花桃叶，这就得镶上圆雕一样的堆花，这能行吗？但是龚春想到自己小时候就能捏出惟妙惟肖的青蛙、蚂蚱和知了了，心里又有了几分自信。他决心试一试！

也不知到底花了多少工夫，一把从未见过的茶壶终于在龚春的手上诞生了：壶身酷似桃树虬枝的节疤，苍老道劲；壶嘴和壶把都有小枝配置，自然天成；壶身两侧堆以怒放的桃花和修长的桃叶，惟妙惟肖，几可乱真。再加上紫砂的颜色黑黝黝的，色调古朴高雅。

龚春抑制不住满心的喜悦，捧着新制的茶壶，恭恭敬敬地去请教老和尚。老和尚见了，双目一亮，连声赞叹："好壶，好壶！后生可畏！"并当即为之取名"供春壶"（含义有二：一是取桃花奉春神之义，一是和龚春名字谐音），并从此以后将自己平生制壶技艺倾囊相授。

呵，供春壶的出现，不但是宜兴紫砂业界的一件大事，也是中国紫砂工艺史上的一件大事，因为它标志着中国紫砂壶从此将不再只是一种纯粹的生活实用品，它更是一种工艺品，甚至艺术品；从此它将从百姓农家的饭桌上，从油瓶、酱碗之间脱颖而出，并堂而皇之地走进神圣的艺术殿堂。

然而，让中国紫砂获得如此重大转变和改观的人物，并不是大文人或艺术家，竟然只是一个喜欢玩弄泥巴的乡村孩子。这说来有点令人难以置信，但确是事实。大概正是因为这一事实吧，中国紫砂工艺无论其怎样发展，它自始至终都不曾脱掉它的泥土气息和童稚趣味。

三

今年的五一假期，我再次来到被称作"中国陶都"的江南名邑宜兴，来到了中国紫砂工艺的源头——蜀山脚下那一方神奇的土地。

蜀山位于江苏省宜兴市丁蜀镇境内，它原名"独山"，传说因为当年苏东坡经过此处时曾说，"这座山很像我老家四川（蜀）的山"，后人便因此把"独山"改名为"蜀山"了。蜀山很小，海拔只有50多米，占地也不过千亩，然而"山不在高，有仙则名"，因为山上出产紫砂矿，便使得它在中国紫砂工艺史上享有很高的知名度，成了许多紫砂爱好者心中的圣山。

上世纪八十年代的蜀山

今天的丁蜀镇，实际上是由原来的两个镇组成的，即一个是丁山，一个是蜀山，二者皆镇因山名，只是今天已完全连成了一片，实际已成了一座颇具规模的新兴城市了，但本地人还是能很清楚地指出，哪一片街区属原来的丁山，哪一片街区属原来的蜀山。

丁蜀镇成人学校的周校长告诉我，今天，宜兴紫砂业的中心在丁山，但是它的发祥地却在蜀山，为此，他将我领到了原属蜀山镇的一条老街——南街。

这是一条明清古街，虽名叫南街，但不知为什么它事实上并不在蜀山之南，而是在蜀山的西面。

与丁山那边相比，蜀山的街道似乎窄了许多，街上人气也清冷许多，而南街更是清冷。我们在街上徜徉着，清冷的氛围和独特的建筑风格，让我们觉得似乎有一种时光倒流的感觉。这里是一个粉墙黛瓦的世界，只是黑瓦已发白，白墙已泛黑，这似乎在提醒我们自己的每一步都走在了历史的深处；这里的许多院墙，有的是用陶罐、陶缸砌成，有的则是用匣钵的碎片砌成，这似乎又在提醒我们，脚下的每一步都实实在在地踩在陶都的心脏地带；街上的人很少，所见当地人多是老者，他们或躺在门边的竹椅上半睁着眼睛看着自己的店铺，或沓着鞋子去不远的老虎灶充开水，或在自己家后门下的河边码头上将马桶刷得很响，这似乎又在提醒我们，眼前的南街确实已被时代给遗忘了。好在街两边还可谓是商铺林立，这些商铺自然是以经营紫砂制品为主，虽然看上去一律是生意清冷，但它们本身已足以使我们因此作一番历史的遥想了。

只一会儿工夫，我们便将几家看起来还值得一逛的店铺都一一逛过了，人也从街头来到了街尾。那儿有一座石桥，曾经是宜兴最大的紫砂研究和生产基地的"宜兴紫砂工艺研究所"就在桥头的一侧。我们

老街

站在桥上，看着桥下的流水想象着，就是在这河面上曾经是怎样一个舟楫如梭商贾云集的世界呵！桥下的河叫蠡河——传说因是春秋范蠡主持开凿而得名。河不宽，看起来最多20米。然而就是这样的一条河流，却在中国紫砂工艺史上流淌奔腾了500多年，也热闹了500多年。那时，蜀山之上是一个泥土与火焰的世界，那些各式各样的紫砂器成品，源源不断地从山上一个个窑口运到山下，运到河边的码头，验货，装船，结账……再经蠡河进入太湖、运河，然后运往全国各地甚至欧美各国……因此，从明中晚期至20世纪70年代的500多年间，这里不仅是中国紫砂的发祥

东坡书院中的东坡提梁壶

蜀山脚下的东坡书院

地，也是中国紫砂的生产和销售中心。这里的热闹延续了500多年，直至改革开放后，随着陆路交通的发达，宜兴紫砂生产中心渐渐由蜀山转移到丁山，这里便沉寂了下来，沉寂成了我们眼前的景象。

　　然而，这里的每一寸泥土，每一棵花草，每一株古树，每一座石桥，每一间老屋，都是最好的见证，不但见证着这方热土的繁华与沉寂，更见证着这方热土上人们的创造与追求，执着与梦想，欢欣与悲惨，成功与失败……

　　南街的尽头如今有一座"东坡书院"。1102年苏东坡曾被任命为阳羡县令，此前他就曾四次游历宜兴，不但留下了"买田阳羡吾将老，从初只为溪山好"的诗句，而且真的在蜀山脚下买田筑室，名之"蜀山草堂"。他逝世后，后人便在蜀山草堂的原址建起"东坡祠堂"，明代又将此改建成东坡书院，并一直延续至今。

　　走进东坡书院，便见庭院的正中安放着一把一人多高的"东坡提架壶"，这种提架壶据说是由苏东坡发明的。我好奇地上前打量着它，为我开门的老人见我饶有兴趣，也走到了我身边。当我向他表明自己是专为紫砂壶而来时，他轻轻叹了一口气说："如今呵，这茶壶真成孽根了！"他的话让我有点丈二和尚摸不着头脑。接着他为我说了一个曾发生在本地的真实故事。

　　有一个河南的小伙子，在北京打工几年，好不容易挣了几个钱，本可以回家建房娶妻过日子了，但他不知听谁说，现在市面上紫砂壶升值空间十分巨大，于

是便花十多万元从一个"朋友"手上买了一把有顾景舟印章的紫砂壶，想以更高的价格出手赚些钱。谁知道当他拿着自己的宝贝去申请参加一个拍卖会时，人家告诉他，那个壶是赝品，最多只值个二三十块钱。这时他再去找他那位"朋友"，那位"朋友"竟如同人间蒸发了一般。但是他怎么也不相信朋友会骗他，更不相信他那把花十多万元买来的茶壶真的只值二三十块钱。于是他不远千里来到宜兴，想找一位专家帮助他作一次最后的鉴定。鉴定结果自然是不难想象，只是人们万万没有想到的是，当这个小伙子在确信了鉴定结果后，竟然在丁山的一家小旅店里自杀了。

这真是一个让人唏嘘难禁的故事，更是一出因小小的紫砂壶而上演的活生生的人间悲剧！小小的紫砂壶呵，在这美丑共生、善恶共存的人世间，她那挺拔的线条，能比照出多少脊梁的扭曲；她那幽幽的光泽，又能烛照出多少灵魂的阴暗；她那有容乃大的体积，又能凸现出多少心胸的狭窄……

小茶壶泡下大乾坤！

小茶壶见出大人性！

四

在宜兴市陶瓷公司的珍品陈列楼里，工作人员指着一把题为"天鹅蛤蟆"的紫砂壶告诉我，这是龚春的第二十二代徒献出的一把专为龚春所作的紫砂壶。初一看，它的大体形制与一般茶壶并无二样，但近前细看，发现壶把上竟然伏着一

蒋蓉像

只蛤蟆，蛤蟆头朝上方，目光集中，神情专注，姿态跃跃欲试，一切是那么的逼真而又传神。然而更妙的是，你顺着蛤蟆的目光看过去，那壶钮竟是一只振翅欲飞的天鹅——呵，原来作者的构思之妙处全应了一句俗话："癞蛤蟆想吃天鹅肉！"这时你或许会为它如此表现出的童稚趣味而扑哧笑出声来，只是你笑过以后不觉得眼前的这把茶壶分明是一幅立体而又意味深长的漫画吗？那只永远也不可能跃起吃到天鹅肉的癞蛤蟆，不正是人世间那些贪婪无厌者的写照吗？再试想一下，如果真能常用这样一把茶壶喝茶品茗，再心烦气躁的人也会渐渐心气平和的吧！

像这样的作品，在紫砂中所占比例很是不小，被统称为"花货"。但花货的造型并不局限于"花"，那些只要是来自田野和泥土的花、鸟、虫、鱼、莲、藕、蚌、蟹，甚至是一个树桩、一段朽木、一捆柴草……没有一样不可以被壶艺家用来为心中的茶壶造型。

荷塘月色

蒋蓉的"枇杷壶"，活生生就是一只带叶的枇杷，那壶把正好是那片叶子，那壶钮正好是那枇杷的蒂。而她的另一把"莲藕壶"，更让我们似乎闻到了鲜藕的芳香，因为那分明就是一节出污泥而不染的鲜藕嘛！还有那红红的藕芽、青青的藕蔓、含苞欲放的荷花蕾……都是那么栩栩如生，但是你再细看，它们又都是茶壶的嘴、把、钮。

癞蛤蟆

陈鸣远的"瓜果壶"更绝，一把茶壶便是一堆瓜果——西瓜、枇杷、花生、核桃、荔枝等，应有尽有，且每一样都逼真得让我恨不得伸过手去，取上一颗来一解口馋。

土狗树蛙水滴

朱可心的"报春壶"，单是那新枝上的几点梅花，让我们不但如闻到了花的芳香，更听到了春天来临的脚步。

还有那出自无名艺人之手的"葵花壶"，不说那壶就是一朵盛开的葵花，单花瓣之上的那只小蜜蜂，翅膀仿佛正扇动着呢，那嘤嘤嗡嗡的声音仿佛就在耳边……

莲藕

没有哪一个门类的艺术家像紫砂艺人那样，其创作从内容到形式都如此执著于泥土，甚至连所要表达的思想感情和审美原则，也如泥土一般质朴——紫砂陶艺实在是一种来自泥土的艺术。

然而千万不要误会，不要因为我在这里如此说，便以为中国紫砂工艺在审美上就缺乏形而上的追求。

紫砂陶艺虽然是来自泥土又属于泥土的艺术，但是它又一直吸引着历代许许多多的文人雅士。它那古朴纯厚的质地，不温不火的色调，不媚不俗的造型，不但切合一般国人的审美趣味，更与中国传统文化的要求相符。在人们的眼中，一只紫砂壶从来就是一首诗、一幅画、一篇锦绣文章。总之，一壶在手，只要你有一双发现的眼睛，你就既可以读出万里江山、千年沧桑，也可以读出城府机杼、迂回曲直，更可以读出世态炎凉、人情冷暖。因此，它对于文人雅士们实在是一种挡不住的诱惑，诱惑着他们赏壶、玩壶，甚至亲手做壶，而且更为难能可贵的是，他们还把这看作是一种"风雅之举"，视之为"雅趣"。

雨露天星

以陈鸿寿（字曼生）为例，这位以书画名世的艺术家，对紫砂壶艺似乎有着一种特殊的爱好，他曾凭借自己丰富的文化艺术修养，取法自然现象、生物形态、实用器具、文物古玩等，精心设计了十八种壶式，被人们誉为"曼生十八式"。不但开创了文人直接参与壶艺设计的先河，而且其制作的"曼生壶"，一改当时清宫形成的累工、繁复、华丽、精巧的工艺风尚，使中国的紫砂壶艺进入了一个文人壶风格的新阶段。

双桥落彩虹

双桥落彩虹2

据有关史籍记载，文人雅士中喜欢紫砂壶的代不乏人，宋代有梅尧臣、苏东坡、黄庭坚，明清有文徵明、唐伯虎、高启、李渔、董其昌、陈鸿寿，以及后来的吴昌硕、黄宾虹、齐白石等。这些都是在中国文化史上熠熠生辉的名字，甚至可以说它们几乎就是宋元以后的一部中国文化史。他们对紫砂陶艺的亲近，不但将中国书法、绘画和雕塑的一些技艺直接引进了紫砂壶的制作，更重要的是他们将中国的哲

顾景舟复制供春壶

学理念和审美思想带进了紫砂陶艺，使本作为生活用具的紫砂壶真正获得了一种人文的品格。

在宜兴陶瓷博物馆，有一把壶上的四个字着实让我吃了一惊，这四个字是"乾坤在握"。我当时之所以吃惊，因为在封建时代，这样的话是会犯忌的，这样的壶谁人敢用呢？我把心中的这个疑问向周校长讨教。他告诉我：这四个字刻在

紫砂壶上是有特殊含义的。乾坤就是天地，就是世界，而中国古人认为，这世界是由金、木、水、火、土五种物质构成的，而一把紫砂壶，它恰恰需要用这五种物质才能制成：紫砂泥属土，但其中又含有一定量的氧化铁等有色金属，制作时和泥需用水（也有一说为泡茶时需用水），最后烧制时需要用木材烧火（也有一说是泡在壶中的茶本为树木所生）。因此，一把紫砂壶在手，实际上等于手握金、木、水、火、土，而这不就等于手握乾坤了吗？

顾景舟像

这真是一种绝妙的联想！的确，缺乏联想和想象的能力，是绝不能欣赏紫砂陶艺的。

这是一把题为"双桥落彩虹"的紫砂壶，作者为当代已故工艺美术大师顾景舟。

初入眼帘觉得这似乎是一把普通的光货壶，但妙又妙在它的平中见奇：扁圆壶体与壶盖严丝合缝，但是再一细看，那壶盖上的钮原是一座平板桥——江南水乡村前屋后最常见的那种平板桥——或许是木板，或许是石板，再更加仔细地看，原来还是座亭桥。这样一座桥立于壶顶，让人不能不联想到桥身下的清茶水波，它一定晃动着美丽的涟漪吧！水上一定有小船摇过吧！水边一定有浣纱的村姑吧……

但此时你或许要问，这壶既名为"双桥落彩虹"，一定还有一座桥呵，另一座桥在哪里呢？

一把小小的茶壶，竟让我找了半天才终于找到，原来另一座桥竟在把手上。把手的最顶部，猛一看有一个小节，但细看正是一座桥的桥面，它立在把手的顶部，把手如一座凌空的拱桥，端茶倒水时，手握住的竟是一座桥，拇指竟正好摁住桥顶的那个小节似的桥面。更为别具匠心的是顾景舟还让这两座处于两个空间维度的桥梁有路相通：沿着手把走上壶体，壶体上有一道壶肩线。就是这么一圈再简单不过的线，它正好又与壶盖的一圈缝隙一起，使宽阔得略嫌空旷的壶肩成了两座桥之间的一种过渡——你可以用想象将它虚拟成一圈又一圈的台阶，抑或是一圈又一圈的盘山小径……更重要的是，这样一来，你想象中撑着油纸伞款款地走在手上的桥面上的江南少女，就可以因之而径上壶盖上的另一座桥了，且这是一种向上的、如履平地地上桥——只要有了这样的想象，顾景舟不但完成了壶艺本身的画意，更让每一个欣赏者都完成了人生步步登高，层层向上的诗意向往。如果没有壶身和壶盖的这两圈圆线，想象中那走过了第一座桥的江南少女，既上不了上面的那座新桥，欣赏者也完成不了"人往高处走"的心理跃升，两座新建的平板桥和曲拱桥就会显得突兀和单调。那两圈看似简单的线条，实在是神来之笔呵！

揭开壶盖，壶中的茶水升腾出袅袅的热气，这热气似烟更似雾，手把上的小桥因之而显得朦胧，这时你想起的定会是春秋的早晨，烟笼寒水，雾锁水乡——那是江南一年中最美的时节和一天中最美的时刻，此时你不用喝茶，心或许已醉了几分，醉在了江南小桥流水的画境中。合上壶盖，想象着你若立在最高处的亭桥里，沐清风八面，阅春色四周，听鸟语阵阵，嗅花香幽幽，那又是一种怎样的惬意！这时，你提起壶来，倾出一小杯香茶，端在手上，呷上一口，定如品初恋情愫，韵味幽远而深沉——或许那二十四桥的明月此时也会在你的心中升起，那曾教吹箫的玉人也会向你走来……总之，文化的记忆和情愫的回味，此时会如那壶中流出的茶，茶中浮起的香，香气伴着的雾，一同裹袭你，让你浮浮沉沉，缥缥缈缈。水乡小桥的静谧和安详，江南四季的物华与风流，连同文化享受与茶饮享受的互为交流，都通通交织成一种无言叙述的生活、人生和艺术的享受……

至此，眼前的这把茶壶还仅仅只是一把茶壶吗？它分明是一种全新的艺术载体和艺术形式！融社会常见形态于艺术之中，其审美倾向平民化，在日常生活中变平常简单的生活符号为艺术元素，是艺术手段的最高体现之一，亦是民族文化精神的物化处理方式之一。顾景舟不正是这样的吗？他创造的是一把茶壶，但更是一幅立体的画，一首有形的诗！就这样，在顾景舟等一大批壶艺大师那里，泥塑、绘画、雕刻的界限被彻底打破，同时劳动与创作的界限也被打破，民间艺人与文人艺术家的界限也被打破，因此，有人认为那些壶艺大师本身就不是艺人，而是"隐于壶"的文人。

五

顾景舟的确是我最为敬佩的壶艺家，但这并非仅仅因为他具有如此绝妙的壶艺，更因为我在许多年前曾听到过的一则有关他的故事。那故事的讲述者是我的朋友储君，他是宜兴本地人，也是一位著名的书画家，与顾老同居一城，彼此不但非常熟悉，且多有交情，因此我相信他对我所说故事的真实性。

　　那是在有一年的"严打"期间，有一个小偷窜进宜兴市陶瓷博物馆，并偷得了一把馆藏的顾景舟珍品壶，但他对于那把茶壶的实际价值和价格都一无所知，当他感觉案子快被公安人员破获之机，竟然自作聪明地将那把茶壶砸了，想以此毁灭罪证逃脱制裁。结果当然是法网恢恢疏而不漏，他很快便被捕了，对于自己的犯罪事实，他也供认不讳，于是案子便很快进入了审判阶段。谁知当顾景舟得知，就是那个小偷因为盗窃并毁坏了他制作的一把茶壶将很有可能被判极刑时，他竟为此而坐立不安，最终竟主动出面找到公安局和法院领导去"说情"，要求"千万不要杀人！不就是一把茶壶吗，我再做一把就是了呀！"此时的顾景舟已年愈古稀，很少做壶了。

　　千万不要因为这个故事而嘲笑陶艺家对法律的无知！也不要嘲笑他的过于天真！

　　类似的故事无独有偶，《宜兴紫砂陶》一书中还有一个。

　　清朝时，苏州某巡抚得到制壶名家邵大亨制作的紫砂壶一把，珍惜异常，不料中秋乘船赏月时船身摇晃，侍女失手将该壶打碎，巡抚大怒，欲鞭答侍女。恰巧邵大亨此时正在附近，得知后慌忙制止，并将巡抚请到自己船上，拿出自藏的珍品壶16把，任其挑选一把。巡抚选壶离去后，邵大亨竟把剩下的15把壶全部砸碎，并忿忿地说："因为我的壶，竟有人玩物丧命，从此以后我再不做壶！"

　　两位不同时代的壶艺大师，一位不做而"做"，一位做而"不做"，原因则都一样，这就是对生命的尊重。这样的艺术家才是真正的艺术家！我们献给他们的也应该是更多的尊敬。

　　艺术是什么？说到底不就是我们生命之树上结出的一颗能使生命滋润和敞亮的果实吗？但是也唯因之是果实，有人总想多吃多占多享用：有钱者用金钱去购买，有权者凭权力去攫取，鸡鸣狗盗之辈去鼠窃狗偷……现实生活中，许多的艺术和艺术品便因此而被异化，异化成了一些人用来搏取更多的金钱、更大的权力的工具。

　　再说一个听来的故事。

　　李某，当地某部门副主任。他最大的心愿便是想将自己职务前的那个"副"字抹去，于是花了四万多元购得某大师精品紫砂壶一把，并找了一个"适当"的场合，"顺便"送给了上级某领导，领导也"顺便"收下了。可是李某送出后左等右等没等来任何好消息，心里不禁犯起嘀咕：莫非领导真认不出这把壶的价值？若真这样，如何是好——去找领导挑明，那不等于公开行贿吗？不去挑明，那自己不是做了个十足的冤大头？正在他犯难之际，李某却被那位领导找去谈话了，谈话主题是要他安心工作，最后意味深长地说："这是你送我的那把茶壶，我以为是一只普通的茶壶才收下的，谁知它很值钱。小李呵，你这样做是很不好的嘛！对你对我都是很不好的嘛！虽然性质是很严重的，但是我看在你毕竟是出于尊敬领导的份上，呵，也就不追究了，只把它还给你也就算了！"说完硬是将那把茶壶退给了李某。李某带着那把茶壶回到家里，心里很不是滋味，看着手中的那把茶壶他真恨不得将它摔个粉碎，但是一想到它是用四万多块买来的，最终还是决定将它退给那家紫砂店，哪怕损失几个钱。然而，当他将这个茶壶拿回店里后，老板只看了一眼便说这不是他们当初卖出的那把，硬是不肯退。一气之下，他一连找了好几位紫砂行家来看，都说他手上的这把壶不是真品。然而，此时他倒似乎明白了什么……不久，他职务前的那个"副"字真的被抹去了。

黄龙山雕塑

在这个故事中，紫砂的美丽却见证了人世间最为贪婪、奸诈、卑鄙、无耻、丑陋的灵魂，在这个世界上，究竟有多少美丽的紫砂壶，事实上正如此被一只只并不美丽的手为了一个个更不美丽的目的递来送去着，谁也无法说清！紫砂的美丽正是在这样的递来送去间而大打折扣，因为邪恶是对美的最大否定，这种否定有时竟使得美丽本身竟异化成了危害生命的孽障祸根。不是吗？如果不是这紫砂壶，那个河南的小伙子会客死在丁山的小旅店中吗？为此我们有时会不自觉地迁怒于它。

我老家有一位老铁匠，本以打铁为生，但由于如今已很少有人再需要打制铁器，便不得不改卖铁锅、斧头和拴宠物的链子等。他每天将货物摆在门口，自己则在一张竹椅上躺着，竹椅的两边扶手上，一边是一只老式收音机，一边则是一把紫砂壶。有一天，一位身穿白色西装、面戴茶色眼镜的年轻人来到他的店铺，说是要讨口水喝，老铁匠自然是将自己手中的茶壶递给了他。然而只见那年轻人并没喝茶，只是接过那把壶仔细端详了一

番，然后就说要买下这把茶壶，价格从几十元一路开到10万元人民币。当他说出这个价格时，老铁匠为之一惊，但仍满口拒绝。年轻人无可奈何，只得悻悻而去。壶虽没卖，但商贩走后，老铁匠当天夜里却失眠了。再往后，他每天躺在竹椅上喝茶时，总会不时自觉不自觉地坐起来看一看眼前的那把茶壶，而以前他都是闭着眼睛把壶放在一旁看也不看的，这让他感到非常累。还有更让他不能容忍的是，不知怎么，从此以后来他铺子的各色人等更是络绎不绝，有的来问他还有没有更值钱的宝物，有的干脆来伸手向他借钱，更有甚者，夜间来推他的门……原来老铁匠的那把茶壶是清代制壶名家戴振公的作品，究竟值多少钱一般人也说不清，只知道在1993年的伦敦拍卖会上，同样是他的一把类似的壶，是以16万美元的高价成交的。不久，那位年轻人又来了，这次他带来了20万元现金。然后老铁匠竟然拿起打铁的锤子，一锤将那把紫砂壶砸了个粉碎……

然而，紫砂何罪？！艺术何罪？！美何罪？！

人们创造出菜刀原本是用来切菜的，但有人也用它去杀人，但是我们能因此而责怪菜刀吗？

中国"紫砂文化"可谓博大精深，只是我不知道上面的这几个故事是否也是这棵文化之树上长出的几个怪异果子，它的怪异在于让我们咀嚼起来，实在很难分辨其滋味到底是甜，是涩，是酸，是辣……

六

在宜兴走访的有限几天里，我看了很多，几家博物馆、陈列馆，还有几个最老的窑口和几家较大的壶庄，也都在周校长和老同学欣筠兄的陪同下一一看过。在那些地方，在一件件精妙绝伦的陶艺杰作面前，围绕着它们的前世今生，我更是听了很多，想了很多。

临行的那一天，恰逢"中国（宜兴）国际陶艺研讨会暨陶艺展"隆重开幕，见古老的阳羡大地笼罩在一派节日的气氛里，宜兴城中更是街街花团锦簇，巷巷披红挂彩，我便留了下来再凑一凑热闹、沾一点喜气。

盛大的开幕式在西氿湖畔的氿滨广场举行。穿着节日盛装的人们，个个笑容满面、神采飞扬，充分享受着紫砂给他们带来的欢乐与荣耀。本市的文化部门和演出团体的演出，将活动推向一个又一个高潮。其中有一个以紫砂为主题的舞蹈更是别出心裁、激动人心：几把由女演员装扮的花货壶与几把由男演员装扮的素壶，由各自炫耀自己的美，到互相比起美来。花货故意搔首弄姿显示着自己形体的优雅，素壶则夸张地从容漫步显示着自己的稳重；花货扭捏地炫耀着自己多彩的外表，素壶则矜持地展现着自己丰富的内涵。它们时而跳跃推搡，时而追逐嬉戏，时而互不理睬，时而热情相拥……惟妙惟肖的表演，不但巧妙地表现了紫砂壶艺独特的艺术之美和文化之美，更让在场的每一个观众激动不已。

然而最令人激动的，还是国际陶艺学会主席、美国著名陶艺家托尼·弗来克斯（Tony Franks）的讲话，他在讲话中高度评价了中国紫砂壶艺，并称宜兴为"世界制壶中心"。

的确，宜兴是无愧于这一称呼的！

从市长的讲话里得知，今天的宜兴，有大小紫砂工艺厂三十多家，壶庄近百个，有各级工艺大师和美术师近千人，还有一座专门培养紫砂人才的大学。世界上有哪个地方能有这样的制壶规模呵！围绕着小小的紫砂茶壶，宜兴人已做成了一篇产业发展的大文章。

然而此时，我的心里竟然微微生出了一丝忧虑，因为我突然想到前一天去周校长家参观他夫人的陶艺工作室的情景。

周校长的夫人吴淑英，是一位在当地小有名气的壶艺家，曾是当代工艺美术大师蒋蓉的入室弟子。来到"吴淑英工作室"，我首先对放在室内的一只只被蒙得严严实实的大缸很是不解，便问里面这都是装的什么？周校长告诉我，里面装的都是泥料。原来紫砂泥如今作为一种矿产资源已越来越少，为了防止因滥挖滥采造成资源过早枯竭，政府已对几个现有泥坑明令禁采，而他们的这些泥料是在禁采前花高价突击贮存的。说到这里，周校长的话语间充满了得意。

是的，紫砂泥是大自然赐给宜兴人的富贵土。据说当年宜兴人能够发现它，还多亏一位神仙点化，这位神仙化作一个和尚，走村串巷叫卖："卖富贵土！谁买富贵土？买了就可以发家致富！"乡人因不解而好奇，纷纷向他请教，于是他便教会了宜兴人制作紫砂的手艺，从此宜兴人真的走上了一条富裕的道路。当然这只是一个传说，不足为信，但是有一个事实：宜兴紫砂只产在宜兴，除此之外你在地球的任何一个地方都无法找到。这说来虽有点令人难以置信，却是事实。

据说日本人因为也十分喜爱中国的紫砂壶，企图自己生产，但是怎么做也做不出与宜兴紫砂壶品质相仿的壶来，他们起初以为原因出在生产工艺上，便在抗战时期将宜兴的紫砂艺人抓去日本，并强迫他们用日本的紫砂泥做壶，结果做出的壶仍然与真正的紫砂壶不可同日而语，终于因此而发现原来是紫砂泥不同。

从这一意思上说，中国宜兴成为"世界制壶中心"，也是上苍的赐予呵！

然而，今天宜兴的紫砂泥却已有面临枯竭的危险，这能不让人平生几分忧虑吗？或许有人觉得我的忧虑是纯属杞人忧天，因为即使真的有那么一天，宜兴紫砂泥真的枯竭了，宜兴人也再做不出紫砂壶了，那最多也只不过是他们将再去开辟一条另外的生财之道罢了，或许那条道路会更宽广。

然而，千百年来，宜兴的陶艺，不但为宜兴留下了大量的财富，为我们留下了无数美的作品，也为我们留下了追求美、创造美的精神，更在这片土地上开创了尊重文化、重视教育的传统。远的暂且不说，就说现代吧，徐悲鸿、吴冠中、钱松岩、尹瘦石等，这几位在中国现代美术史上都占有不可替代位置的美术大师，他们都是宜兴人。难道这只是巧合吗？

早在20世纪90年代，《光明日报》就曾以整版的篇幅发表了一篇题为《一千个教授同一个故乡》的特写，这"一千个教授"的共同的故乡便是宜兴。据不完全统计，到目前为止，在海内外的大学中，宜兴籍教授超过千名；在中国两院院士中，宜兴籍院士有数十人；在中国排名前一百位的大学中，宜兴籍校长竟有20多位。这一串数字，是中国任何一个县（市）所无与伦比的。宜兴除了是"世界制壶中心"外，同时也是名符其实的"中国教授之乡""中国院士之乡"，"无宜不成学"几乎成了中国学界的一个事实。这难道也仅仅只是巧合吗？

事实上，虽然我们很难说清，早已以一种独特的方式全面进入了中国文化方方面面的到底是宜兴的紫砂，还是紫砂的宜兴，但是有一点很清楚，这就是没有了紫砂的宜兴将大为逊色。同样，没有了宜兴的紫砂中国文化也将大为逊色，至少会少了许多的雅趣！从这一意义上说，紫砂陶艺属于宜兴，也属于中国！

风月风华 之

江南多烟柳画桥，江南多杏花春雨，
江南自然也便多风花雪月的故事，
那些故事中的人儿，
虽然使得江南这块本来就很柔软的
土地更加柔软，
但有时却在他们的身后
长出几株坚挺的箭兰和刚劲的翠竹，
终使得这块土地上的文化多彩而又
多元。于是，没来过这块土地上的人
对她更加向往，
来过的人离开后对她更加牵魂，
总之，这块土地便成了中国人的"梦里
故乡"，任人梦之、忆之。

徐志摩的1921

上帝说："我与你们并你们这里的各样活物所立的永约是有记号的。我把虹放在云彩中，这就是我与地立约的记号了。我使云彩盖地的时候，必有虹现在云彩中，我便纪念我与你们和各样有血肉的活物所立的约，水就再不泛滥，毁坏一切有血肉的物了。虹必现在云彩中，我看见，就要纪念我与地上各样有血肉的活物所立的永约。"

上帝对挪亚说："这就是我与地上一切有血肉之物立约的记号了。"

——《旧约圣经·创世记》第九章

一

1921年，对于徐志摩来说注定是一生中最有意味的一年——这一年里他不远万里地将妻子张幼仪从国内接来英国，但几乎与此同时，一位名叫林徽因的江南才女又走进了他的生活。

徐志摩像

林徽因后来成了一位著名的建筑设计师，一生中设计了许多堪作经典的建筑，也参与设计了中华人民共和国的国徽、国旗等，但是，事实上她毕生最精彩的设计则是诗人徐志摩一生的命运。

在中国现代文人中，徐志摩可谓是最独特者之一：作为一个人，他生性单纯而生活又极其复杂；作为一个诗人，他艺术人生可谓精彩纷呈而最终命运又极其不幸和悲哀。然而，如果说他人生中所有的精彩和复杂像一出大戏，那么在这一年里似乎都作了彩排；如果说他一生最终的不幸和悲哀如一部小说的结局，那么伏笔也似乎在这一年里已经打下。这样说初听起来有点玄，因为人一生的命运如同一条在大地上自由流动的河，看起来是那样的散漫而毫无规则可寻。然而尽管如此，只要我们稍加考察，总会发现事实上总有一些关键的瞬间和特殊的部位不但决定着其现实状态，也决定着其未来的流向甚至结局。佛家相信因果报应，即有因必有果，有果必有因，然而我们许多时候并不相信所谓"命中注定"，那是因为"因"与"果"之间常常不但隔着时间的千山万水，更大小不成比例。谁能相信北美大陆上的一场飓风，最初仅仅是因为亚马逊雨林里一只蝴蝶翅膀的轻轻扇动呢？的确，我们很难从眼前那些转瞬即逝的细枝末节上发现它们与未来的联系，然而，再小的一块石子坠入水中，也会在水面形成一圈一圈的波纹，我们可以不相信石子，但怎能对波纹视而不见呢？

众所周知徐志摩是中国现代文学史上的著名诗人，但24岁的他在异国他乡第一次遇到林徽因时，还只是一个普普通通一事无成的"海漂"青年而已——甚至连普通的"海漂"青年还不如，因为那时他虽已在海外漂泊三年，但对于自己将来究竟要干什么，究竟能干什么等问题，似乎还昏头昏脑：他先在美国哥伦比亚大学读经济，但似乎对此并无多少兴趣，最后虽然获得了个硕士学位，但毕业论文的题目则是《论中国妇女之地位》；此时他空前高涨的是对政治的热情，主要时间和精力都花在对社会主义理论的研究上；正当他被一些中国同学称为"鲍雪微克"，

林徽因

即布尔什维克时，他又突然要做哲学家，突发奇想要跟"20世纪的伏尔泰"——罗素学哲学，并且真的为追随罗素放弃了哥伦比亚大学即将到手的博士学位从美国来到英国；来到英国后，他交往最密切的人物却是作家狄更生；在狄更生的推荐下他可以随便选修科目，这让他"有机会接近真正的康桥生活……慢慢地'发现'康桥，和不曾知道过的更大的愉快"，而这"更大的愉快"则又不是政治或哲学了，而是文学。但此时作为一个文学青年的他，已"创作"出的最成功"作品"便是一个3岁的儿子，离写出成名诗作的那一天还早着哩——谁知道他能不能写得出来

呵？因此他平时生活中那些有些异常的举止，在许多人的眼里并非是一种诗情的冲动，而实在只是一种疯疯癫癫。他的同学温源宁就曾将一件与他有关的事情当做笑话说给自己的妻妹听。

有一天，正下着大雨，浑身湿淋淋的徐志摩突然从雨中冲进宿舍，拉着正在看书的同学温源宁就要往外跑，说："我们快到桥上去等着！"温源宁一时没头没脑，问："这么大的雨，等什么呵？"徐志摩眼睛瞪得大大地说："等雨后彩虹呵！"温源宁表示，这么大的雨他不愿去，并劝他将湿衣裳换下，穿上雨衣再去。可没等他将话说完，徐志摩已一溜烟地又冲进了雨帘中。（丁昭言《在现代与传统中挣扎的女人》，上海人民出版社出版2000年8月版）

温源宁的妻妹听过后果然笑得很开心，并且还追问道："那下文呢？他真的等到了彩虹吗？"

"我哪能知道呵？这要问他哩！"

"是的，有机会一定要问问他！还要看看他究竟是个什么样的人！"

……

温源宁的妻妹不是别人，正是林徽因。不要以为林徽因在见到徐志摩前对他就有这样的好奇便以为她就是徐志摩的同类或知己，其实那时他们的情趣恰恰相反，我们不妨看看林徽因给朋友信中的一段话：

我独自坐在一间顶大的书房里看雨，那是英国的不断的雨。我爸爸到瑞士国联开会去，我能在楼下厨房里炸牛腰子同洋咸肉，到晚上又是在顶大的饭厅里（点着一盏顶暗的灯）独自坐着（垂着两条不着地的腿同刚刚垂肩的发辫），一个人吃饭一面咬着手指头哭——闷到实在不能哭！理想的我老希望着生活有点浪漫的发生，或是有人叩下门走进来坐在我的对面同我谈话，或是同我坐在楼上炉边给我讲故事，最要紧的还是有个人要来爱我。我做着所有女孩做的梦，而实际上却是天天落雨又落雨，我从不认识一个男朋友，从没有一个浪漫而聪明的人走来同我玩——实际生活上所认识的人从来没有一个像我想象的浪漫人物，欲还加上一大堆人事上的纷纠。（张洁宇《你是人间四月天——林徽因爱与被爱的故事》，见2000年4月《历史》）

明明是一样的雨，在徐志摩那儿是点燃激情的催化剂，而在她那里是只会带来孤独与寂寞的无尽愁绪。

　　林徽因出生在杭州，在江南长大，骨子里透出的不但是让人无法忽略的才情，还有一种让人无法抵抗的美丽，而且这种美丽又带着一种让人心碎的忧伤。此时，她漂泊异乡，青春的生命正经受着一场孤独的洗礼。如果说此时的徐志摩是一团火，那么此时的林徽因似乎是一块冰，冰火本是很难相融的。但是同时我们又不难看出，林徽因冰冷的外表下其实掩藏着一颗火热的心，这颗心充满着对爱的渴望——这一点与徐志摩是相同的。有了这一点相同，便注定了火有一天将会把冰融化，而由冰融成的水，也注定将会把火浇灭。

二

　　林徽因渴望爱情，徐志摩也渴望爱情！

　　但问题是，你徐志摩不是早已是一个有妇之夫了吗？你不是正写信要妻子不远万里地从国内来英国吗？你还有渴望爱情的资格吗？

　　是的，自从四年前徐志摩接受了父亲为他安排的婚姻后，他便失去了爱的资格，对此他比谁都明白。他初到林家，"一见钟情"的并不是林徽因，而是林长民，且他们的"一见钟情"只是一场游戏。1925年12月24日，林长民在郭松龄军中为流弹所击而阵亡，为了纪念他，徐志摩在自己编辑的1926年2月6日的《晨报》副刊上刊出了林长民的《一封情书》，并加编者按说：

　　分明是写给情人的，怎么会给我呢？我的答话是我就是他的情人。听我说这段逸话。四年前我在康桥时，宗孟在伦敦，一次我们说着玩，商量我们彼此假装通情书，我们设想一个情节，我算是女的，一个有夫之妇，他装男的，也是有妇之夫，在这双方不自由的境遇下彼此虚设的通信讲恋爱。

　　此时的徐志摩只能在一种虚拟的游戏中享受着爱与被爱。

　　在我们今天看来，这两个大男人实在有点无聊甚至变态。然而细想一想，徐志摩既然将它作为对亡友的纪念而公诸报端，在他看来一定是能感动许许多多的读者的吧，因为那时在"不自由的境遇下"挣扎的人何止他们二人呵？因此，与其说他们的这种行为是一种"无聊"和"变态"，还不如说是一种挣扎和自慰，一种因渴望而做出的无奈挣扎和绝望自慰。

徐志摩部分著作书影

那位与徐志摩互写"情书"的林长民不是别人，正是林徽因的父亲。正因为林徽因有着这样一位父亲，所以徐志摩后来出入林家时才敢于越来越"项庄舞剑，意在沛公"，而林长民呢，也似乎一直能容忍，甚至有时还推波助澜。渐渐的，林徽因也从最初时的"差一点儿把志摩叫了叔叔"，到后来把他当做了那个"浪漫聪明"、肯同她谈话并愿意爱她的人，而最终二人终于携手走进了康河美丽的夜色中：他们踩着美丽的月色，听着远处教堂里传来的悠长钟声，默默地走着。忽然林徽因扑哧一声笑出了声，因为她想起了姐夫说过的那个有关徐志摩的笑话。

徐志摩问她笑什么，林徽因没有回答，而是反问道："你看到彩虹了吗？"

徐志摩说："当然看到了呵！"

如此没头没脑的答问，一切全凭心有灵犀。

"那么你等了多久才看到呵？"

"记不清了，反正是等了好久，不过很值！那真是太美了……"

林徽因打断他对彩虹美丽的描述，更加好奇地问："你凭什么就知道准会有彩虹呢？"

徐志摩得意地笑着说："全凭诗意的信仰呵！"

……

也正是凭着这种"诗意的信仰"，徐志摩与林徽因越走越近，他们相依着出入舞厅、剧场，相偎着谈论艺术、人生……而这一切被林长民看在眼里，他不仅对徐志摩没有丝毫的责备，反而还在林徽因表现得有些犹豫和不安时主动写信给志摩给加以解释说："足下用情之烈令人感悚，徽亦惶恐不知何以为答，并无丝毫嘲笑，足下误解了。"信末附言："徽徽问候"。

一段时间里，徐林之恋似乎天时、地利、人和全得了，但实际上其中正酝酿着一种危机，因为无论是徐志摩还是林徽因，他们事实上是互相做了"第三者"：徐志摩自不必说，就说林徽因，她在来英国之前，父亲林长民已口头上与梁启超有过婚姻之约，将她许配给了梁家大公子梁思成，实际上林徽因此时也早已是"罗敷自有夫"了。因此，康河上的那一个个夜晚虽然美丽，但注定了脱不掉忧伤的底子，这从十年后林徽因那首题为《那一夜》的追忆性诗作中不难读出：

> 那一晚我的船推进了河心，
> 澄蓝的天上托着密密的星。
> 那一晚你的手牵着我的手，
> 迷惘的星夜封锁起重愁。
> 那一晚你和我分定了方向，
> 两人各认取个生活的模样。
> 到如今我的船仍然在海面漂，
> 细弱的桅杆常在风涛里摇。
> 到如今太阳只在我背后徘徊，
> 层层阴影留守在我周围。
> 到如今我还记着那一晚的天，
> 星光、眼泪、白茫茫的江边！
> 到如今我还想念你岸上的耕种：
> 红花儿黄花儿朵朵的生动。
>
> 那天我希望要走到了顶层，
> 蜜一般酿出那记忆的滋润。
> 那一天我要跨上带羽翼的箭，
> 望着你花园里射一个满弦。
> 那一天你要听到鸟般的歌唱，
> 那便是我静候着你的赞赏。
> 那一天你要看到零乱的花影，
> 那便是我私闯入当年的边境！

　　而对于徐志摩来说，康河边只有美丽没有忧伤，或者说他根本就没有觉察这份美丽忧伤的时间与心力，此时他心头越来越急切的痛苦是，从国内载着妻子张幼仪的船正越来越近地驶来，他不能脚踩两只船！

三

　　张幼仪的船终于在法国的马赛靠岸了，徐志摩急匆匆地从英国伦敦乘飞机赶过去接她——他不去接谁去接呵？这既是他的义务也是他的责任！总不能让一个第一次出远门又不懂法语的女人在异国他乡自己折腾买票、转机等事情吧？

　　马赛港的码头上挤满了来接亲朋好友的人，一个个脸上挂着期待和兴奋。徐志摩也挤在人群中，只是与众不同的是，徐志摩的脸上可没有一点期待与兴奋的表情，他身穿一件黑色的长大衣，脖子上搭了条白色的围巾，这将他本来就不白的脸衬得几乎与他的大衣一般的黑。

　　终于看到四年没见的妻子走上岸来，徐志摩不紧不慢地迎了过去，四眼相对时，他嘴里只吐出冷冷的两个字："来啦！"见此情景，本是满脸欢喜的张幼仪突然间也似乎更加冷淡，只从鼻子里"嗯"了一声。就这样，他们的见面仪式便算结束了。

　　张幼仪乘坐的船在海上航行了近一个月，在这近一个月无所事事的日子里，她曾设想过无数种与丈夫见面时的情景，但就是没有想到会是这样。

　　从法国去英国要乘飞机，张幼仪是第一次坐飞机，心里本来就有点害怕，再加上那种飞机又很小，飞行中只要一遇到一点点气流就会颠簸得厉害，这让她在途中出了洋相：起飞不久，飞机便剧烈地颠簸起来，张幼仪不禁朝窗外看了一眼，没想到不看还好，这一看，可把她给吓坏了！她看到弦窗外朵朵白云，再从云缝间向下看，只见一片茫茫大海，此时她心里真怕飞机会颠散了从天上掉下去——也许是过于紧张吧，此时她的胃里一阵痉挛，随即便哇的一声吐了起来。

　　看到张幼仪呕吐，徐志摩非但不帮她处理秽物，也没有半句安慰的言辞，反而将头扭向一边，还轻轻说了一句："你真是个乡下土包子！"

　　其实这话徐志摩已不是第一次说了。早在结婚之前，当徐志摩第一次看见张幼仪的照片时，他就曾把嘴往下一撇，用一种充满鄙夷的口吻说道："乡下土包子！"婚后一起生活的那段日子里，他更是动不动就将这句话甩给张幼仪。

其实徐志摩说这样的话实在没有道理：张家在上海松江县城，你徐家在浙江海宁硖石镇，如果说县城是"乡下"，那你徐志摩不也是"乡下人"吗？再说两家门第，张幼仪的爷爷做过多年县令，父亲是一方名医，尤其是两位兄长可都是人物，二哥张君劢是民国政坛的风云人物，大哥张嘉璈曾留学日本，是著名的经济学家，担任过《国民公报》的编辑、《交通官报》的总编辑、国民政府中央银行总裁等，同时还是"国民协进会"的发起人和领导者。他为妹妹选夫婿时身份是浙江都督府秘书，他之所以选中徐志摩，是因为徐志摩的才学——他那次去杭州府中视察，徐志摩的作文本上的文章和书法深深打动了他，他便决定将这个名叫徐志摩的学生选作自己的妹夫，至于他的出身、家境等根本就没作考虑。而相比之下，徐家充其量只是个土财主，徐志摩的父亲徐申如只是当地商会的会长，他之所以看中张家这门亲事，是因为他更看中张家的官场背景可以为自己在生意场上赢得更大的成功。因此，要说张幼仪是一个"土包子"，那你徐志摩不更是"土包子"一个吗？聪明的张幼仪一定在心里这样比较过。因此，当徐志摩在法国飞往英国的飞机上又这样无礼而又无理地说她时，她终于反击了——老天似乎也有意要帮她的忙——徐志摩说张幼仪"乡下土包子"的话音刚落，自己竟也突然间呕吐了起

海宁徐志摩故居外景

张幼仪

来。见此，张幼仪回敬道："我看你也是个乡下土包子！"或许是贤妻良母式的张幼仪很少这样"出言不逊"，也或许是徐志摩压根儿就没想到张幼仪会这样回敬自己，这让他感到十分狼狈。许多年后，他还与自己的学生一再说起这一次飞行中的狼狈。而对于张幼仪来说，许多年后我们再来品味她的这句话，分明能从中品味出她自尊、自爱和自强的个性，而对于后来她与徐志摩离婚时表现出的那份坦然，以及离婚后独自一人在事业上创造的一个又一个辉煌，也就一点儿也不奇怪了。张幼仪来英国只半年多，徐志摩便与她一起登报宣布正式离婚了——此为中国有史以来第一宗西式离婚案。

这让人很是怀疑徐志摩当初写信要家里将她送来英国的全部目的似乎就是为了要与她离婚。而就在徐志摩与张幼仪的离婚办得紧锣密鼓时，林徽因、林长民却与徐志摩不辞而别，于1921年8月突然从伦敦回国了。

四

对于林氏父女此举的原因，现在几乎成了一个历史之谜，无人确晓，但也正因如此，历来人们多有猜测。

有人说是因为政府给林长民欧游的时间已到限，他不能再逗留英国，林徽因也就不得不随行。但既是如此"光明正大"的事，打个招呼再走有何不能？为何要这样逃也似的不辞而别？

有人说是因为所谓徐林之恋本来就是剃头挑子一头热，林徽因并没爱上过徐志摩，一切对于她来说只是因年幼无知的一次失足，她的抽身离去是一种突然之间的回头是岸。但若真是如此，且不说此前林徽因与徐志摩在火车经过隧道时的长吻等种种只有恋人间才有的行为将无法解释，更无法解释后来林徽因在对早年这段生活的追忆中所流露出的那份真情。

　　有人说是因为张幼仪的到来,引发了林徽因的醋意,因而抽身离开。但是林徽因也不是才知道徐志摩早有妻室呵,要吃醋也不该等到那时吧?

　　有人说是因为林长民不堪几个姊妹也就是林徽因几个姑姑的压力——她们不能容忍堂堂的林家大小姐做人家的"小"或"填房",因而激烈反对徐林之恋,最终林氏父女都妥协了。但是林长民是何等人物呵?他曾任国务院参议、司法总长、国宪起草委员会委员长等,这样一位民国政坛的名人,岂能如此容易妥协?除非只有一种可能,就是他愿意顺水推舟!若真是如此,我们不禁又要问,那"水"又是什么——只能是林徽因自己有了别的选择!

　　虽然所有的推断似乎都站不住脚,但善良的人们就是不能也不愿相信,林徽因的离去不为别的,仅仅是因为她此时有了新的选择,然而活生生的事实是林徽因确是就这么走了,离开了徐志摩——她选择了梁思成做自己未来的丈夫,尽管此前她的确爱过徐志摩,但他只能做情人而不能做丈夫,这如同她选择自己的职业只能是建筑,而文学只能作为自己的爱好一样。

　　林徽因的这一选择在我们今天看来无疑是理性的,但这样的理性对于徐志摩来说又无疑是残酷的和不公平的:你怎么能做这种半路拆桥的勾当呢?要知道,诗人爱的火焰燃得正旺,你突然抽身,这不是将他往绝路上推吗?为此,善良的人们总不相信让徐志摩如此挚爱的女人会是这样一个绝情之人,他们进而猜想,林徽因在离开英国之前一定给过徐志摩某种承诺,其理由有二:一是林徽因离开英国是在1921年8月,而徐志摩离婚是在第二年春天,如果林徽因不给过徐志摩承诺,他会这样义无返顾地与张幼仪离婚吗?二是在徐志摩飞机失事后,林徽因曾通过胡适千万百计地从作家凌叔华(徐志摩的朋友)那里取得了徐志摩生前存放在她那里的日记,而后来这些日记面世时,有关林徽因离开的那一段时间

林徽因与梁思成

的恰恰缺掉了——人们怀疑那些缺掉的日记中恰恰记录了林徽因的承诺，它们最终都被林徽因销毁了。

然而，我常常想，前者只是我们一般人的逻辑，而徐志摩可不是一般人，他是浪漫的诗人，又是一个正被爱情的烈焰燃烧着的诗人，这样的人是断不会按我们一般人的逻辑行事的，这种"一头脱一头抹"的傻事由他做出来实属正常，更何况人们的这种推断本身又犯了一个循环论证的错误，在逻辑上并站不住脚的——徐志摩的离婚并不能一定能推断出林徽因就给过他承诺，至于后者，那仅仅只是一种猜测，是不是真如此，已是一个无法解开的历史之谜了。不过一个活生生的事实是，徐志摩成为一个爱的"孤家寡人"，并非因为他的离婚，而是因为林徽因的回国。

也许有人会说，你徐志摩不是早有妻室了吗？是的，他是早有婚姻了，但是在那个时代里，有婚姻就等于有爱情了吗？别忘了徐志摩在与张幼仪的新婚之夜始终没进洞房，他竟然是在奶奶的房里睡了一夜；也别忘了婚后他仅仅与张幼仪生活了几个月便一别数载且天各一方；他写信给家里让父亲送张幼仪来英国时，或许确有要与妻子补上爱情一课的想法，但是当他遇到林徽因后，这种想法便显得多余了，正因此，他与阔别多年的妻子张幼仪见面时冷若冰霜也属情理之中，他们的离婚更在情理之中，因为他已将所有爱的希望和寄托都押在了林徽因一边了，他不会脚踩两条船，这是他的率性和认真之处，也是他的真男人之处。

徐志摩离婚了，林徽因却在他们爱的道路上抽身而退，这让他落入"两头不着实"的境地，成了爱的"孤家寡人"，也成了爱的弱者。同情弱者是人类普遍的一种心理规律，为此，善良的人们历来对林徽因颇多指责，包括一些与她相识的熟人与朋友，连钱钟书和冰心等一向说话、为文都很温和的文人，也都曾在文章中不无讥讽地说她是情场上的"风云人物"。然而，如果我们站在林徽因的立场上问一句：一个女人难道就没有退的权利吗？

你徐志摩是爱我，但你爱我，我就一定要爱你吗，一定要嫁给你吗？张幼仪不也爱你吗？你为什么就不爱她，要和她离婚？

我是爱过你，但现在不爱了，反悔了，这又怎么样呢？一个小女子难道连反悔的权利也没有吗？

不错，你与张幼仪最初的结合虽然并非出于爱情，但是后来你们不也"爱"了吗？不也生下了两个孩子了吗？你现在又不"爱"了，这不也是一种反悔吗？你能反悔，我就不能吗？

……

这些问题，我想聪明的林徽因一定在心里问过无数次，但就是一次也没有问过徐志摩，其中的原因很简单，她总得给徐志摩留下一点面子吧！即使在徐志摩死后，说起这一话题，她的话语间仍然十分含蓄而小心：

我的教育是旧的，我变不出什么新的人来，我只要对得起人——爹娘、丈夫（一个爱我的人，待我极好的人）、儿子、家族等等，后来更要对得起另一个爱我的人（这个人就是金岳霖）。我自己有时的心，我的性情便弄得十分为难……

这几天思念他得很，但是如果他活着，恐怕我待他仍不能改的，事实上不大可能。也许这就是我不够爱他的缘故，也就是我爱我现在的家在一切之上的确证。志摩也承认过这话。（林徽因《1932年正月初一致胡适》）

这最后一句真是给足了徐志摩面子！只是林徽因明明给徐志摩的是"面子"，而在徐志摩那里又成了希望，于是徐志摩从英国追到了北京，虽然梁思成在他与林徽因的小屋门上挂了块写着"情人不愿打扰"的牌子，但他仍不死心。对此，怪林徽因欲断不断吗？不能！抑或怪徐志摩死皮赖脸吗？似乎也不能！好在林徽因与梁思成去了美国，不久正式订婚，且很快正式结婚，这才使这堆熄灭于1921年的爱的死灰此时没有真的复燃起来。

五

我们常常自觉不白觉地将林徽因与陆小曼放在一起比较，发现她们俩除了都美貌而多才外，性情方面差别很大，林徽因智慧而理性，陆小曼则大胆而感性，如果说林徽因是一块冰，那么陆小曼则是一团火。徐志摩既喜欢林徽因，又怎么会喜欢陆小曼呢？难道他真是一个见谁都爱、来者不拒的情种甚至好色之徒吗？

徐志摩与陆小曼的结合看起来属于偶然，但一切偶然实际上都是某种必然。

如果硬说徐志摩与陆小曼的结合与林徽因也有关，或许许多人都不能同意，但是事实上人们只要一说到陆小曼与徐志摩的结合，就不能不说到林徽因。

是林徽因的抽身而退将徐志摩一下子扔进了爱的荒漠，他这才乐意为朋友王

赓帮忙的，而他要帮的这个忙便是代王赓
多陪陪自己新婚的妻子陆小曼。此时王赓
在哈尔滨做警察厅厅长，而陆小曼由于不
能忍受冰天雪地的生活而留守北京，王赓
便托作为朋友的徐志摩代自己常陪陪陆小
曼——如果徐志摩正与林徽因相爱着，徐
志摩有这个心情去帮这样的忙吗？

是林徽因的抽身退出让徐志摩对自己
结婚太早多次表示后悔，而他的这种后悔
实际上恰让他在林徽因面前不由产生一种
自卑——而在陆小曼那里这种自卑是没有

徐志摩与陆小曼

的，因为你陆小曼与我徐志摩一样，都是"过来人"。如果说徐志摩与陆小曼的结
合是徐志摩爱情的一次"务实"或"迁就"，那么教会他"务实"或"迁就"的人只
能是林徽因。

林徽因是一个智慧而理性的女人，这样的女人固然有她的可爱，但这样的女
人对于男人的杀伤力绝对是两方面的，正因此，有的男人会对这样的女人敬而远
之，他们宁愿爱一个没心没肺的"傻大姐"。陆小曼当然不是一个"傻大姐"，但
是她遇事大胆，为人感性，这一点正与林徽因相反。当受够了林徽因理性伤害的
徐志摩遇到陆小曼时，她身上的这种大胆和感性不能不对徐志摩产生巨大的吸引
力。再则，别忘了徐志摩原本也是一团火，一团火遇到另一团火，只会烧得更旺，
于是两人很快便以感情重组的方式，将人生的快乐提高到了一个极致，此时，他
们走向婚姻的殿堂已是任何人也阻挡不了的了。看起来徐志摩的婚姻有点种瓜得
豆——"豆"不是"瓜"，初看似乎风马牛不相及，但毕竟是当初的种"瓜"而得来
的呵，而与徐志摩当初一起种"瓜"的那个人正是林徽因！

俗话说，婚姻是爱情的坟墓。徐志摩与陆小曼的爱情看起来似乎修成了正
果，然而由此开始的却正是一段走向坟墓的过程。

又有俗话说，得不到的才是最好的。徐志摩终究没有得到林徽因，所以他一
生挚爱着她。

林微因到美国和梁思成结婚后过得并不好，生活中他们经常发生矛盾，拌
嘴、吵架也是家常便饭，甚至有时吵着吵着还有违中国传统的"君子动口不动手"

的雅训。这一切，林徽因都曾写信告诉远在国内的徐志摩。今天，我们已很难确切地知道林徽因给徐志摩写这些信的原因和目的，但是有一点可以确切地知道，徐志摩在收到这些信时，除了痛苦外，心灵深处一定又会燃起一丝爱的希望。

再后来，林徽因与梁思成一道学成归国任教于东北大学，不久因为林徽因身染肺病，独自来北京西山养病，当时正在北大任教的徐志摩便经常去西山看望她。然而此时的徐志摩已是陆小曼的丈夫了，对于这一切，陆小曼不可能一无所知。有一个事实可以为证，这就是她宁可一人住在上海也不愿来北京与徐志摩同住，这便直接造成了徐志摩只得在北京、上海、南京间飞来飞去。

徐志摩这样的生活状态终于导致了悲剧的发生：1931年，徐志摩因飞机失事死了，一代诗哲就这样死于非命。追究其悲剧的原因时，陆小曼首先想到的便是指责林徽因，因为徐志摩是为了赶去北京参加林徽因的一个展览才坐免费的飞机的。但是似乎指责陆小曼的人更多，在他们看来，是因为她的挥金如土才迫使徐志摩不得不到处兼课，在北京、上海、南京间飞来飞去。但是指责陆小曼的人只看到了她的挥金如土、抽大烟和养情人等，并没太在意这一切的原因除了她本来养成的习性外，更有她对徐志摩与林徽因藕断丝连的不满——原来她只得到了徐志摩的人，而他的心早在1921年便给了林徽因，且事实上从来不曾收回过。

"志摩害了小曼，小曼也害了志摩。"这是陆小曼的母亲说过的一句话，它实在是意味深长！

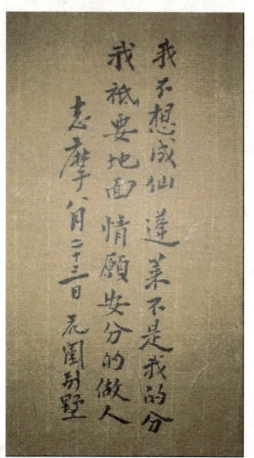

徐志摩手迹

六

　　徐志摩的诗歌代表作无疑是那首著名的《再别康桥》，是这首诗帮徐志摩奠定了他在中国新诗史上无可动摇的崇高地位，甚至有人说，如果没有《再别康桥》，也就没有诗人徐志摩了。此话虽说得有点过，但足可以说明它对于徐志摩来说具有极其重要的意义。

轻轻地我走了，
正如我轻轻地来；
我轻轻地招手，
作别西天的云彩。

那河畔的金柳，
是夕阳中的新娘；
波光里的艳影，
在我的心头荡漾。

软泥上的青荇，
油油的在水底招摇；
在康河的柔波里，
我甘心做一条水草！

那榆荫下的一潭，
不是清泉，是天上虹，
揉碎在浮藻间，
沉淀着彩虹似的梦。

寻梦？撑一支长篙，
向青草更青处漫溯，
满载一船星辉，

在星辉斑斓里放歌。

但我不能放歌，

悄悄是别离的笙箫；

夏虫也为我沉默，

沉默是今晚的康桥！

悄悄地我走了，

正如我悄悄地来；

我挥一挥衣袖，

不带走一片云彩。

　　我在此之所以要将这首多数人在中学时代就曾读熟了的诗完整地引在这里，是为了读者更方便地将它与前面所引的林徽因的《那一夜》比读。我们中学时代的教科书上说，这首《再别康桥》是一首抒情诗，表达了徐志摩对母校的热爱之情，然而事实上并非如此简单。首先凭感觉来判断一下，对一所学校的告别之情哪能如此缠绵悱恻，这也太矫情了吧！其次，只要我们翻一翻有关史料便不难发现一个事实，林徽因与梁思成在加拿大温哥华结婚是在1928年春天，而同年秋天徐志摩在剑桥得到消息，并写下了这首《再别康桥》——这更让我们不能相信这首诗只是表达了诗人徐志摩对母校的热爱。果然，有专家如此指出：

　　《再别康桥》就是一首悼亡的抒情诗，也就是说，它是哀悼爱情的死亡与埋葬的挽歌，也许叫做Elegy更恰当。它的基调仍是凄美的、悲伤的，一如华兹华斯的《露西组诗》……隐藏在《再别康桥》一诗背后的深层结构里，是盟誓被背弃后的原先的美梦之破碎，与深入地写寻梦之不可能性。这个意旨，由诗中的"云彩"、"金柳"、"虹"、"彩虹似的梦"与"寻梦"等意象组成。最为关键之处，是对夕阳中的新娘的"金柳"之文学隐喻的理解。假如在这里把"金柳"理解为"欺骗"的话，那么，诗人徐志摩在这首诗里就不单只是"有怨言"而已，根本就是控诉云彩化身为金柳，对他的感情的欺骗以及背弃了他，也就是说，诗中使用了隐晦的方式指责林徽因欺骗了他的感情与背弃了婚约。（廖钟庆《徐志摩〈再别康桥〉试释》）

　　我们或许并不能肯定诗论家的分析是否确是徐志摩的本意，但是有一点可以

肯定，只要我们将《再别康桥》
与林徽因《那一夜》放在一起来
读一读，便能读出别样的滋味：
徐志摩要挥手告别的其实并不
是1928年金秋时节的某一夜，
而是1921年春天的某一夜——
那也是林徽因的"那一夜"。

在诗中徐志摩想"挥一挥
衣袖，不带走一片云彩"地与
"那一夜"彻底告别，然而，事
实上他并没有做到，他带走的东
西太多，因而他终生也没能走出
"那一夜"。而林徽因呢，她何
尝又曾走出过呢——她既想告
别又想重回，所以注定了她更没
有走出的可能，事实上她一生
都生活在1921年的"那一夜"。

少女时代的林徽因

1955年4月林徽因以仅51岁的盛年在北京死于肺结核——跟茶花女一样，这
病使她的死似乎也不失风雅——只是直到死，她的卧室里一直挂着徐志摩失事飞
机上的一块残片。我曾想，林徽因每天都要面对着这块残片，内心会是什么滋味，
而梁思成的内心又是什么滋味呢……我们不难想象。

陆小曼于"文革"前一年的1965年4月去世，终年65岁。据说，她在徐志摩死
后的30多年里，每天都要在徐志摩的灵前献一束花——无疑这是一种小资情调的
怀念方式，为此有人担心，她若再活下去，活到那个暴风骤雨的红色年代，这种小
资情调的怀念方式一定会给她带来麻烦，因为徐志摩并不是什么红色诗人；但又
有人说，她任至终生的上海文史馆馆员的职位是毛泽东为她谋得的，既是这样，
她若能继续活下去，她的怀念恐怕也还会继续下去吧！

张幼仪于1988年1月逝世于美国，终年88岁，临终前她跟她的侄孙女，也即她
的传记作者张邦梅说过这么一段话：

你总是问我，爱不爱徐志摩。你晓得，我没办法回答这个问题。我对这个问题

很迷惑，因为每个人总是告诉我，我为徐志摩做了这么多的事，我一定是爱他的。可是，我没办法说什么叫爱，我这辈子从来没跟人说过"我爱你"。如果照顾徐志摩和他家人叫做爱的话，那我大概爱他吧。在他一生当中遇到的几个女人里面，说不定我最爱他。（张邦梅著，谭家瑜译《小脚与西服——张幼仪与徐志摩的家变》，智库股份有限公司1966年版）

　　三个女人似乎终生都没能走出徐志摩的阴影，只是我真不知道这究竟是她们的崇高呢，还是她们的悲哀；而对于徐志摩来说，我更不知道这究竟是他的光荣呢，还是他的罪过！

徐志摩故居内厅

生怕情多累美人

郁达夫可算是中国现代作家中最有朋友缘的了。

鲁迅、郭沫若、沈从文和徐志摩等，无疑是在中国现代文学中最重要的几座重镇，而郁达夫则是这几座重镇间的一座枢纽——这不能不说实在难能可贵！因为就是那几座重镇间，大多数时候都是鸡犬之声相闻而又是老死不相往来，偶有往来，常常都是刀兵相向。

郭沫若曾将"资本主义以前的一个封建余孽"、"二重的反革命人物"的帽子扣给鲁迅，鲁迅为此也回敬过郭沫若一个"才子＋流氓"的雅号，而郁达夫作为郭沫若的朋友与之曾一同发起成立了"创造社"，同时他又是鲁迅差不多唯一一位将友谊保持到了终生的朋友。

面目清瘦的郁达夫

因为鲁迅曾将丁玲的求救信误以为是沈从文的，弄得沈从文至死都不曾与鲁迅交言，至于郭沫若，他曾经说沈从文"一直是有意识地作为反动派而活动着"，而郁达夫则又事实上是沈从文这位现代文学史上的文学大师的伯乐和知己。

"新月社"是与"创造社"相对立的一个文学社团，徐志摩是其成员，他曾亲口对周作人说过："令兄鲁迅先生的脾气不易捉摸，怕不易调和，我们又不易与他接近。"而他与郁达夫既是中学的同班同学，更一直都是很好的朋友。

仅凭着郁达夫如此的枢纽作用，他也是中国现代文学史无论如何也绕不过去的一个人物，更何况他本身也是中国现代文学上的一座重镇哩！

郁达夫不但有朋友缘，更有女人缘；不但其笔下的小说迷倒了难以计数的怀春少女，而且其本人在现实生活中似乎总是桃花运不断，对此他也从不拒绝——

不但不拒绝，有时还主动追逐。

一

　　1927年1月14日，新年伊始，又逢上一个小阳春的天气，那一天，身在上海的郁达夫收到了妻子孙荃从北京寄来的新皮袍。他打开包裹，立即将新衣服穿上试了试。此时他的心头忽然飘过妻子孙荃的身影，这让他忽然又记起老家有句俗话："人有三件宝，丑妻薄地破棉袄。"自己那位并不算丑但也确实不算漂亮的妻子，或许真是自己人生中的一件"宝"呵！他在心里隐约地想。

　　郁达夫的第一次婚姻与鲁迅先生的一样，也与当时许多人一样，也是典型的旧式婚姻，是在父母之命、媒妁之言下产生的。但是郁达夫与鲁迅先生又有些不同：鲁迅先生对于世事是那种至死都"一个也不饶恕"的性格，而郁达夫有时则会"道向圆处走"。他虽然也对自己这门婚姻不尽满意，但竟能觉得孙荃这位"裙布衣钗，貌颜不扬，然吐属风流，亦有可取处"，所以待她并不像鲁迅先生待朱安那样决绝——将她娶回周家后便让她事实上受"活寡"一生，而与孙荃竟一连生下了四个孩子，让郁家这个人丁并不算太兴旺的大家庭里一时很感安慰，尤其是他的母亲陆氏。

在日本留学时的郁达夫

　　郁达夫1896年12月7日出生于浙江省富阳县城满洲弄（今达夫弄）的一个书香门第，由于父亲的早逝，他事实上是由母亲拉扯大的。那是一个贫寒的家庭，他后来在自传中曾这样写道："儿时的回忆，谁也在说，是最完美的一章，但我的回忆，却尽是些空洞。第一，我所经验到的最初的感觉，便是饥饿，对于饥饿的恐怖，到现在还在紧逼着我。"好在这个贫寒的家庭里除了物质财富匮乏外，精神财富倒极其丰富，这个家里有书读，所以童年的郁达夫便通过发奋读书丰富心灵来填补生理上对于物质的需求，小小年纪时便在文学上

各种版本的《沉沦》

显露出了很高的才华。然而家庭并不希望郁达夫成为一名文人，因为家庭的现实正活生生地证明，一个纯粹的文人在那个时代必然只能贫穷，因此，当1913年长兄郁华考取了官费留学的资格赴日留学时，郁达夫随之一同入了日本东京帝国大学经济学部。但是尽管他最终取得了经济学学士的学位，并且回国后受聘于北京大学经济系教授统计学，但他并不喜欢自己的这份工作。此时的他已出版了中国现代文学史上的第一本小说集《沉沦》，散文、诗词、文艺评论和杂文、政论也都自成一家，不同凡响，总之已是一位地地道道的作家了。

作为文人，似乎注定了其生命必然是风流倜傥，其人生必然是浪漫多情，郁达夫也不例外，更何况人总有一种补偿心理——郁达夫有婚姻，但爱情的滋味却并没有多少体验；他对妻子有一种"淡淡的依恋"，但从没有过激情与疯狂。所以郁达夫一面做着四个孩子的爸爸，一面常又沉溺于柳永式的颓废生活。对此我们当然不能用世俗的眼光去苛求一个文人，更不能用一般的道德标准去评价一个文人风流。至于孙荃，虽然对他在外面的所作所为也有耳闻，但也无可奈何，她只希望有一天他在外面倦了、累了，甚至有一天老了，他一切的荒唐也便了了，所以她仍一如既往地以自己的方式爱他：他回家给他准备一日三餐，他外出给他准备盘缠行囊，他不归给他寄冬季寒衣。

郁达夫穿着妻子寄来的这件新皮袍，觉得正合身。想到晚上将要赴老朋友孙百刚的酒宴，于是他便没有将新衣裳脱下。傍晚，郁达夫就身穿着新皮袍向位于马当路尚贤坊40号的孙百刚寓所走去，浑身上下似乎暖暖的，而心中似乎更是涌动着一股暖流。只是此时他怎么也没有想到，这看起来非常普通的一场朋友聚饮，将注定使他以后的人生登上大喜大悲的顶点。

就在孙百刚家，他遇见了一位姑娘，当他与这位姑娘四目相对时，他愣住了，因为眼前这双眼睛"明眸如水，一泓秋波"，让他惊为"遇见天人"。他很快回过神来后，心里发出了一声轻轻的叹息，同时觉得自己的灵魂已经出窍。

这位姑娘叫王映霞，杭州人，由于父亲早逝，跟随母亲在外祖父家长大。其外祖是杭州名士王二南，是小有名气的一位诗人，王映霞因为从小受其熏陶，不但对古典诗词情有独钟，自沉其中，以至浸染出了一种独特的气质，且天生丽质。如此才貌双全的女子，怎么能不让本来就倜傥多情的郁达夫一见倾心！此时的郁达夫31岁，王映霞20岁。

作为那个时代的"新女性"，王映霞早就读过《沉沦》，对于郁达夫的才华也可谓仰慕已久，但同时对于他许多风采萍踪的传闻也早就耳闻，更何况此时的郁达夫已是有妇之夫，所以她是不愿意将自己的初恋和终身都交给这位以追求感情自由而著名的浪漫诗人和作家的。因此，当郁达夫开始向王映霞疯了似的发起爱的攻势时，其第一遭遇便是王映霞的断然拒绝，并且是以自己已许配于人为由。

然而，此时的郁达夫已经近于疯狂，他认定女人是水做的，其心也是水做的，绝经不起执意的攻击。他一面求朋友帮忙安排各种与王映霞"邂逅"的机会，每次见面时都出手大方，热情奔放，短短的一段时间，上海滩各大饭店、舞厅，几乎都留下了他们出双入对的身影。与此同时，他自然更发挥自己长处，给王映霞大写情书情诗。那些情书情诗我们今天大多数都能从他的选集中找到，虽然时隔大半

个世纪了，但今天只要我们读一读，仍不难感觉到，那哪是普通的信呵，分明都是能燃烧的火。

第一步，考虑到自己毕竟已是四个孩子的父亲，王映霞也毕竟已与人订婚，他写道：

我希望你能够信赖我，能够把我当做一个世界上的伟大人物看，更希望你能够安于孤独，把中国的旧习惯打破。所谓旧习惯者，依我看来，就是无谓的虚

郁达夫与王映霞

荣。我们只要有坚强的爱，就是举世都在非笑，也可以不去顾忌。我们应该生活在爱的中间，死在爱的心里，此外什么都可以不去顾到……

我对于你所抱的真诚之心，是超越一切的，我可以为你而死，而世俗的礼教、荣誉、金钱等，却不能为你而死。

第二步，为了阻止已经订婚的王映霞走向婚姻，他又写道：

现在我所最重视的，是热烈的爱，是盲目的爱，是可以牺牲一切，朝不能待夕的爱。此外的一切，在爱的面前，都只有和尘沙一样的价值。真正的爱，是不容利害打算的念头存在于其间的。所以我觉得这一次我对你感到的，的确是很纯正、很热烈的爱情。这一种爱情的保持，是要日日见面，日日谈心，才可以使它成长，使它洁化，使它长存于天地之间。

第三步，他连孙子兵法中的"激将法"也用上了，不但以爱的美好前景相诱，更相激道：

王女士，人生只有一次婚姻，结婚与情爱，有微妙的关系。你情愿做家庭的奴隶吗？还是情愿做一个自由的女王？你的生活尽可以独立，你的自由，绝不应该就这样轻轻放弃……

或许是初涉爱河的王映霞根本就无法禁得住郁达夫这样猛烈的炮火，或许"自由""独立"对于以"新女性"自许的王映霞有着太大诱惑力了，郁达夫在经历了一番完全疯狂、不计后果的爱的攻势后，也在经历了一番忐忑不安、近乎绝望的等待之后，他的热情终于打动了王映霞的芳心，他们这艘爱的航船终于艰难启

航了，而郁达夫的心情正如另一首写给王映霞的诗中所写：

> 朝来风色暗高楼，偕隐名山誓白头。
>
> 好事只愁天妒我，为君先买五湖舟。

二

1927年8月15日，《申报》和《民国日报》同时刊登了一则《郁达夫启事》：

人心险恶，公道无存。此番创造社被人欺诈，全系达夫不负责任，不先事预防之所致，今后达夫与创造社无关。特此声明，免滋误会。

就此，有人说是郁达夫自己退出了创造社，也有人说郁达夫是被赶出了创造社。无论如何，郁达夫是就此离开了创造社，这一点是事实。

郁达夫是1926年12月27日从广州到达上海的，此前他因不愿在北大继续当他的统计学教师，而就郭沫若之邀去了当时的革命中心广州；但在广州又对一些革命现象深感失望，而发表《广州事情》等，与郭沫若等发生罅隙，无法久留之际，他来到上海，想一面专心从事创作，一面清理创造社出版部的有关事宜。然而只数月，不但创造社出版部没有清出个头绪来，而且竟离开了创造社，其中的原因当然是难以一言尽之。创造社元老之一郑伯奇说："达夫改组出版部以后，半年间《创造月刊》只编印了一期……"。另一位创造社的主要成员王独清的一段话说得更明白："当时创造社在上海的两个中心分子——成仿吾和我对郁达夫的不满，只是为了他负了社内的编辑的重责，却一年来只编了一

在日本成立创造社时与同仁郭沫若、成仿吾、王独青合影，中坐者为郁达夫。

期月刊，一点工作都没有进行。"这也就是说，郁达夫之所以在创造社实在混不下去，是因为他作为创造社的领导之一，却在创造社"怠工"。

要知道，他可是创造社的主要发起人呵，他与郭沫若、成仿吾、郑伯奇等，既是创造社的元老，又一直是创造社的实际领导者和经营者。那么郁达夫为什么会对自己的事业"怠工"呢？其中当然有许多人事矛盾上的原因，但有一个实际原因也是不能忽视的，那就是他来到上海后仅仅十几天便遇到了王映霞，并立即陷入了爱的痴迷与疯狂中。可想而知，他那学习过经济学和统计学的脑袋里，那些日子里整天盘算着的是如何攻克王映霞这座爱的堡垒了，哪能分出太多的心思来盘算生意上的事情呵！至于他那支本可生花的妙笔，也全用来为王映霞写情书了，也哪能写得出太多的文章为杂志供稿呵！至于上班作息时间等等，在爱情至上如郁达夫者看来，那更不会让他放在心上加以在意！什么工作、创作、事业，那时一定通通为爱情让道了，所以他在创造社落下个因"怠工"而被赶出的下场，实在是太正常不过了！想来那也绝不会是他受了老朋友、老同事多少冤枉。且从他发表启事、高调离开来看，对此他也没什么悔意，因为他毕竟以此换得了美人入怀。

1927年6月5日，郁达夫和王映霞在杭州聚丰园餐厅正式宴客订婚。不久又在杭州西子湖畔大旅社，郁达夫与王映霞在杭州举行了轰动一时的婚礼。证婚人是柳亚子，郁达夫的留日同窗易君左在赠诗中则称他们为一对"富春江上神仙侣"——此句也被当时的报纸纷纷引用作对他们婚礼报道的标题。郁达夫自然是得意之极，但他的家人对他的再娶却表示出了强烈的反对。长兄郁华从北京写来长信，对他一番痛骂，以致一来二去弄得郁达夫宣布与他断绝兄弟关系。他与王映霞的订婚和结婚典礼，家里也都没有一人参加。

对此，王映霞也不在乎，因为这样倒可免了许多繁文缛节，这让她心里反而还有点暗暗高兴。这时最痛苦的人自然是孙荃，得到丈夫订婚的消息，她遂宣布从此与郁达夫情绝分居，为此她函告郁达夫，将携子女回富阳郁家与郁母同居，与儿女们相依为命，直至终生。生活中如此残酷的事情就这样活生生地发生了：一个女人的快乐竟连着另一个女人的悲痛；一个男人的快乐竟建立在一个女人痛苦之上。

1928年3月，他们迁入上海赫德路（今常德路）嘉禾里居住，一对"富春江上神仙侣"总算来到了人间，过上了饮食男女的日子。此时他们虽然琴瑟和谐、恩爱如初，不久王映霞生下了他们的第一个儿子，取名郁飞，小名阳春，意在纪念他们相识在那个小阳春的日子里。孩子无疑是他们爱情的又一道凝固剂和润滑剂，对于他们的婚姻生活和小家庭，也无疑是锦上添花。至于衣食住行，王映霞也很满意，她后来在自传中曾对这一段日子这样回忆道："当时，我们家庭每月的开支为银洋200元，折合白米二十多石，可说是中等以上的家庭了。其中100元用之于吃。物价便宜，银洋1元可以买一只大甲鱼，也可以买60个鸡蛋，我家比鲁迅家吃得好。"

然而，好日子总是那么短暂！饮食男女的日子很快就让当年这对"富春江上神仙侣"感到了些许的无奈。看似幸福的一个个平常日子里，不安的暗流在渐渐涌动。

郁达夫本就是个浪漫诗人，其浪漫自然不仅仅在诗文中，更体现在生活中，不仅呼朋唤友、狂歌豪饮是常态，而且动不动就醉卧青楼，不知归路，弄得王映霞独守空房，但又牵肠挂肚。有一次，他夜饮回家，竟然醉倒在家弄堂口的雪地上，王映霞等了一夜；天一亮便出门去找，看见了倒在雪地里的丈夫，让她又生气又心急更心痛。再加上王映霞本以为结婚以后郁达夫会很快与前妻孙荃离婚，谁知事实上却很难，王映霞深感自己的婚姻是不完整的，为此她也没少在郁达夫面前叨叨。叨叨多了，郁达夫便也心烦，觉得我都已如此爱你，不就够了吗，你干嘛在乎这些？于是一怒之下，他或是为了证明自己的爱，或是为了更加"搞定"王映霞，竟然将自己追求王映霞时写下的爱情日记公开出版了，题曰《日记九种》。而郁达夫在结婚前曾对王映霞信誓旦旦地保证过，自己的日记不会在有生之年发表的。这让王映霞感到无地自容。然而这一切在郁达夫看来实在不算什么，他完全不曾顾及过王映霞的感受。

另外，饮食男女的日子，少不了要为柴米油盐之类盘算，但是由于王映霞过惯了大小姐的日子，婚后不久，即将郁达夫本来也不算太多的积蓄花光了。可此时的王映霞以郁太太的身份所到之处，俨然是上海滩交际场的一颗红星，衣着考究、进出有车，自是不在话下，平时也出手大放，这让从小被饥饿所伤的郁达夫已难以应付之际，少不了对她多有微词，而这又每每弄得双方多有不欢。但不欢之余，郁达夫为了讨娇妻欢心，又不得不拼命写作、四处编稿和讲课，以求多赚得些碎银。"金钱"二字像石头，总是压着他喘不过气来，这自然也让郁达夫感到痛苦。再加上他这一阶段，他在人生和创作上又正处于一个小小的低谷中，先是被迫从创造社退出，后又被"左联"开除。好在也正是在那一阶段，也是从广州来到上海的鲁迅先生与他相交甚得，并给了他很大的帮助。他们不但在文学论战中相互策应、对敌斗争中相互声援，而且在工作和生活中也相互合作，相互帮助，如他们曾合办《奔流》半月刊，不但为他们的思想和作品创造了发表的平台，并获得收益，更加使得他们在工作和战斗中凝成的友谊不断加深。因此，当1933年郁达夫准备从上海移家杭州时，鲁迅真诚地以诗加以阻止：

> 钱王登假仍如在，伍相随波不可寻。
> 平楚日和憎健翮，小山香满蔽高岑。
> 坟坛冷落将军岳，梅鹤凄凉处士林。
> 何似举家游旷远，风波浩荡足行吟。

诗的意思是说，九百多年前统治杭州的极苛酷的钱镠虽然死了，但像钱镠这样的人那里仍有。与其到杭州去，不如到更旷远的地方去。在那里，倒是"风波浩荡足行吟"啊！可惜郁达夫没有听从鲁迅的劝阻，他还是去了杭州，以至于后来这对当年的"富春江上神仙侣"，在再次回到富春江边后不久反倒分道扬镳，演绎出一段爱情婚姻的悲剧。也正是因此，后世善良的人们，在一面惊叹于鲁迅对于人生和社会超强的洞察力之强之余，总是无比惋惜地想——假如郁达夫当年听了鲁迅的话，那悲剧或许就不会发生了吧！然而，人生是没有假如的，历史也没有假如，一切都似乎是命定。

三

鲁迅为什么要劝阻郁达夫去杭州？有人说是因为鲁迅不喜欢杭州。

的确，鲁迅似乎一直不喜欢有着"人间天堂"之称的杭州。1924年，他"听说杭州西湖上的雷峰塔倒掉了"，便高兴地写了《论雷峰塔的倒掉》，文章开头后他就写下了这么一段话："（雷峰塔）破破烂烂地映掩于湖光山色之间，落山的太阳照着这些四近的地方，就是'雷峰夕照'，西湖十景之一。'雷峰夕照'的真景我也见过，并不见佳，我以为。"通过这段话就可以看出，鲁迅对杭州及西湖似乎早无好感。1928年，鲁迅在给朋友的一封信里，不但明确表达了他对杭州的西湖没有好感，而且说出了其中的原因："至于西湖风景，虽然宜人，有吃的地方，也有玩的地方，如果流连忘返，湖光山色，也会消磨人的志气的。如袁子才一路的人，身上穿一件罗纱大褂，和苏小小认认乡亲，过着飘飘然的生活，也就无聊了。"在这儿，鲁迅表达了他不喜欢杭州西湖的原因是，"湖光山色，也会消磨人的志气的"。

然而，这里鲁迅仅仅只说出了一个原因，也是表面原因，另一更深的原因则与社会政治有关。

辛亥革命后，杭州像中国其他城市一样，都在这场革命中得到了洗礼，但是由于杭州是鲁迅家乡的省会，他的许多朋友都在那里生活与工作，他看到他们中的许多人，在那里因革命而牺牲，同时也看到不少人，在那里是如何地镇压革命、出卖战友，为此鲁迅写过许多以此为题材和为背景的小说与散文。1928年，国民党统一全国后，实行文化戒严和文化迫害，当时的浙江当局竟趁机发出通缉令，通缉鲁迅、郁达夫等"堕落文人"。正是因为这些，鲁迅对于自己家乡的杭州，可谓因爱之深而恨之切。

正是出于这样的原因，当郁达夫要移家杭州时，鲁迅才竭力劝阻，先是口头相劝，后又以诗相阻，且这首律诗也写得章法别致：一般律诗都意思上常常是四句一转，分上下两层，但这首七律，鲁迅竟然连用六句写了杭州的种种不是，道明目的的只有最末二句。郁达夫是中国现代文学史上对旧体诗研究最深、创作水平最高的作家，对于鲁迅这首诗的内容和深意肯定是一目了然的，更何况这首诗鲁迅虽然是写给王映霞带回家的，但郁达夫一见后便说，"他（指鲁迅）这意思早与我说过"。

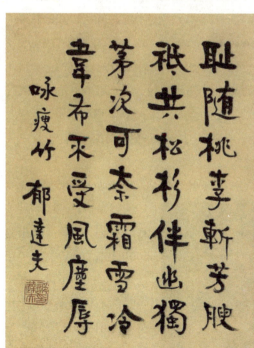

郁达夫书法

然而，郁达夫终究还是没有听鲁迅的劝阻。

后世的多数研究者主要将其归因为政治气候，因为郁达夫离开创造社并与之发生论争，又加上当时风传上海国民党当局要搜捕郁达夫,所以他才不得不离开上海。然而这看起来很有道理的归因,其实并不太合逻辑:一是如果确是这样,那郁达夫只要离开上海就行了,为什么一定去的地方是杭州呢?二是为了躲避风传的搜捕而投身到曾经发出过通缉令的地方去,显然也说不通。

其实郁达夫移家杭州的原因是多重而复杂的。

1932年11月10日晚,临时去杭州的郁达夫住在一间旅店里,孤寂难眠之际给在上海赫德路嘉禾里的妻子王映霞写信——仅仅小别几日,竟就忍不住要写信对妻子嘘寒问暖,这本身足可说明,他们那时夫妻关系还如胶似漆。将自己在杭州的活动作了一番告知后,或许是郁达夫发现杭州的房地产市场较有前景,在信的后半他告诉妻子王映霞说:"《弱女子》(即后来成为现代文学史上名作的小说《她是一个弱女子》)落得卖去,有一千二百元也可以了,最低不得比一千元少。这钱卖了,可以到杭州来买地皮或房子。"

十天后,郁达夫又在一封给王映霞的信里说:"我将有一篇东西(短篇小说《瓢儿和尚》)寄出,字数在八千字左右。你送去后,可先向刘某说明,此系创作,非十元千字不可也。中华数字,也同商务一样,标点空格,都须除去,必要十元千字才能合算。"。

《她是一个弱女子》20000多字,最终郁达夫得稿费1000元(大洋);《瓢儿和尚》8000多字,郁达夫最终得稿费只有80元。两相比较起来,那1000元的稿费对于郁达夫来说,无疑是得到了一笔巨款。得到一笔较大的收入,想到投资,这是人之常情。郁达夫首先想到的是买地建房,或买房。这应该是很自然的事。

那么为什么要到杭州来买呢?便宜!

20世纪80年代时的"风雨茅庐"

郁达夫后来在杭州的"风雨茅庐",据今天实测,占地1.8亩,当时花费5000元左右,其中1000元是地价,核算下来,杭州当时的地价每亩在556元左右。而据有关研究者考证,当时上海的地价比之要高得多。租界地价极其昂贵自不必说，每亩价格在150000元以上；即使是相比均价低了105倍的华界地价，也在1500元左右。所以根据郁达夫当时的经济实力，是不可能在上海买得起地和房的。前面就已说到，由于种种原因，浪费如郁达夫者，此时也不得不为柴米油盐而精打细算，所以他在得到一笔较大收入考虑投资时，不得不考虑效益，而选择移家杭州未必不是一明智之举，更何况王映霞本是杭州人，他的这一决定未必没有讨好爱妻的原因。至于有没有讨得王映霞的好，我们虽不能轻易断言，但是一个事实是，郁达夫的这项巨大的家庭投资也好，消费也罢，很快就不但得到了作为家庭女主人的王映霞的批准，而且事实上也得到了她的大力支持。而这倒让人不禁想，

后人将郁达夫的游记辑为《说杭州》一书，可见他30年代居杭期间写作的有关杭州的游记数量之大。

如果郁达夫选择的移家地不是杭州而是别处，她还会同意和支持吗？

1933年春天，杭州场官弄的一座老房子里住进了一家五口。在邻居们眼里，这家的男主人个头一般，常穿一件蓝布长衫，喜欢去浙江图书馆，平时进进出出与人很和气，显得平易而普通，其最明显的特征就是瘦；倒是这家女主人显得很招眼，因她似乎是从月份牌上走下来的一般漂亮，虽然她平时只在家看孩子，与邻居们并无多少交往；倒是他的大孩子，在附近的横河小学读书，与他同学的孩子因此常到他家去玩。邻居们不久也便从那些孩子口中得知，那孩子叫郁飞，他爸爸就是著名作家郁达夫，他妈妈就是当年"杭州三美"之一的王映霞。

郁达夫一家是在1933年春迁至杭州居住的，"风雨茅庐"开工于1935年冬天，直到第二年春才竣工。也就是说，虽然早有买地建房的打算，但在最初的三年里，郁达夫一家是在杭州租住的。为什么没有立即建房或买房？不言而谕一定是出于经济方面的原因吧！郁达夫本书生气十足地想"只茅草代瓦，涂泥作壁"，建"五间不大不小的平房，聊以过过自己有一所住宅的瘾的"，不料他的想法却引出意外的回响：他那些建筑业界的朋友表示，"你若要造房子，我们可以完全效劳"；他那些有钱的朋友则说，你缺资金可以"通融"；还有那学过洋文懂些"风水"的朋友积极出谋划策……总之使他原本的构想有了很大的改变。而就在这样不断地改变中，建房的设想一直停留在"设想"中。

今日整修后的"风雨茅庐"

不过这三年里，郁达夫虽然不停地为写作挣钱，为心中的爱巢努力添砖加瓦，但生活倒过得平静而安详。这在他的一生中，似乎也算难得。正因为这样的生活，这三年也在他一生的文学历程中形成了一个创作的高峰。这一阶段他是写作游记为主，他们仿佛又成了当年那对"富春江上神仙侣"，杭州及周边的名山丽水上都曾留下了他携妻漫游的足迹，而他的那些游记，多数成了中国现代文学中的珍品。因选进今天的中学语文教材而使得我们一般人很熟悉的《故都的秋》、《钓台的春昼》等，便是其中著名的篇章。

然而平静的日子总是那么的短暂，且平静的只是表面。

王映霞后来在自己的自传中回忆说："（回杭州）这就很自然地给我招来了不少慕名和好奇的来访者，增添的麻烦和嘈杂。从此，我们这个自以为还算安静的居处，不安又不静起来。比如，今天到了一个京剧名旦角，捧场有我们的份；明天为某人接风或饯行，也有给我们的请帖；什么人的儿子满月、父亲双寿，乃到小姨结婚等等，非要来接去喝酒不可。累得我们竟无半日闲暇，更打破了我们家中的书香气氛。我这个寒士之妻，为了应酬，也不得不旗袍革履，和先生太太们来往了起来，由疏而亲，由亲而密了。所谓'座上客常满，杯中酒不空'，正是那一时期我们热闹的场面。同时因为有东道主招待，我也饱尝了游山玩水的滋味，游历了不少名胜。"

王映霞此话说的大体是事实，但是尽管她嘴上说对于这样的日子似乎厌倦，可事实上如此叙述的字里行间仍掩不住向往。当时与郁达夫、王映霞来往颇多的"湖畔诗人"之一汪静之说，那段时候："王映霞最爱郁达夫带她去认识所有的朋友，专门同人家交际。"或许正是在那种交际中，王映霞认识了郁达夫的两位老同学，一位是留日时期的许绍棣，时任浙江教育厅厅长，还有一位更是鼎鼎大名的"特工王"戴笠，此时他正在杭州办"训练班"。这便注定了看似平静的日子风雨欲来。

1935年底，杭州场官弄63号南侧的一块原来的空地上，一所中日建筑风格合璧的私家居所拔地而起。

对于能建成这样一座所居，郁达夫是满意而开心的，他在《移家琐记》一文中写道："新居在浙江图书馆侧面的一堆土山旁边……原来我那新寓是在军备局的北方，而三面的土山，系遥控着城墙……好得很！好得很！我心里想'前有图书馆，后有武备库，文武之道，备于此矣！'"然而，郁达夫却给这新居起了一个令人感伤的雅号"风雨茅庐"，并请马君武题写了匾额。王映霞为此则大为不满，觉得好好的一座别墅式的新居，却起这么一个不吉利的名号！郁达夫则解释说，原本只是想建一座聊避风雨的茅庐的，才所以如此。

或许是郁达夫早就预料到一场注定的风雨将要来临，或许是他一语成谶，一场人生的风雨不经意间真的就来了，甚至还没等到那座聊避风雨的茅庐完全建成。

1937年初，春节刚过，郁达夫收到福建省主席陈仪的邀请，请他出任福建省政府参议，正月十三，他便独自离开了杭州南下福州，"风雨茅庐"最后的收尾工程及装修他完全交给了王映霞。对于郁达夫的南下，自己将担负如此重任，王映霞出乎意料地表示出了支持，原因似乎也合情合理——为了建造"风雨茅庐"，他们欠下了很大的一笔债，得挣钱还债呀！虽然"富春江上神仙侣"的日子就此结束了，但郁达夫此去所就之职毕竟薪水不薄！至于她心里此时有没有什么小九九，我们还不能乱加推断。不过随后发生的事实是，远在福州的郁达夫，不但收到了老同学戴笠寄给他的贵妃酒（对此郁达夫百思不得其解之余，将其记录在了1936年2月14日的日记中），而且还听到了许绍棣"新借得一夫人"的绯闻，而这绯闻的女主角正是自己的妻子王映霞。

说来也真是大意，郁达夫有一天游福州天君殿，有人叫他抽签，他便抽了一支签，签诗里的一句话让他心里一沉，那句话竟是"鸣鸠已占凤凰巢"。他后来发表的《毁家诗记》中，有"不是有家归示得，鸣鸠已占凤凰巢"之句，大体也出自于此。

然而，尽管如此，郁达夫也还曾在自己日记中留下了这样的话："晚上独坐无聊，更作霞信，对她的思慕，如在初恋时期，真也不知什么原因。"要知道，此时他们已结婚十年。

此时，远在杭州的王映霞，已带着孩子迁进了终于装修完工的新居，只是此时的这座崭新的"风雨茅庐"，还能遮避那就要降临的风雨吗？

郁达夫写信让王映霞立即来福州，但没有回音。郁达夫不得不亲自赶回杭州，在"风雨茅庐"中只住了三天，便携王映霞南下福州。然而不到三个月，王映霞便以水土不服为由回到了杭州。不久上海"八一三"事变爆发，日寇占领上海，杭州危在旦夕。郁达夫不得不再回浙江寻找王映霞。此时"风雨茅庐"自然是回不去了，因为国家民族遭受的一场巨大的风雨已经来临，而王映霞当时也避到了丽水。郁达夫到丽水寻得了王映霞，并准备携其一同前去武汉，因为此时国民政府的抗战中心已移武汉，此前他的昔日好友郭沫若此时正在那里任国民政府军事委员会第三厅政治部主任，邀其前去出任第三厅第七处处长，郁达夫也已于1938年3月9日辞去了福建省政府本兼各职。正是由于郁达夫为寻找王映霞而辗转多日，等到他赶到武汉时，处长一职已有人代任，遂改任第三厅少将设计委员。

国难当头之际，儿女情长实在已不再重要了！郁达夫来到武汉后迅速投身到了抗日救亡的工作中。

四

1938年夏的一天，武昌的蔡院街上人头攒动，因为这条不大的街道离码头不远，此时码头上挤满了各种船只，从船上下来的人们，有从前线下来的伤员，有从沦陷区逃难而来的难民，他们如涌水一般溢向岸来，将蔡院街挤得拥挤而混乱。一位衣着考究的女子，努力敲打着28号的大门，门开后，她被迎了进去。这个敲门的女人就是王映霞，她敲打的这个28号门内，住着她的中学同班同学符竹茵，而她的丈夫，正是著名诗人汪静之。

一见是老同学，符竹茵很高兴地问王映霞，如此兵荒马乱，还亲自跑来，莫非有什么事要帮忙？王映霞说这正是要请老同学帮忙，那就是要"借"一下老同学的丈夫汪静之一"用"。

浙江富阳郁达夫故居

符竹茵与汪静之一听此话，初以为是开玩笑，但看王映霞神情并不像开玩笑，于是细问之下得知，王映霞想去医院堕胎，但医院要丈夫到场并签字，他只得求符

竹茵和汪静之帮忙，希望汪静之能陪她去医院，冒充一下她的丈夫。

起初这令汪静之夫妇多有不解——你为什么不让自己丈夫郁达夫陪着去呢？虽说此时郁达夫到台儿庄劳军去了，但此前你干什么了？再说过几天你等他回来再做这个手术就是了，为什么非得这个时候做不可？

王映霞解释说，前些时候不知道，再等几天胎儿长大了不好做。汪静之夫妇觉得她此话似乎也在理，于是就答应了。

然而事情过后，让汪静之夫妇深感惊诧的是，对于王映霞这次堕胎，远在徐州慰问前线军队的郁达夫，不但事前不知情，事后也不曾得到王映霞的告知。而且凭着他们是王映霞这个"秘密"的当事人和知情人，在生活中自然多了个心眼，很快他们就发现王映霞此次堕胎极有可能是为戴笠。多年以后，汪静之在《王映霞的一个秘密》中写道："我当时考虑要不要告诉达夫：照道理不应该隐瞒，应把真相告诉朋友，但又怕达夫一气之下，声张出去。戴笠是国民党的特务头子，人称杀人魔王。如果达夫声张了去，戴笠绝不会饶他

为了纪念郁达夫和郁曼陀弟兄二烈士，故乡人在鹳山上修建了一座"双烈亭"

的命。太危险了！这样的考虑之后，我就决定不告诉达夫，也不告诉别人。"

谁知道就在汪静之夫妇努力为王映霞保守秘密的时候，她自己竟然没能保守好自己的秘密，许绍棣写给她的三封情书无意中竟让郁达夫发现了。王映霞自知理亏，携带细软离家出走。

当天晚上，郁达夫长夜难眠，看见窗外还挂着王映霞洗晾的纱衫，悲愤难抑，提起笔来，饱浸浓墨，在那纱衫上大书："下堂妾王氏改嫁前之遗留品。"第二天，他又在《大公报》上刊登启事："王映霞女士鉴：乱世男女离合本属寻常，汝与某君之关系及携去细软、衣饰、现银、款项、契据等都不成问题，惟汝母及小孩等想念甚殷乞告以地址。"同时，郁达夫又将这三封情书照相制版印刷，广为散发……

尽管如此，事情的最终结果还是郁达夫和王映霞在朋友的调解下各让一步，

重归于好：王映霞写了不公开的"悔过书"，而郁达夫则再次登报声明这次事件是自己"精神失常"所致。两人还立下协议书以示捐弃前嫌，开始新的夫妻之旅。为此，1938年秋后，郁达夫携王映霞离开武汉再回福州，年底他又接受新加坡《星州日报》社长胡昌耀的聘约，携王映霞及大儿子郁飞远赴南洋，担任了当地华侨抗敌动员会委员，并主编《星洲日报》副刊《繁星》，并继续从事抗日宣传工作。

然而，既有了裂痕，不但难以修复，且一不小心只会更加的扩大。虽然远离了是非之地，更远离了是非之人，国恨家仇也没能让他们这对患难夫妻原本紧张的关系缓和下来，反而争吵不断。正是在一次次争吵之余，郁达夫对于王映霞的过错更加的耿耿于怀，他反思着有关这场婚姻危机的前因后果、种种细节，并痛苦地将之构思成诗，并随手记下，不久，他便将这些诗结成一组，共计有20首之多（19首诗和1首词），题曰《毁家诗记》，寄予香港《大风》旬刊，并声明"不要稿费，只求发表"，将他们婚变的内幕以及王映霞红杏出墙的艳事全部公之于众。

我们今天已很难理解郁达夫如此得理不饶人的背后原因和根本目的是什么——或许他已下定了"毁家"的决心；或许他想以后进一步将王映霞的小辫子掌握于手，以期永远"搞定"她。有人分析说，在他们从爱情到婚姻全程中，郁达夫似乎一直在潜意识中有一种自卑感，进而有一种不安全感，或许这只是一个诗人一时的佯狂……然而，即使是佯狂，这一

双烈亭内的诗碑由郭沫若手书，碑上的画像由叶浅予所绘

郁达夫自书诗句

时却正如他自己的诗中所写，已"难勉假成真"了。

《毁家诗记》的发表，让王映霞终于下定了离开郁达夫的决心。1940年8月，她离开新加坡只身返国，并随即分别在新加坡、香港和重庆三地刊出与郁达夫的离婚启事。当年一场几乎轰动全国的情事就此令人感伤地结束了，当年一对"富春江上神仙侣"就此完全分道扬镳成为陌路，这一切似乎惊人地应了早在1934年春天郁达夫题于富春江上钓台的那首著名诗：

> 不是樽前爱惜身，佯狂难免假成真。
> 曾因酒醉鞭名马，生怕情多累美人。
> 劫数东南天作孽，鸡鸣风雨海扬尘。
> 悲歌痛哭终何补，义士纷纷说帝秦。

郁达夫的人生，似乎正应了"一诗成谶"的宿命！

回国后的王映霞很快在戴笠的介绍下进了国民政府外交部任文书科员。与郁达夫宣布离婚后，她又在外交元老王正廷介绍下，与同在外交部任职的钟贤道结婚。1999年2月6日，王映霞在上海去世，终年92岁。临死前她说了这样一段话："如果没有前一个他（指郁达夫），也许没有人知道我的名字，没有人会对我的生活感兴趣；如果没有后一个他（指钟贤道），我的后半生也许仍漂泊不定。历史长河的流逝，淌平了我心头的爱和恨，留下的只是深深的怀念。"而她说这番话时，郁达夫已客死他乡、尸骨难寻近半个多世纪了！

1945年8月29日，郁达夫在苏门答腊被日本宪兵秘密杀害，终年50岁。由于他在南洋的抗日活动，1952年被中央人民政府追认为革命烈士。

晓来谁染霜林醉

一

南京"徐悲鸿故居纪念馆"位于傅厚岗6号。

我工作的办公地离那儿只一箭之遥，每天上下班我都要从它门前走过，每次走过时我几乎总会自觉不自觉地看上它一眼——有时候目光只在它日渐锈蚀的大门上一扫而过；有时候目光会越过围墙，看到里面那几棵高大的榆树和广玉兰，还有那幢西式的小楼，以及它屋顶上立在瓦行间的瓦菲；有时遇大门偶尔开着，我会稍稍放慢脚步，让目光穿过大门，看见不大的庭园里有碧草、绿树、红花——每当此时，我又常会禁不住想，这样一个略显阴冷的小院内，如果能增加几株红枫，秋冬季节确实会生色许多、温馨许多吧！

我之所以会这样想，是因为徐悲鸿曾将此住处名之"无枫堂"，而这小院内又是曾种植过红枫的。

1932年下半年，徐悲鸿这所住处落成后，他的一位学生为老师送上了一份别致的礼物：她让父亲从老家安庆捎来十多株

南京徐悲鸿纪念馆便是当年徐悲鸿在南京时的旧居

红枫树苗种在了庭院里。这些树苗第二年春天都成活了，且长得都很好，这让徐悲鸿非常高兴，他想象着一到秋后，每天早上推开窗户，便是一派"停车坐爱枫林晚"的诗情画意。

可是没想到，第二年夏的一天，徐悲鸿去上海为张大千祝寿，再回到家里时他傻了眼：院中的所有枫树都被连根铲除得一棵不留。

今日南京傅厚岗6号

不用问，那一定是夫人蒋碧微命人干的。蒋碧微之所以这么干，是因为她要将一个在她看来十足的爱情阴谋彻底粉碎，并将之斩草除根。

后世的许多人只知道徐悲鸿这位中国现代美术史上的绘画大师、现代美术教育的奠基人先后有过两位妻子蒋碧微和廖静文（蒋之前早年还有一位父母包办的，但徐似乎并不认可，一般人更不知道），前者给了他一生中最初的爱，后者用自己的爱陪伴着徐悲鸿走到了人生的尽头，并不太清楚在徐悲鸿的生命历程中还曾有过另一段爱情，也不知道这段爱情的女主角是谁。

1964年10月，蒋碧微以被遗弃者和被伤害者的身份在海外出版了她的《蒋碧微回忆录》。1984年6月，廖静文以承接者与忠贞者的身份在大陆也出版了她的《徐悲鸿一生——我的回忆》。在这两部回忆录中，两个前后成为徐悲鸿妻子的女人，都不约而同地回避了另一个女人，她们在各自的书中连她真实的姓名也不愿给世人留下，几处非涉及她不可的情节中，她的名字只是"孙韵君"和"女学生"等。然而，这位"女学生"绝不是一个在徐悲鸿生命历程和艺术历程中可有可无的角色，虽然她并不曾与徐悲鸿结过婚，但是对他的影响恐怕并不比与他结过婚的她们小，与此同时，她们的人生实际上也因为这个女人而发生了很大的改变。

二

徐悲鸿看到自家院里的景象惊呆了，他怀疑自己是不是走错门了，眼前这个院子是自家的院子吗?只见松、竹、梅,桃、李、杏等观赏植物一应俱全,地面还植上了草坪,草坪上还撑起了两把巨型遮阳伞,伞下放有圆桌和藤椅……原来的一切都被连根铲除了,连一点影子也没了。徐悲鸿立在那儿半天没说出一句话来,妻子蒋碧微则满脸堆笑地迎上来说:"大家都说我们公馆和院落风格不大协调,我一看也是,就没有和你商量,把它做了点小小的变动。因怕耽误你的创作,所以让园林工人抓了点儿紧,趁你不在家的几天,把它突击完成了。不少朋友来看了,都说有法兰西浪漫色彩。也确实,每每走在其中,我都有回到法国巴黎的感觉。"说话的语气、神态,充满了虔诚,让旁人听来似乎对老公充满了爱意,且绝对唯命是从。然而徐悲鸿望着眼前这个与自己相濡以沫十几年的女人,似乎不认识似的,他绝没想到她竟有着如此的心计、如此的手段,同时他几乎看到了这个人内心原来有着一颗冷酷的心。徐悲鸿无言以对,愤怒无比,可又无可奈何,最终一闪身绕过了迎面的妻子,默默走上楼去,走进自己的画室。

等到徐悲鸿默默地上楼去后,蒋碧微脸上露出了一丝不易觉察的微笑,她知道自己又一次胜利了。他们夫妻间十多年来,每次发生争执,最后都是以徐悲鸿的沉默而告终,这一次似乎也是一样。

然而,蒋碧微哪里知道,这一次并非如此简单,爱情的种子一旦生根发芽,哪是她如此简单粗暴之举便可以斩草除根的呵!有时甚至会适得其反!

走进画室的徐悲鸿,先是默默呆坐了一番,然后展纸濡墨,挥毫写下了三个大字:"无枫堂"。随后除落下了自己的名款、钤上了自己的名印外,又钤上了一枚他早已刻好却一直不曾公开用过的闲章,印文为"大慈大悲",并从此以后将自己住处的斋号名之曰"无枫堂"。

千万不要以为徐悲鸿此举只是为那惨死的十多棵枫树苗而内心悲摧、祈天祷地,实际上他这是以一种特殊的方式,向尚是自己妻子的蒋碧微,也向这个世界,表达着自己从今以后的一种态度和决心,即

《蒋碧微回忆录》书影

廖静文回忆录
《徐悲鸿一生》书影

将一直深埋于心的那段恋情不再掩埋，且从此为之矢志不渝。原来徐悲鸿这枚闲章中的"悲"和"慈"二字，各取自于他自己名字中的一字和他当时深爱上的一个女人的名字中的一字——这个女人叫孙多慈。

从此以后，这两枚"无枫堂"和"大慈大悲"闲章常常被徐悲鸿公然钤在自己的画作上，由此见证了中国现代美术史上的一场旷世之恋。

三

孙多慈

其实，直到"枫树事件"发生，徐悲鸿与孙多慈之间的感情虽然已超越了一般的师生之情，但是对于他们双方来说，也都多的是茫然和矛盾。

当然，因为各自人生阅历的深浅大为不同，其茫然和矛盾的程度还是各有着很大差别的。徐悲鸿虽然对于这份感情也时常茫然失措，但是他自己心里很清楚的是，这种茫然失措正是在面对一份不该产生的爱情所生出的无奈所致，所以他的心中矛盾更大；而孙多慈更多的只是茫然——她更多的时候只是将一直给予她种种关心和爱护的徐悲鸿当做是一位大哥哥，甚至是一位如父亲般的长辈。在得知徐悲鸿乔迁之喜的消息后，孙多慈想去送一份贺礼，但送什么好呢？她曾找自己的好友、同为中央大学同学的李家应和吴健雄商量："先生要搬新居，我这个做学生的，总得要表示表示吧？可送什么好呢？一般的东西，先生看不上。太招摇太显眼了，让师母知道了，又会不容忍。你们脑子灵活，帮我给拿个主意吧！"

没想到她俩反而首先要孙多慈说说她与徐悲鸿到底算是什么关系。孙多慈面对好友老老实实地说："我们之间的关系，绝没有外界传的那么浑浊，但也绝不是一潭清水。说实在的，我自己也很矛盾，说有'爱'，不确切，说没有'爱'，也是一句假话。"由此我们足可看出，直到此时孙多慈或许也并没能分清楚遇到的和自己心里升起的这份感情到底是一种什么样的感情，到底是不是就是传说中的爱情！

李家应与吴健雄觉得，既是这样的关系，她俩都觉得这礼很难送。她们帮着想了半天也没想出个什么合适的，最终还是孙多慈自己说："我倒是有个谋划，自知也还算是个绝点子，但不知……"

她俩自然急忙问是什么，孙多慈于是认真地说："我盘算着，先生公馆有这么大的院子，送他一些枫树苗，让他栽在院子里，如何？"

孙多慈的话让李家应目瞪口呆了半天，说："真有你的呵，简直太绝了！既特别又有新意。每到秋霜季节，徐大师或凭窗凝思，或庭院踱步，只要一看见这满树红叶，马上就想到了你。而且树会一年年长大，一年年长高，你这礼物也会一年年增值。甚至到你们，不，是我们都老了，甚至都不在人世了，你对徐悲鸿的这份心思，仍会留在这个世上！更重要的是师母即便知道树苗是别人送的礼物，也绝不会想到是你这个小丫头，她一定只会猜想是某个老头。"

收到孙多慈的这份"大礼"，徐悲鸿当然很高兴，但是他立即想到的也只是"停车坐爱枫林晚"的诗句，为此他还与孙多慈开玩笑地说："你送我这礼物，是不是想让我再去买一辆车，一辆四个轮子的能满大街跑的车！"

其实，这三个小女人，虽然都是中央大学的高才生，甚至吴健雄日后竟成了名满天下的物理学家，但是此时她们都低估了只是家庭妇女的蒋碧微，甚至连徐悲鸿也低估了。其实像这样的女人，用张爱玲的话来说，她们绝对比多数知识女性和职业女性厉害，因为"她们日日以婚姻为她们的事业，岂能不厉害！"蒋碧微很快就知道了枫树的来历——那是一场爱情的阴谋，她一定要粉碎它！但是她在等待，等待一个合适的时机，再选择一种合适的方式。

蒋碧微终于等到了一个合适的机会，也选择了一个她自己以为合适的方式，又一次取得了一场爱的保卫战的完胜。像这样的完胜算起来这已经是她一年多时间里连续取得的第四场了。

四

蒋碧微赢得大捷的那次初战发生在1930年12月初。

一天，远在宜兴老家的蒋碧微突然接到一封徐悲鸿从南京寄来的信，信中徐悲鸿写道："碧微，你快点回南京吧！你要是再不回来，我恐怕要爱上别人了！"

看到这样的话，蒋碧微说实话并没太放在心上，也没有立即赶回南京，而更多的只是将此当做是夫妻间的一个小小玩笑而已，但想想还是决定，再过一个星期后就回家。一个星期后，徐悲鸿收到蒋碧微从宜兴发来的电报，说第二天便到家。此时徐悲鸿突然间似乎又有点后悔让妻子这么快就回来，更后悔自己在信上写的那句话，因为他知道蒋碧微回来一定会因为这句话而兴师问罪的，他对于妻子的个性太了解了，知道她不是个省油的灯，于是他在当天写给好友舒新城的信中又说："太太明日入都，从此天下多事。"

那么徐悲鸿既已知道蒋碧微的为人，为什么还要不打自招呢？

其实徐悲鸿当时在信上写的这句话可谓是实话实说，因为他已明显地感觉到自己已有"恋爱倾向"，而他以为这都只是因为妻子不在家而产生的一种想入非非，所以他想让妻子早点回来，这样自己的那份想入非非便可自然结束了。徐悲鸿如此矛盾的举动正是他此时矛盾心态的反应。

今天我们站在一个旁观者的角度来看待徐悲鸿此举动和心理，至少可以看出两点：一是他的"恋爱倾向"的产生，并非是主观上因为嫌弃妻子蒋碧微所致，也并非是想背着妻子搞"婚外情"；二是他也想尽快妥善结束自己这种不该产生的"恋爱倾向"，更不想发展下去，至少是主观上不想。如果不是那样，他根本就没

蒋碧微

有必要向妻子"不打自招"，更不会主动将她叫回家来给自己"添乱"。那么我们不妨可以一厢情愿地设想一下，如果蒋碧微回家后，能顺着徐悲鸿所希望的那样做，或许事情的发展未必不会真有一个他所希望的结果。徐悲鸿在给蒋碧微写信时一定相信妻子会顺着他的希望"帮助"他的，道理很简单：任何一个做妻子的一定都是希望如此的。

是的，蒋碧微当然也希望如此，希望徐悲鸿不要沾上外面任何的花花草草，已经沾上了也要尽快一刀两段、连根铲除，且刻不容缓。

回到家后的蒋碧微首先是立即审问徐悲鸿："说，怎么回事？怎么我一不在家，你这感情就出问题了？"徐悲鸿自知理亏，支支吾吾道："你也别太着急，听我慢慢向

徐悲鸿

你解释，好吗？"

并没等徐悲鸿解释一句，蒋碧微已声泪俱下了："我是一个普普通通的女人，是一个只需要家庭生活稳定的女人！悲鸿，难道这么一点小小要求，你都不能答应我吗？"此时徐悲鸿更是陷入了自责，非常真诚地说："我既然能向你承认感情出轨，就说明我对这件事已有悔意！"

蒋碧微边哭边打断了他的话说："自从当年……"一听此言，徐悲鸿无话可说。是的，他能说什么呢？这是他们夫妻间感情的起点，也是他们夫妻风雨同舟、相濡以沫十七年最牢固的基础。

那时候，徐悲鸿只是一个从宜兴来到上海滩一面靠为一些杂志社画插图谋生一面刻苦求学的青年，他的这种精神得到时为复旦大学教授也是宜兴同乡前辈蒋梅笙的赏识，为此徐悲鸿常去蒋府，一来二去便认识了蒋梅笙的千金蒋棠珍。渐渐地，这个早已许配无锡大户查家公子的蒋小姐，竟对徐悲鸿生出好感，并于1916年改名蒋碧微，随徐悲鸿私奔去了日本，后又于1919年去了法国巴黎，害得蒋梅笙一张老脸无处放，只好对外宣称女儿暴病身亡了，并装模作样为她办了一场丧事，在棺材里放了几块石头抬出去埋了才算完事。不过也有人据此推断，这一切都是蒋家父女合演的一出双簧——蒋梅笙其实也看中了徐悲鸿，但由于已将女儿许配查家在先，因此平时就曾常当着蒋碧微的面感叹，"我要再有一个女儿就好了"，蒋碧微这才"心领神会"。不过实情究竟如何，今天我们已难以搞清楚了，但我们清楚的是，从此以后，蒋碧微的确与徐悲鸿在海外度过了一段艰难的生活，直到1927年回国。那时他们的生活非常艰苦，但感情却十分融洽。据说有一次，蒋碧微在巴黎的一家商场里看中了一件风衣，试穿后也觉得非常满意，店里的老板和店员都说漂亮，怂恿她买下，并说可以优惠，但蒋碧微最终还是因为囊中羞涩而恋恋不舍地脱下了，可是哪知道她离开商场后心里又放不下，事后她竟又多次去那家商场看那件风衣。徐悲鸿知道此事后心里非常难过，因为他知道，蒋碧微怎么说在家也算是个阔小姐，竟然跟随着自己过这样的生活，但是他那时能做的唯有刻苦学习，努力绘画。不久，他终于有一幅画卖了一个不错的价钱，拿到钱后徐悲鸿立即去那家商场买下了那件风衣。当蒋碧微穿上这件风衣时，眼泪扑簌簌直掉，但是心中却充满了喜悦。蒋碧微与徐悲鸿便是如此相濡以沫走过了十七年，其间感情有多深，想来夫妻双方都是不用提而非常明白的，且对于徐悲鸿来说，多少他还另怀有一种对蒋碧微的歉疚。

或许是蒋碧微也正是因为明知这一点，所以每当夫妻发生争执，她总以此为杀手锏来攻击徐悲鸿软肋。徐悲鸿自然也是每次都无言以对。

徐悲鸿果然再次无语，蒋碧微却不依不饶："我最恨的，就是你现在这样！一到关键时刻，就缄口不语。你不说话就是看我不起，看我不起你就会移情别恋……"

"碧微，你一定要相信我，这事刚刚才开始，我会好好地把握它，不会任它自由发展的。"徐悲鸿的态度仍十分诚恳。

"我不是那种胡搅蛮缠的女人，我也理解我不在南京的这段时间，你作为男人，内心必然产生的空虚。但你必须告诉我，这个女人是谁，你和她是如何开始的，现在已经进行到哪个阶段了……"

然而徐悲鸿怎么能轻易说出那个女人呢，更何况她在他看来还只是个孩子，他要对她负责，即使仅仅是老师他也有保护她的责任。

但是尽管如此，这一场初战，应该说是以蒋碧微的胜利而告终的。虽然徐悲鸿最终并没肯"交代"出那个"第三者"的名字，但是这在蒋碧微看来是小菜一碟的事情，并无关紧要，重要的是她要在下一步掌握住他们的"罪证"。

五

不久，蒋碧微果然利用一个机会，有意无意间便又赢得了第二次战役的胜利，那是在1931年春的一天。

那天，在徐悲鸿任教的中央大学门口，蒋碧微无意间碰到了徐悲鸿的老朋友盛成和宜黄大师正应约去徐悲鸿画室看画，招呼间宜黄大师邀蒋一同前往，这本是其一种礼貌和客套，但是蒋碧微就此心生一计，来了个顺竿而上，真的随他们一同前去了。

远远在画室门口等着的徐悲鸿一见蒋碧微也一同走来，不禁心里暗暗叫苦，但一切已为时已晚。

一进画室，蒋碧微便俨然如侦探一般四下里搜寻起来，弄得不明就里的宜黄大师好生奇怪，而徐悲鸿更是十分尴尬。好在她搜了半天也没搜出什么在她看来有价值的"罪证"，最后就剩下画架上两幅用布蒙着的画没看了，于是她"呼"的一声，将布掀开——"呵！"在场的人几乎同时情不自禁地发出了惊叹声，整个画室也仿佛一瞬间增加了光亮，画面上一轮明月当空，明亮而温馨的月色下，古老的城头之上，画家自己席地而坐，不远处一位少女双手抱立，似正享受着大自然美好的月光，又似在享受画家深情的目光，画的一角有徐悲鸿亲题的画名："台城月夜"。

盛成和宜黄大师被画面所描绘出的那种意境，那份深情给深深地震撼了。而蒋碧微更是被惊呆了，不过她并不是因为这画的艺术效果，而是因为她这一瞬间有了丰富的联想，只见她顿时脸色苍白，双腿发软，要不是盛成当时眼疾手快轻轻从一旁扶了她一把，说不定她当场就瘫倒在地了。好在这也就一瞬间，她就似乎恢复了常态，然后又装着若无其事地说："这画既已画好了，怎么不带回家呵？"说着便不由分说，叫了两个学生帮忙，将它连同一张《孙多慈像》的素描一起，用一些旧报纸七手八脚包了起来。

"罪证"既已到手，蒋碧微自然选择立即离开了，以免夜长梦多。由于《台城月夜》是画在一张很大的三夹板上的，既不能折叠也不能卷，她于是就让两个帮助包扎的学生也帮她拿回家去，临走时还对盛成和宜黄大师说："你们看你们看，看细一点，记着要给我们悲鸿多提提意见哦！"完全是一种得胜还朝的风度。

徐悲鸿虽然心里难以言状，但由于在学校，在大庭广众之下，在朋友面前，在学生面前，他只能装傻，不能阻止，最终也只能是无可奈何。

《台城月夜》在蒋碧微看来是徐悲鸿背叛自己的最好"罪证"，

今日南京台城

因为他将画中人画得那种美好，一个画家，只有当他深爱着画中人时，他才会捕捉她最美的姿态、神情，将她画成世上最美的美人。的确，蒋碧微对此太清楚了，也太有切身体会了，想当年，徐悲鸿那幅最初轰动欧洲的油画代表作《箫声》便正是以蒋碧微为模特画成的，但是每一个认识蒋碧微本人的人都觉得，画上的蒋碧微比现实的蒋碧微不知要美多少，但是它又怎么看都是蒋碧微而不是别人。

徐悲鸿为孙多慈画的那张素描

　　"罪证"既已到手，她还要让它公开示众。于是蒋碧微就将《台城月夜》放在了家里的客厅里，但并不挂在墙上，而是将它靠墙立在地上。我们不妨设想一下，徐悲鸿在家里每天看着自己的这个"罪证"心里将是什么滋味呵？！然而蒋碧微要的就是你这种心里不是滋味的滋味！要的就是你低头认罪！要的就是你无脸见人！她每天都在品尝着自己的胜利，自己的得意，自己的骄傲，但是她绝没想到，正是在这一过程中，徐悲鸿的心在日日哭泣，也日日变冷，更日日离她而去。而这原本又是蒋碧微所并不希望的，她这一切举动的所有目的，说实话原本是希望徐悲鸿不要离开自己。就这样，蒋碧微在自己设定的一个怪圈中不能自拔。

　　关于《台城月夜》的结局，蒋碧微晚年在她的回忆录中这样写道：

　　至于那幅《台城月夜》，是画在一块三夹板上的，徐先生既不能将它藏起，整天搁在那里，自己看看也觉得有点刺眼。一天，徐先生要为刘大悲先生的老太爷画像，他自动地将那画刮去，画上了刘老太爷。一件艺术杰作就这样从人间永远地消失了。

　　蒋碧微当然希望永远消失的并不只是画，因此，不久她又发动了第三次战役。

　　那是1931年7月，国立中央大学艺术专修科招考放榜，学校教学大楼外的报廊里，徐悲鸿将考生试卷和分数同时当众公布了出来。这在南京，在中国，都是极罕见的激进做法，自然引得争先恐后的观者云集。蒋碧微竟然也挤在看榜的人群中，这不由得让人觉得奇怪，她关心谁呢？

她真有关心的人，那不是别人，就是孙多慈。当她看到孙多慈的名字高高排在第一名，以95分的高分无人能及时，她带头高声地说："这个结果我早就预料到了，是你的得意门生嘛，看你面子，看你感情，自然要多给几分的。"此言一出，榜前的人群一下子如同炸开了锅，一时议论纷纷。明明是按作品水平判出的结果，一时却变成有舞弊嫌疑的不正常事情了。徐悲鸿终于愤怒了，他再也顾不得在大庭广众之下了，针锋相对地对蒋碧微说："知道你是要说这话的，所以公布成绩时，连试卷也一起贴出去了。她的水平如何，她可以得多少分，试卷说话。"

蒋碧微也不甘示弱，说："谁不知道你这是醉翁之意不在酒呵！录取孙多慈才是你最终的目的。好啊，你的心愿达到了，你们可以更光明正大地在一起了！"

话既已说得如此白了，徐悲鸿也顾不得"家丑不可外扬"的古训了，高声说："告诉你蒋碧微，不要把话说得这么难听。如果我徐悲鸿想离婚，想拆散这个家庭，早就横下心与你分手了。之所以还和你保持夫妻关系，是因为在我的脑海里，还从没有想过要和谁结婚，所以也不存在要和谁离婚！"

……

就这样，那年夏天，孙多慈第一次与徐悲鸿、蒋碧微的名字一起出现在了南京各个小报的花边新闻中。当然这并不是蒋碧微的目的，其目的是中大不要录取孙多慈，但最终结果自然不会以她的意志为转移，1931年9月，孙多慈还是以图画第一名的成绩，被南京中央大学艺术专修科录取了。所以说蒋碧微发动的这一次战役虽没有取得完胜，但在她看来还是不乏战果的，至少是她将徐悲鸿与孙多慈背后的"丑"事暴露到光天化日之下了——看他们以后还敢再不好自为之！

可是令蒋碧微没有想到的是，徐悲鸿却正式向她提出了离婚。

说良心话，蒋碧微种种行为的目的并不是为了离婚，因此当徐悲鸿在上海，当着朋友将"离婚"两个字在桌面上第一次说出来时，蒋碧微先是愣了一下，然后竟然说："悲鸿，你说什么？你再说一遍！"

徐悲鸿又高声地说了一遍："我们离婚吧！"这一次蒋碧微听得真真切切。回到南京后，她又接到了徐悲鸿的信：

我观察你，近来惟以使我忧烦苦恼为乐，所以我不能再忍受。吾人之结合，全凭于爱，今爱已无存，相处亦已不可能。此后我按月寄你两百金，直到万金为止。

两儿由你抚养，总之你亦在外十年，应可自立谋生。

每字每句，似都是深思熟虑后才落笔的，绝不像是玩笑、戏言。

六

其实，徐悲鸿此时也没有完全做好离婚的准备，事实上不久后他在吴稚晖等人的劝说下便又放弃了离婚的行动。这看起来当然都是因为徐悲鸿给了一次吴稚晖"面子"——，吴稚晖的面子不能不给，因为她是"世界文化名人"，是令人敬重的长者，又是出手帮了自己大忙的人（傅厚岗的那块宅地便是她看到徐家实在太挤而出了三千大洋帮助徐悲鸿买下的），但说到底只是徐悲鸿自己借坡下驴而已，真正做主的还是徐悲鸿本人。吴稚晖在劝说信里这样责问徐悲鸿："尊夫人仪态万方，先生尚复何求？……倘觉感情无法控制，则避之不见可乎？"徐悲鸿无法回答，但无法回答的原因或许是吴稚晖又一次的"忆苦思甜"让他又想起了自己与蒋碧微过去的那些相濡以沫的日日夜夜，也难以忘怀于昔日的那份长长的感情，当然也不想就此轻易放弃这段感情。

徐悲鸿以蒋碧微为模特的《箫声》是其油画经典作品之一

然而，当年生活那么艰难，夫妻反而能相濡以沫，现在一切都好了，为什么不能好好过下去呢？

是的，相对于十几年前，生活是好了，但是徐悲鸿与蒋碧微人都变了。

当年买一件普通的风衣对于徐悲鸿来说是一件不容易的事情，但也就是一件普通的风衣就能让蒋碧微激动得热泪涟涟，可是现在呢？徐悲鸿可以置地建别墅，蒋碧微自然再不会因为一件衣物之类激动了，相反她觉得今天所有的一切都是她应该得到的报答，甚至徐悲鸿这个人连同他的才华都应该由她来支配——她本来就是个强势的小姐！

蒋碧微的强势在回国后不久就表现

了出来。

众所周知，徐悲鸿不但是一个画家，更是一个理想主义的美术教育家，他在美术教育上有两个伟大的理想，一是努力实现中西方美术的融合，二是努力开展美术教育的普及。1928年春，田汉、欧阳予倩等成立南国社，刚回国不久的徐悲鸿便以极大的热情加入其中，此时他雄心勃勃，于这年的春节，创办了南国艺术学院，徐悲鸿任绘画部主任。但南国艺术学院的教学基本是义务性质，这让蒋碧微一直反对，她觉得徐悲鸿这是浪费自己的才华，这让徐悲鸿很是反感。这年4月中旬，徐悲鸿又受聘于南京中央大学。蒋碧微竟然以此为借口，背着徐悲鸿去南国艺术学院帮着徐悲鸿辞去了那儿的教职，并擅自雇了一辆车，将

徐悲鸿赠送给妻子廖静文的《奔马》

徐悲鸿在南国艺术学院内的画具全部搬回了家。外人以为这一切都是徐悲鸿授意的，并由此说徐悲鸿不愿做大众义务教育的工作，只认钱，这让徐悲鸿万分尴尬。

由此生活中一例，已可见出两人在价值观和处事风格上的差异。当然这样的差异并不足以使他们分手，更不能成为他们分手的理由。

无论是当时还是后世，一些人都将徐孙之恋当成一发攻击徐悲鸿人品的炮弹，觉得他这不仅仅是花花公子的行为，还是一种陈世美的行径，因为他"遗弃"蒋碧微这个糟糠之妻，实际上是过河拆桥，是忘恩负义。孙多慈的父亲孙传瑗得知女儿与徐悲鸿之间的绯闻后，第一反应便是如此认为，也正是为此，他一直不能认可徐悲鸿的人品，直到后来徐悲鸿已与蒋碧微离婚后仍坚决反对女儿与徐悲鸿恋爱，宁可让她嫁给同样大孙多慈近二十岁的许绍棣。而作为徐悲鸿忘年交的吴稚晖，在那封给徐悲鸿的劝诫信中曾现身说法："弟家中亦有黄脸婆，颇亦自足，使弟今日一摩登，明日一摩登，侍候年轻少女，吾不为也。"此话实际上也是指责徐悲鸿喜新厌旧。

至于蒋碧微，她这样想更是自然而然，她不但将其中的原因，而且更将其所有责任都归结为孙多慈这个第三者的介入，归结为徐悲鸿要做"陈世美"。

然而真的是如此简单吗？

或许徐悲鸿此时也在心里这样问过自己无数遍，所以他要试一试。于是他放弃了离婚，携上蒋碧微去欧洲巡回画展，且一去一年多——或许他正是想借此机会与蒋碧微一起旧地重游，以对当年"艰苦奋斗"的重温来重回夫妻昔日，同时他也想借此能够忘掉"第三者"孙多慈。而留在南京的孙多慈，也试着去结识了男朋友。

七

因为年龄、身份和地位的原因，在徐孙之恋全过程中，孙多慈应该说都一直处于被动中，她从来都没有主动去"勾引"过作为老师的徐悲鸿，尽管蒋碧微一次次地指责她，说是她勾引了自己的老公。

孙多慈走进徐悲鸿的生活实在充满了偶然。

孙多慈的父亲孙传瑗与当年的五省联军司令孙传芳五百年前是一家，且还同辈分，孙传芳便让他做了自己的机要秘书，并对他十分信任，所以也曾一度位高权重，孙家在老家寿州，甚至在安徽也算是一名门大户。后来陈传瑗虽然投身文化教育事业，但因受各种关系的牵连，于1930年春天被蒋介石逮捕关押在南京老虎桥监狱。这一年正是孙多慈高中毕业的那一年，她为此很受影响，以致成绩一向很好的她高考落榜。暑假时她郁郁寡欢地从安庆来南京探视狱中的父亲。

这里需要补充介绍一下老虎桥监狱、中央大学、国立美术陈列馆和台城在南京的位置，或许孙多慈与徐悲鸿后来能够走到一起，都是因为它们之间靠得很近的缘故：当年的中央大学校园就是今天的东南大学，该校的大门几乎是斜对面就是老虎桥监狱，老虎桥监狱向南百米就是长江路，当年的国立美术陈列馆即今天的江苏省美术馆就在长江路上，至于台城几乎就在中央大学的后门口外。

那天，孙多慈探视父亲时也得知了一个算是好消息：因为多方疏通，父亲很快便能出狱了。这让一直心情郁闷的孙多慈多少心情好了不少，于是走出监狱时使得平时很喜欢画画的她想到去不远的美术陈列馆看看。而此时徐悲鸿画展正在那儿举行，她一下子被徐悲鸿一幅幅大气磅礴的杰作所深深震撼了，也使得原本立志当作家只将画画作业余爱好的她立志要成为一名画家。正好父亲好友宗白华又是徐悲鸿的好友，于是在宗白华的介绍下，高考落榜生孙多慈成了中央大学徐悲鸿教授班上的一名旁听生。这样一名旁听生，自然绘画基础是班上最差的一个，再加上徐悲鸿又得知她是因考中文系落榜才"无奈"转学美术的，这自然让视美术为天下第一神圣事业的徐悲鸿很不以为然。即使是外貌上，孙多慈也不像是后世许多人猜测的和想象的那样，一定是倾国倾城，让徐悲鸿一见倾心，相反，她只是中人之上。总之孙多慈最初并没引起徐悲鸿太多好感，甚至连太多的关注也不曾有。

然而仅仅过了几个月，孙多慈这名本来水平在班上属倒数的旁听生，竟然以进步的神速让徐悲鸿刮目相看，于是就有了在课堂上徐悲鸿对孙多慈的表扬，就又有了课后的帮助和鼓励，又有了一同去校园后面不远处的台城写生。

徐悲鸿油画《琴课》

正是在古老的台城之上，眼前的荒城衰草、寒水烟柳，孙多慈不但触景生情，对人生的无常、世态的炎凉大发感慨，而且流着眼泪向老师徐悲鸿讲述了自己复杂的家庭背景和多舛的命运。徐悲鸿从来不曾想到这个十八岁的少女，竟有着如此令人感慨的人生，他被震惊了！他不自觉地将这孩子揽在怀中说："不要难过，你以后无论遇到什么困难，在这个世界上一定会有一个人会保护你的，他就是我徐悲鸿！"并且在她额头上轻轻一吻。不久后，徐悲鸿除了完成了素描《孙多慈像》，更完成了巨幅油画《台城月夜》。

应该说至此，徐悲鸿与孙多慈之间的关系虽然超出了一般的师生关系，但也并非如蒋碧微等许多人想象的那样已到了"师生恋"的程度。回过头去看，恰恰是蒋碧微的一次次欲将两人分开的努力，适得其反地反而将他们本来只是一种隐私不停地暴露在光天化日之下无法回避，事实上也将他们越推越近，以至于真的使一场旷世的师生恋成为了事实。

1934年8月，徐悲鸿与蒋碧微回到国内。经过了一年多的努力，徐悲鸿与孙多慈发现并不能将对方忘记。蒋碧微也失望了，也累了，正好在巴黎时旧日追求者张道藩又找上门来，而此时的张道藩是国民政府的文化部部长，又是蒋介石面前的红人，与徐悲鸿比较起来前途更加无量，蒋碧微于是毫不犹豫地投入了张道藩的怀抱。但是她临走前并没忘了向徐悲鸿开出条件，要他赔给自己"青春损失费"：徐悲鸿自己的画100幅、古代名画40幅，外加现金100万元。徐悲鸿照单全付，而且多加了一幅，那是蒋碧微最喜欢的《琴课》——徐悲鸿之所以如此，是因为理亏，还是因为不忘当年的情分，还是二者兼而有之，只有徐悲鸿自己知道。

正是靠着徐悲鸿赔付的这笔财产，蒋碧微无论是在大陆还是后来去台湾后，日子都一直过得很滋润，而徐悲鸿呢，却并不如意。据廖静文《徐悲鸿一生》所载，为了尽早凑足给蒋碧微的那些画和钱，徐悲鸿一度没日没夜地工作，以致积劳成疾，落下病根。因此在她看来，对于徐悲鸿58岁的英年早逝，和这一切并非没有关系。

然而蒋碧微绝不这样认为，她觉得所有的一切都是她应得的，甚至她觉得还不够，以至于她在晚年出版的《蒋碧微回忆录》中时见抱怨之词，以至于连她的亲生女儿徐静雯也读不下去，并为此而很是不满：

廖静文写的是基本符合父亲形象的。蒋碧微写的就不顾事实真相，大骂父亲，极不道德。我感到愤慨的是，她花了我父亲一辈子的钱，临分手时，父亲还给她一百幅画和一百万元钱。这里面包括我和哥哥的抚养费，其实我和哥哥花了不到十分之一。母亲就是靠这笔钱在台湾度过余生的。可她骂了父亲一辈子，真不知父亲前生欠她什么！

然而，徐静雯或许并不知道，她的母亲直到死，卧室里还放着她父亲徐悲鸿的那幅《琴课》，而张道藩的画只放在客厅里。

其实蒋碧微也是爱徐悲鸿的，这种爱或许至死都不曾改变，正是因为爱，她才对徐悲鸿"严格要求"，才不允许他有任何过错，才不允许他有任何出轨，无论是肉体还是精神；一旦徐悲鸿稍有闪失，无论你如何认错，如何悔改，都一律严惩不殆；同时也因为爱，她每日都如临大敌般地防范着，随时准备战斗，事实也如此。总之，她不知道设身处地的理解，不知道给对方空间，不知道给别人台阶……

所以，她的所有防范、维护和战斗，最终往往都事与愿违、适得其反。这样一来，爱最终都变成了恨，并难以释怀，以至爱恨情仇连她自己也说不清了。

八

1953年9月26日，在美国纽约的一个艺术研讨会上，会议中途，组会者突然宣布休会，并要求与会者为艺术大师徐悲鸿默哀3分钟。于是参会人员全体肃立，会场鸦雀无声。突然后排发出"嗵"的一声，一个女人应声晕倒在地，此人就是孙多慈。

此时孙多慈已离开徐悲鸿十七年了，离她与徐悲鸿之间作出的那个"十年之约"已过去了七年。

徐悲鸿与蒋碧微分道扬镳后自以为可以光明正大地与孙多慈一起了，哪知道却遭到了孙多慈父亲孙传瑗的极力反对，原因是前文所述，孙传瑗不能认可徐悲鸿的人品。

1935年夏，孙多慈中央大学毕业，孙传瑗随即将孙多慈接回老家安庆，徐悲鸿多次前往安庆，并作过多方努力，但始终没能打开孙传瑗这把锁，以至于徐悲鸿无奈地说孙传瑗"面貌似为吾前身之冤仇"。七十多年过去后，孙多慈的表妹陆汉民还清楚地记得当年徐悲鸿来安庆与表姐孙多慈最后一次见面的情景。那次徐悲鸿托同是中央大学毕业的李家应去孙家通报，希望能让孙多慈与他见上一面。可孙传瑗一听便将手上的筷子一扔、桌子一拍说"绝不许进门！"最后在孙多慈母亲的一再劝说下，并在孙多慈保证这是"最后一次"后，他才答应让孙多慈去安庆当时的菱湖公园与徐悲鸿见面，并且还让陆汉民跟着去"监视"。陆汉民看到，二人见面后几乎没有说话，只是抱头痛哭。临别时，徐悲鸿对陆汉民说："小妹，你要记住，你的表姐永远是最美丽的！"

表面上看起来，孙多慈的退出，只是因为她父亲的反对，其实也并非如此简单，更多的原因是此时的孙多慈对于自己的爱情、生活和人生，都多了许多理性的思考，她需要等待。许多年后，孙多慈在自己《孙多慈素描集》一书的《述学》中曾这样写道：

然后知吾父为吾讲"动心忍性"之有因也。非此者，吾几于不能自持。虽然中间"几欲至疑孟子性善这章"，但最终还是从中受到启发——怅然以悲，毅然以起，誓欲于虚伪、偏私、残酷、险诈、猜忌、刻薄之中，求善求真求美。倘使风雨雷霆，供我驰驱，大海波涛，为我激荡，宇宙之大，人情之变，融冶之洪炉也，将欲避其烈焰，突火而出。反身而观，此至繁极赜不可思议之造物，令入我笔端，出我腕底，强使吾艺状其博大，状其雄奇，状其沉郁，壮其壮丽，状其高超，状其秀曼。吾之意志，于以坚强；吾浩然之气，至大至刚，与天地无终极。随文运以旋转者，盖古往今来怀宏愿者之所以事事，终不以吾之小而抉弃也。人固可言其不知量，但吾所以答吾贤父母良师友殷切之期望者，固无他道，抑自定其为生涯者也。

其实那年安庆菱湖公园里并不是徐悲鸿与孙多慈的最后一次见面。1936年夏孙多慈还特地从安庆来到南京一次，并与徐悲鸿订下了一个"十年之约"：十年之内，他们互不通信，双方各自奋斗，一切全凭天意。用孙多慈的话说就是"用十年的时间，你也有个了断，我也有个结果"。

晚年孙多慈

然而，哪里等到十年呵，仅仅一年没过，孙多慈便在父亲的安排下嫁给了当时的浙江省教育厅厅长许绍棣。然而1938年8月，孙多慈又给徐悲鸿写来一信，信中竟有这样的话："我后悔当日因为父母的反对，没有勇气和你结婚，但是我相信今生今世总会再看到我的悲鸿。"

然而孙多慈终究没能再见到徐悲鸿。徐悲鸿1944年终于又遇到了另一位红颜知己廖静文，不久与她结婚，与她一起度过了人生最后八年的幸福时光。从此以后，孙多慈便成了只是夹在蒋碧微与廖静文之间一个不太引人关注的角色，甚至在蒋碧微和廖静文带有传记性质的回忆录中，她们也不约而同地回避她——蒋碧微是因为恨她而不愿意提她，因为在其看来，没有她这个"小三"或许徐悲鸿就不会与自己离婚；而廖静文不愿意提她，是因为不愿意人们对她了解多了后会觉得自己原本只是她的替代。再加上孙多慈1948年又去了台湾，任教于台湾艺术学院，后任该院院长，

在旁边的公寓楼上俯瞰那座当年被徐悲鸿称为"无枫堂"的小楼

从此再没回过大陆、回过故乡。就这样，人们似乎便渐渐将她遗忘了，忘记了美术大师徐悲鸿的人生中曾有过如此重要的一个女人——从另两个女人不约而同对她的态度即可反见出这一点。

然而任凭人们将她忘了，但是她怎么也忘不了徐悲鸿，也忘记不了过去的一切。虽然回不了大陆，但是她只要一有机会便去美国，去见早年的老同学和好朋友吴健雄，并每次定去另一位画家王少陵家，只因为他家里有一幅徐悲鸿当年写给她的条幅，每一次孙多慈都要在这个条幅前默立许久，黯然神伤而又泣涕涟涟。条幅上的四句诗为：

急雨狂风势不禁，放舟弃棹迁亭阴。

剥莲认识中心苦，独自沉沉味苦心。

1953年9月26日孙多慈在会场上当众晕厥后醒来，当场宣布了她一个令人震惊的决定：她将为徐悲鸿戴三年大孝，以表达对自己恩师的无限缅怀与尊敬，也表达对他们之间长达十年感情的无限追悔与追思。

1975年1月，一代才女孙多慈病逝于美国，终年63岁。

1988年，孙多慈的好友、美国国家科学院院士、美国物理学会会长吴健雄，为参加东南大学校庆而回到南京，她除了参加了一系列有关活动外，还来到了离校园不远的傅厚岗6号的徐悲鸿故居，向陪同她的徐悲鸿的女儿徐静斐说出了孙多慈晚年为徐悲鸿所做的这一切。见故居前的几棵大树，她也说起当年孙多慈曾经送给徐悲鸿的那十棵枫树苗，不禁唏嘘，"树犹如此，人何以堪"呵！也许当年孙多慈在送那份枫树苗的"大礼"时，所想到的诗意确实是最终被蒋碧微猜破的那句——"晓来谁染霜林醉"，但是她却忽视了此下句为："总是离人泪！"

浪漫时节

插图

那年柳絮飘飞的时节，我在校园里的睡莲池畔认识了常在那儿读书的一位叫柳絮的女孩。我的一首爱情诗在一家杂志的《大学生诗苑》上发表了，我便将一本样刊连同一封写着"敬请斧正"的信寄给了她。我自以为做得很得体，可是数日过去，不但我的信泥牛入海，而且她在睡莲池畔读书的身影也随着春天的最后一朵柳絮而飘去了。我懊恼不已，似乎做了件亏心事，便将稿酬换了张去杭州的车票，从辅导员那儿"骗"了两天"事假"，去"轻松轻松"和"冷静冷静"。

到杭州下了车，正是半夜，我不知该往哪儿去，只好进候车室找了一段椅子躺了下来，一会儿竟做起了梦。梦里我收到了那个女孩的回信，竟也是一首情意绵绵的诗，只是我还没来得及高兴就被人推醒了。睁开眼天已大亮，一张陌生的老脸正冲着我喊："起来,起来,扫地了!"

　　我大模大样地走上了杭州的大街,见街边有小面摊,便坐下要了碗阳春面,脸也没洗就吃了起来——心想,反正也没人认识我,无须怕人笑话我的狼狈模样。吃完面我决定去游西湖。

　　天下起了雨,让我想起《白蛇传》中断桥借伞的情节,但眼下是没人肯借伞与我的,我只好在有限的旅游经费中拨出十元买了把伞,在西湖的烟雨中撑起了一方属于自己的晴空,但就是我心头的天空怎么也晴朗不起来。望着花朵般开放在雨中的红红绿绿的伞,想着每一把花伞下都有一个甜甜蜜蜜的故事,"浓妆淡抹总相宜"的西子湖,竟在我的眼里失却了风韵。我行尸走肉般地在西湖的烟雨中一通溜达,从柳浪闻莺,经断桥、苏堤转到了曲院风荷。

　　不远处有几位在雨中垂钓。大概是我坐得时间太长了吧,一位放下钓竿向我走来:"小伙子,有什么心事可别想不开呵……"真晦气,他把我当做是想投水的了!我想说他多管闲事,但看他满脸善意,且是位老者,就说:"没什么,我只是坐

插图

坐！""别骗我了，你有心事！我一年到头在这儿钓鱼，见的多了！"说着递给我一支烟，我竟接过了他的烟，竟还点上了，忽然间很想说话——我几乎一天没说话了。再则，我想说说也无妨，反正我们互不认识，我只要一离开这儿，就真是"哪儿说话哪儿了"了。于是我与他说起了我的故事。

他听了我的故事嘿嘿一笑，又一击巴掌说："真是巧极了！你看那位打着伞钓鱼的小姐怎么样？"我不解他话的意思，顺着他手指的方向看去，真有一个女人在钓鱼。"她看上你了！"说完又是嘿嘿一笑。我说别跟我开玩笑，他说："谁跟你开玩笑！是她要我来跟你说的。"说着就把我往那女人身边拉。我不禁警觉起来。"你想干什么？我压跟儿不认识你，更不认识她！"我甩开他大声说。

插图

听了我的话，他竟也严肃了起来，说："你这话就不对了，你与那位柳絮姑娘这就算认识了？你不也看上人家了吗！就兴你看上人家，就不兴人家看上你？"他甩下这句话便走了。

我一时无言以对，怔怔地看着他又去钓他的鱼了。那个钓鱼的女人却并未过来与他打招呼。显然，他们并不一定熟识，刚才的话是他听了我的故事后临时编的。我忽然明白了他与我说这番话的真正目的。

此时雨停了，我收起伞，想，我该回去了，于是离开了西湖，离开了杭州，"轻轻地我走了，正如我轻轻地来"，只是我带回了一把在杭州买的伞。

回到学校，同学告诉我，班上的信箱里有一封我的信……

诗余江南

唐诗、宋词，中国古典文学的两座高峰。

如果说唐诗属于咸阳古道、灞桥柳色、终南阴岭、大漠边塞……亦即属于北方，那么宋词则属于江南。

当然，这并非是说北方就没有好词，亦如同说唐诗属于北方并不等于说江南就没有好诗一样。

宋词中最重要的词人，除去本是江南人不说，即使是北方人，最终也多因历史命运的安排而汇聚到了江南，且无论其派属豪放、婉约。于是，江南的烟柳画桥便既是柳屯田浅斟低唱的最好背景，也是李清照寻寻觅觅的最好依托；而

李清照画像

江南的和风细雨既是陆放翁山盟海誓的最好见证，也是辛稼轩怀古伤今的最好情境——江南也便这样属于了宋词，或者说，宋词也便这样属于了江南。

美丽开篇

宋词是属于江南的，但是其美丽的开篇词章却早在唐、五代时便开始书写了，那首先是白居易在《忆江南》的词牌下所填的一组小令：

其一

江南好。风景旧曾谙：日出江花红胜火，春来江水绿如蓝。能不忆江南？

其二

江南忆，最忆是杭州：山寺月中寻桂子，郡亭枕上看潮头。何日更重游？

其三

江南忆，其次忆吴宫：吴酒一杯春竹叶，吴娃双舞醉芙蓉。早晚复相逢！

"忆江南"虽是词牌，但也是白居易这一组小令的题目，其"题眼"全在一"忆"字上。

据史料记载，白居易的这组小令是在唐穆宗长庆七年（827年）前后填于洛阳的，而他曾于长庆二年（822年）至长庆四年（824年）出任杭州刺史，又曾于长庆五年（825年）至长庆六年（826年）出任苏州刺史，也就是说，他的确是凭着对江南的美好记忆来填这一组词的。然而，好一个"忆"字！它告诉读者的哪里仅仅只是这一点呢！

我是江南的溧水人，早年在故乡参与地方志的编撰时，便从有关史料中得知，白居易其实少年时就到江南了。那是在唐德宗贞元十四年（798年）秋，白居易的族叔白季康任江南宣州府溧水县令，白居易便随其族叔来到了溧水，第二年，他由白季康荐举拜见了宣歙观察使、宣州刺史崔衍，并参加了宣州的乡试，考中后还以宣州贡生的身份进京赶考—— 这 切表明，白居易很有可能是中国历史上最早的"高考移民"。

江南果真带给了白居易好运！

白居易进京赶考时发生的那个故事至今被传为美谈：照例像许多考生一样去拜见当时的诗坛领袖人物顾况，顾一听这个来自江南宣州府的考生名叫白居易，便不无嘲讽意味地说："长安米贵，白居不易呵！"可当顾读过了他奉上的一首《赋得古原草送别》（离离原上草）后激动地说："长安米虽贵，但你能写出这么好的诗，白居也易了！"

这个故事一般人都知道。

最终，白居易果然一举考中了进士。对于白居易来说，这一段经历无疑是美丽的吧！而这段美丽的经历对于他整个人生来说，无疑只是一个美丽的开端，而这个开端又与江南联系得那样紧密。正是由于这样的联系，江南对于白居易来说，可谓是第二故乡，虽然遥远，但是那么的美丽；同时，他对于江南来说，虽是过客，但也是主人。

许多书上说白居易出仕杭州是"被贬"，其实是不切的，那是他自己主动要求的。

唐宪宗元和十五年（820年），白居易在结束了在江州的四年贬谪生活后，回到了京城，此时他似乎也因此而有些兴奋，这时他写下了这样的诗句："得水鱼还动鳞发，乘轩鹤亦长精神。"他还曾说："大丈夫所守者道，所待者时。时之来也，为云龙，为风鹏，勃然突然，陈力以出。"也许，白居易此时以为终于等到了属于自己的时机了吧！可是，令他不曾想到的是，朝廷的朋党之争依然十分激烈，政治陷阱随时随地都张着血盆大口等待着食物。这一切让他不久便又哀叹道："高有矰缴忧，下有陷阱虞。"怎么办？同流合污自然不是君子所为，但做一个无谓的牺牲品也太不值，于是三十六计走为上，最好的办法便是远离京城这是非之地，远离这官场的无谓争斗。这时，他想起了江南，并主动请求去那儿外任。他之所以主动提出这一要求，我想一定是与他早年对于江南的了解分不开的吧，更何况他要求去的是杭州，是一个比宣州还要美丽的地方。就这样，中国最秀美的江南山水在公元9世纪与中国最伟大的诗人别后重逢了。总之，我们有太多的理由说，白居易的出仕江南，实际上是他的一次心灵还乡——他先杭州，后苏州，在中国有着"人间天堂"之称的苏、杭二州亦官亦隐了三年多。

然而，那时的政治文化中心在北方，在长安，白居易终究又不能不回去，江南终究只能是他一个美丽的记忆，如梦一般，所以他在填完了《忆江南》组词后，还填过一组《梦江南》——或许他还想以此告诉人们，那远离政治中心的江南及她所有的美丽，不但值得"忆"，而且在"忆"中会更加的美好。

无独有偶，对于李后主来说，最美的江南也是在他的记忆中：

春花秋月何时了，往事知多少？小楼一夜又东风，故国不堪回首月明中。雕栏玉砌应犹在，只是朱颜改，问君能有几多愁？恰似一江春水向东流。

李后主写作那首《虞美人》时也身不在江南，而是在东京，在宋太宗赵光义为他安排好的禁宫里。俗话说"失去的总是美好的。"此时江南的故国，或故国的

李煜画像

江南，正是因为是"失去的"，自然都是"最美好的"。那"月明中"的"雕栏玉砌"美丽依然，但"只是朱颜改"——一想到这一点，那绵绵不绝的哀愁便"恰似一江春水向东流"去。

如果说白居易的这一组《忆江南》为中国文学在唐诗的大度、豪迈、悲壮的美学领域外另辟出了一块新的天地，那么李后主的这首《虞美人》，无疑又给这一片天地染上了一抹忧伤情调，从此以后，江南便获得了一种相对永恒的美学特征——美丽而悲情，清新而感伤，幽远而缥缈。

这样的江南最适宜用词来抒写了，因为那时的人们认为"词为诗之余"，换句话说，作为"诗余"的词天生就是用来抒写这样的江南的。

如果说唐、五代的白居易和李后主的确为宋词在江南写下了美丽的开篇第一笔，那么真正完成开篇的则是苏东坡与王安石。

也只能说是命运的安排吧，苏东坡在宋神宗熙宁年间和宋哲宗元祐年间，曾两次外放杭州，后又大部分时间都在江南各地任职——正如他晚年自己总结道："问汝平生功业，黄州惠州儋州"——最终又病逝于江南的常州，一代伟大诗人如此与江南结下了不解之缘。

一般人可能都知道苏东坡的词风属豪放，但他留给江南的词作，就其数量来说，更多是风格清新而婉约的。如：

凤凰山下雨初晴，水风清，晚霞明。一朵芙蕖，开过尚盈盈。 何处飞来双白鹭，如有意，慕娉婷。忽闻江上弄哀筝，苦含情，遣谁听！烟敛云收，依约是湘灵。欲待曲终寻问取，人不见，数峰青。（《江城子•湖上与张先同赋，时闻弹筝》）

蜀客到江南，长忆吴山好。吴蜀风流自古同，归去应须早。 还与去年人，共藉西湖草。莫惜尊前仔细看，应是容颜老。（《卜算子•感旧》）

其实在苏东坡大量的词作中，像这样清新风格的作品，就其数量来说其实是

远远超过豪放词的，只是它们对后世的影响不
及豪放词大罢了。我们由此也可看出，东坡也并
非是一开始便有意不遵守"词是诗之余"的规则
的，只是终于有一天情不能已，才不得不让自己
的诗情冲破这一规则，写出"拗断天下人嗓子"
的豪放词。

宋神宗元丰七年（1085年）苏东坡途经江宁
（今南京），看望他的政敌加诗友王安石。王安
石以自己所填《桂枝香》一首见教于苏东坡：

　　登临送目，正故国晚秋，天气初肃。千里澄
江似练，翠峰如簇。归帆去棹斜阳里，背西风，酒旗斜矗。彩舟去淡，星河鹭起，
画图难足。　　念往昔，繁华竞逐。汉门外楼头，悲恨相续。千古凭高，对此漫嗟荣
辱。六朝旧事如流水，但寒烟、衰草凝绿。至今商女，时时犹唱，后庭遗曲。

　　而此前，李清照讥此词是"诗"而非"词"。王安石与苏东坡政见多相左，但
这一次却在艺术观念上惊人相合，苏东坡对这首词大加赞赏，认为其思想境界
和艺术气魄都不在自己刚填出不久的那首《念奴娇•赤壁怀古》之下。不过李清
照的评价其实也没错，王安石的这首词，其主题正是唐诗中的一个母题"金陵怀
古"—— 一个被唐代诗人已写过多首好诗的题目。

　　至此，"词为诗之余"的戒律已完全被苏东坡、王安石等诗人打破了！宋词的
一个高潮也快要出现了！

高潮乐章

　　随着王安石新法的被废止，大宋王祚每况愈下，再后来，江山又被宋徽宗的
"瘦金体"愈写愈瘦，瘦得只剩下半壁偏安于江南了。这时，地处中国腹地的六朝
古都南京，突然之间竟成了一个抗敌的边防要塞，昔日的温柔乡成了今日的最前
线，昔日的销金窟成了今日的台风眼，昔日的佳丽地、帝王州成了今日中国人恢复中
原的一个复兴基地。一时间，许多仁人志士纷纷上疏南宋朝廷，要求从杭州迁都

南京，并决心以南京的虎踞龙蟠之势与北方的异族决一死战。就这样，南京被历史推至了一个前所未有的重要位置。

此时的建康（今南京），是多么的渴望来一位铁血的人物来整饬军务、准备北伐呵！然而具有讽刺意味的是，此时被派来任建康太守的人物却是一介标准的书生，此人最擅长的是金石字画的赏介，而对于军务江防之类实在是一窍不通，此人就是赵明诚。赵明诚出任建康太守不久，著名词人李清照也来到了建康，因为她是赵明诚的妻子。

李清照虽然南逃而来的路上不免狼狈，但是一旦在建康住下，便很快恢复了她过惯了的贵妇生活，因为他的丈夫赵明诚毕竟是当地的最高行政长官。只是这段时间里，作为中国历史上最著名的词人之一的她，留下来的词作不多，其原因大概是她那种用婉约风格叙写闲愁的词，在那种兵临城下的境况下太不合时宜吧！不过她最终还是将一诗一词留在了建康。

宋钦宗靖康二年（1126年）夏，传言金人就要渡江进攻建康，身为太守的赵明诚竟然连夜弃城而逃。李清照自然也只能随行，但是她此时的心情是复杂而矛盾的：她明知自己的丈夫只是一介书生，对于战事一窍不通，让他指挥守城确是难以想象；但她又想，赵明诚既是朝廷任命的一方军政长官，男子汉大丈夫，面对战事来临，岂能弃城而逃，这无论如何是为人所不齿的。但这样的一个缺乏男子汉精神的男人，不是别人，正是自己的丈夫，这不能不让她痛苦。当李清照逃出建康城向西逃往安徽的途中，来到了和县乌江——那里的当年霸王别姬的地方，此时李清照口占一绝送与赵明诚：

济南李清照故居

生当作人杰。
死亦为鬼雄。
至今思项羽，
不肯过江东。

婉约的词人写出了生平最豪放的一首诗——不是词，因为李清照生平严格遵守着一个创作信条，即认为词只能用来写儿女情长这类的闲愁，像这样"重大"的题材只能用诗来写。

也许是因为一番草木皆兵的惊吓，也许是因为一番落荒而逃的劳顿，也许是读了李清照这首诗后而深感羞愧，赵明诚不久竟一病不起，并最终病死于建康。

李清照埋葬了赵明诚，大病了一场，而金兵南下之势日迫，独留建康的李清照，抚今追昔，填词一首：

寻寻觅觅，冷冷清清，凄凄惨惨戚戚。乍暖还寒时候，最难将息。三杯两盏淡酒，怎敌他晓来风急。雁过也，正伤心，却是旧时相识。满地黄花堆积，憔悴损，如今有谁堪摘。守着窗儿独自，怎生得黑。梧桐更兼细雨，到黄昏点点滴滴。这次第，怎一个愁字了得。

是的，"这次第，怎一个愁字了得"！这首词不但标志着李清照贵妇生活的彻底结束，从此，她的笔下将不再只有贵妇的闲愁，更有国破家亡的仇和恨。同时，李清照的这一诗一词，也标志着，南宋建康将迎来一个豪放词的高潮。

李清照离开建康不久，张孝祥来了，辛弃疾来了，陆游来了，再后来文天祥来了……一批豪放派铁血词人，一个接一个地来到了南京。

最先来到南京的豪放词人是张孝祥。这位高宗时的状元郎，曾因事忤秦桧而下狱，出狱后上任的第一个官职便是建康留守。赴任途中，他便上疏《赴建康划一利害》，其中不仅充分表达了他恢复中原的决心，更阐发了一些切实的措施。上任伊始，他即一面广

《京口北固亭》怀古词意图

泛地宣传北伐，一面为大元帅张浚的部队筹措北伐物资。由于张浚北伐的失败，张孝祥被贬静江（今广西桂林）知府。中秋之夜，张孝祥仰望明月如水，北斗横天，想起曾夜登赏心亭，百感交集之中写下了一首《水调歌头》：

辛弃疾画像

今夕复何夕？此地过中秋。赏心亭上唤客，追忆去年游。千里江山如画，万井笙歌不夜，扶路看遨头。玉界拥银阙，珠箔卷琼钩。

弘风去，忽吹到，岭边州。去年明月依旧，还照我登楼。楼下水明沙静，楼外参横斗转，搔首思悠悠。老子兴不浅，聊复此淹留。

自从张孝祥此词传颂开后，赏心亭成了南宋诗人每到建康所必登临的胜迹。

宋孝宗乾道四年（1168年）辛弃疾任建康通判，下车伊始，他就登上建康赏心亭，且此后一登再登，先后三次，每次登临必填新词，其中最为著名的是那首《水龙吟·登建康赏心亭》：

楚天千里清秋，水随天去秋无际。遥岑远目，献愁供恨，玉簪螺髻。落日楼头，断鸿声里，江南游子。把吴钩看了，阑干拍遍，无人会，登临意。　　休说鲈鱼堪脍，尽西风，季鹰归未？求田问舍，怕应羞见，刘郎才气。可惜流年，忧愁风雨，树犹如此！倩何人，唤取红巾翠袖，揾英雄泪。

此词抒发了抗敌壮志难酬，大好年华虚度的悲愤之情。同时，诗人以匡复为己任，抨击了那些一味"求田问舍"，对国家大事漠不关心的人物和行径，意正辞严。总之，那满纸的英气背后，是作者满腔的悲情。这种悲情有时候作者也会以另一种方式呈现：

宝钗分，桃叶渡，烟柳暗南浦。怕上层楼，十日九风雨。断肠片片飞红，都无人管，更谁劝、啼莺声住。　　鬓边觑。试把花卜归期，才簪又重数。罗帐灯昏，哽咽梦中

语：是他春带愁来，春归何处？却不解、带将愁去。《祝英台近•晚春》）

桃叶渡是秦淮河上的一个渡口，相传书圣王献之曾在此渡迎娶他的爱妾桃叶。这是一个风花雪月的去处和一个儿女情长的故事，然而作者即使是在这样的去处，叙写这样一个故事，也不曾因儿女情长而英雄气短。历代词论家不约而同地都看到了此词背后"必有所托，而借闺怨以抒其志乎！"黄蓼园还找出了具体史实："史称叶衡入相，荐辛弃疾平之。后奏请于湖南设飞虎军，诏委以规划。时枢府有不乐者，数阴挠之，议者以聚敛闻，降御前金字牌停住。弃疾开陈本末，绘图缴进，上乃释然。词或作于此时乎？"（黄蓼园《蓼园词选》，转引自吴熊和《唐宋词汇评•两宋卷》（3），浙江教育出版社2004年版，第2393页）

紧随辛弃疾之后来到建康的是另一位伟大的爱国诗人陆游。宋孝宗淳熙六年（1180年）55岁的陆游从四川回临安，路过建康时也登上了著名的赏心亭，想到自己曾上疏朝廷，建议从临安迁都建康以利攻守的建议终不被朝廷采纳，不禁潸然泪下。只是陆游也有与李清照有着相似的文体观点，他为这次登临写下的不是词，而是一首诗：

> 蜀栈秦关岁月遒，　今年乘兴却东游。
> 全家稳下黄牛峡，　半醉来寻白鹭洲。
> 黯黯江支瓜步雨，　萧萧木叶石城秋。
> 孤臣老抱忧时意，　欲请迁都涕已流。
>
> ——《登赏心亭》

我是江南人，至今我人生活动的主要范围基本上还没超出过江南，而与我人生关系最为密切的城市，第一无疑是南京，它既可算作故乡，也是现如今我的谋生之地；而另一座城市则是我青年时代读大学时曾居数年的镇江。说来真是太巧了，这两座城市恰是宋词中的两座重镇，因为正是此二地最为集中地成就了宋词中最为激动人心的悲壮篇章——如果把宋词比喻成一篇大文章的话，那么它最最高潮的章节便是于此二地呈现的。

北宋灭亡后，虽说宋金是以淮河为界，但实际上江淮间的广大地区几在金人之手，宋、金之间实际上几以长江为界，也就是说，作为江滨城市的南京（当时叫建康）与镇江（京口）实际上成了南宋最北方的边防前哨。正是因此，陆游才在诗中写出了"楼船夜雪瓜洲渡，铁马秋风大散关"的对仗句子。

镇江地处长江与大运河交汇处，自古有"南徐州"之称，可见其战略地位之重要；镇江城临江而筑，东、西、南三面环山，北临大江，自古又有"铁瓮城"之称，可见其地势易守难攻。

然而，就是这样一座按自然条件来衡量理应是以武备为重的城市，在宋、金南北对峙的非常历史时期，事实上并未成为北伐中原、一统

江西铅山陈家寨辛弃疾墓

河山的根据地，反而文风倒一直很盛，也成了宋词发展史上的另一个高潮之地。书写这一高潮的不是别人，还是辛弃疾。

宋宁宗开禧元年（1205年），65岁的辛弃疾被任命为镇江通判来到京口，他先后两次登上了城北北固山上的北固亭，并先后写下了两首著名的词章：

何处望神州，满眼风光北固楼。千古兴亡多少事，悠悠。不尽长江滚滚流。 年少万兜鍪，坐断东南战未休。天下英雄谁敌手？曹刘。生子当如孙仲谋。（《南乡子•登京口北固亭有怀》）

千古江山，英雄无觅孙仲谋处。舞榭歌台，风流总被雨打风吹去。斜阳草树，寻常巷陌，人道寄奴曾住。想当年，金戈铁马，气吞万里如虎！ 元嘉草草，封狼居胥，赢得仓皇北顾。四十三年，望中犹记，烽火扬州路。可堪回首，佛狸祠下，一片神鸦社鼓。凭谁问，廉颇老矣，尚能饭否？（《永遇乐•京口北固亭怀古》）

这两首词是今天的中国人只要读到高中便可以在语文课本中读到的，其内容和思想在这里已用不着我多作解说，我只想说的是，正是这两首词，使得在今天看来在江南城市中已不算出色的小城镇江，确确实实曾是宋词的另一处高潮之地；我更想说的是，宋词的高潮产生于此时此地，这当然是中国文学和这两座城市的幸运，但却是国家和民族的不幸。若从国家和民族的利益来说，我们宁可不要这样的一个文学的高潮。

华彩片断

执手相看泪眼

近年来，我由于种种机缘，几乎走遍了江南大地，这便让我有机会寻着江南词人们的足迹将他们那些经典的词作一一重温，这些词作尽管不曾都加入过宋词高潮乐章的合唱，风格也多与高潮乐章的慷慨豪放不尽相同，但它们犹如一个个华彩的片断，虽散落四处，但仍是一部伟大交响的有机组成部分，更何况即使将它们单篇吟唱，也都十分动人。

那年去武夷山，在九曲溪畔、大王峰下，我竟然碰到了柳永——那里有一座"柳永纪念馆"，这让我一下子想了起来：柳永正是福建崇安县（今武夷山市）人。

走进纪念馆，见有一座较真人略高的柳永铜像，旁有一块与铜像差不多高的长方形石头，上面刻着一篇《柳永墓冢抔土还乡记》，记中写道："公元2004年9月，值武夷山柳永纪念馆新馆落成之际，柳永仙冢抔土自镇江北固山分移至此。千载游子今朝还乡，一代词宗魂归故里。"

柳永是我最熟悉也是最喜欢的宋代词人之一。我在本文前面已说过，我的大学时代是在江苏的镇江度过的，而柳永的终老之地和墓葬之地便是镇江——镇江与柳永有缘，我与镇江有缘，推起来我也算与柳永有缘了吧？

其实崇安虽是柳永的故乡，但他并不是在故乡出生的，他出生于父亲的官宦之地，童年时才回到故乡，青年时又离开了故乡，且离开后再没回来过，算起来在故乡待的时间并不算长，因此他留在故乡纪念馆里的东西并不多。他把一生大部分时间都扔在了江南的歌楼瓦肆中，并写了大量描写羁旅行役之苦和风花雪月之夜的慢词。这些词在当时就为人们广为传唱，据说当时"只要有井水的地方就有人唱柳词"，可见其影响之广。即使时至今日，它们一样拥有着广大的读者。记得当年，我在镇江上大学时，白发苍苍的老教授为我们讲授柳词，他为我们在课堂上深情地吟唱那首《八声甘州》，唱着唱着竟当场流下热泪，为此我们一群十八九岁的年轻人大为吃惊，吃惊之余，许多人也从此喜欢上了柳词，而我便是其中之一。正是那时，我背下了柳永的许多词章，并至今记得。

只是我能背下的这些词章在柳永纪念馆里多数都没能见到，只见到一块柳词《望海潮》碑刻：

东南形胜，三吴都会，钱塘自古繁华。烟柳画桥，风帘翠幕，参差十万人家。云树绕堤沙。怒涛卷霜雪，天堑无涯。市列珠玑，户盈罗绮，竞豪奢。　　重湖叠巘清嘉，有三秋桂子，十里荷花。羌管弄晴，菱歌泛夜，嬉嬉钓叟莲娃。千骑拥高牙，乘醉听箫鼓，吟赏烟霞。异日图将好景，归去凤池夸。

此词是柳永于宋真宗景德元年（1004年）前后于杭州填成的，关于其创作过程，杨湜《古今词话》中还有一个故事。据说柳永有一个布衣之交叫孙相何，时任杭州知府。柳永从故乡来到杭州，想前去拜访，无奈知府门禁甚严，柳永根本进不去。于是他灵机一动，填了一首《望海潮》词，并找到钱塘名妓楚楚说："我想见孙知府，无奈侯门深似海。你有机会进府，便请唱一下这首词，知府大人若问此词是谁所填，你就说是个叫柳七的人，其他什么话也不要说。"不久逢中秋佳节，知府举行晚会，楚楚依照柳永的话演唱了这首《望海潮》。第二天，孙相何立即为柳永预下上座，并派人将柳永请到府上。当然，从此以后这首词也不胫而走，很快便传遍了天下。罗大经在《鹤林玉露》（卷一）上说，金主完颜亮正是因为读到了这首词，"欣然有慕于'三秋桂子，十里荷花'"，遂起"投鞭渡江之志"，毅然决定兵下江南。只是我真不知道这究竟是柳永和江南的光荣，还是柳永和江南的悲哀。

纪念馆中碑刻的书法为毛泽东手书，其实柳词婉约，毛书豪放，二者风格差异很大。我想设计者之所以选中毛书柳词，可能是故乡人想让柳永这一个在世人心目中风流浪荡的才子好借一借毛氏在当代政治和文化中的巨大影响，并以此多少改变一些他在世人心目中的印象吧！但在我看来，这大可不必。柳永和他的词作，永远是宋词中最精彩的片段之一，这已是不需要任何人再作证明的了。

如果说柳永是中国历史上第一个"专业"词人的话，那么陆游可能要算是最不"专业"的词人了。当然，这并不是说陆游的词水平不"专业"，而是因为他一生中，似乎一直都遵守着"词是诗之余"的戒律，将填词当成他文学创作中的一种余事。但是，即便是这样，他还是为我们留下许多感人至深的词作，如《卜算子》（驿外断桥边）、《钗头凤》（红酥手）等。

那年春天，我怯怯地来到既熟悉又陌生的

绍兴陆游纪念馆前的陆游塑像

绍兴，去寻访沈园——一块深藏在中国人心头的伤疤。

走过汽车的轰鸣与卡拉OK的喧嚣此起彼伏的马路，也走过乌篷船从身下悠悠荡过的石拱桥，便走进了晃动着历史背影的深深小巷。脚下的青石板被细雨濡得亮亮的，给我在粉墙黛瓦的灰暗里逡巡的视线以些许耀眼的亮色，正是追寻着这片亮色，我来到了沈园。

走进园门，便见半堵断墙。尽管我知道那不可能是陆游当年题写《钗头凤》的残墙，但我还是在它面前站了许久许久，因为那首《钗头凤》真真切切地刻在上面：

红酥手，黄藤酒，满城春色宫墙柳。东风恶，欢情薄，一怀愁绪，几年离索。错，错，错！　春如旧，人空瘦，泪痕红浥鲛绡透。桃花落，闲池阁，山盟虽在，锦书难托。莫，莫，莫！

也是这样一个细雨霏霏的春日吧，已自己称"翁"的诗人陆游向沈园走来了，但他绝没想到，有一个人已先他而来。这便注定了沈园这座绍兴城里的普通私家花园，将成为诗人豪放的生命诗篇中最为婉约的一阕。那是一场不期的尴尬重逢，也是一段意外的再次心痛，更是一种宿命。因为那位先陆游而来的不是别人，是唐婉，一位人与名字一样美好的女子，是诗人青梅竹马的表妹和曾经情投意合的爱妻。她曾用自己的纯真和贤淑激发过诗人"上马击狂胡，下马草军书"的豪情。但如今名花易主，任凭"山盟虽在"，但诗人终究"锦书难托"！然而，造成这伤痛的不是别人，而是另一位也爱着诗人的女性——陆游的母亲、唐婉的婆婆。她由于不喜欢儿媳，便一道"慈命"，为儿子出了一个天大的二难的选择：一边是孝道，一边是爱情，让做诗人的儿子鱼和熊掌难以兼得。

其实，陆游一辈子都生活在两难的境地里，早年他凭着一腔爱国热情和出众的才华"喜论恢复"，但他面临的现实是统治者似乎并不需要"恢复"。是忠于理想，还是顺应现实，同样是一个两难的抉择，也注定要折磨诗人的一生。"心在天山，身老沧州"、"僵卧孤村不自哀，尚思为国戍轮台"，是他人生的最好写照。这样的折磨难道还不够吗？做母亲的为何还要再为难儿子？难道这也算是母爱？陆游是伟大的，他的伟大在于他作为一个崇尚感情的诗人，一辈子都在做着理性的选择，伤痛默默忍受，孤独默默饮下，而且丝毫不影响他诗篇的情感真挚。陆游又是悲哀的，他明知自己的选择"错！错！错！"但终究只能将错就错，这不能不说是一种人格的分裂。陆游正是这样，人格在一种分裂中挣扎着，同时又在这种挣扎中痛苦着，进而又让种种痛苦化为诗词。

说到这里我又不能不再一次地提到辛弃疾。

那年去江西上饶开会，会议的最后一天，照例要安排与会者去当地的名胜——"上饶集中营"遗址和世界自然文化遗产三清山一游，但我却与几位同好去了上饶的乡下，希望能追寻到几个辛弃疾当年曾留在那儿的足迹。

上饶是一个四面环山的城市，它的这一特点让人很易联想到，当年这里为什么会有一座集中营，而九百多年前，南宋朝廷又为什么会将辛弃疾等一批主张抗金的爱国志士安排到这里闲居。今天的上饶，虽然有浙赣铁路经过，但就其经济和文化发展水平来说还是相对落后的。然而在九百多年前，这块土地虽然经济状况不会好到哪里去，但由于辛弃疾等人的来居，却成就了宋词史上的华彩一页。

据史料记载，宋孝宗淳熙八年（1181年）辛弃疾受投降派排挤，罢职闲居于江西上饶，直至宋光宗绍熙三年（1192）才出任福建提刑，前后达11年之久。在此时此地的辛弃疾，如一头疗伤的雄狮，一面以田园清新的风光、村居悠闲的生活慰藉自己的内心，疗治着自己壮志难酬的痛苦，一面又难以忘怀昔日的壮怀激烈的豪放和一展宏图的渴望。前者使他写出了许多风格清新的词篇，让我们看到了豪放词人的另一面，如《清平乐•村居》、《西江月•夜行黄沙道中》等；后者因有一种痛定思痛痛更痛的内核，又使我们知道了什么叫不改英雄本色，如《丑奴儿•书博山道中壁》、《破阵子•为陈同甫赋壮词以寄之》等。辛弃疾在上饶当然不止写了这么几首词，但只因为这几首都是宋词中的精品，请允许我在此将它们抄录如下：

《清平乐•村居》

茅檐低小，溪上青青草。醉里吴音相媚好，白发谁家翁媪？

大儿锄豆溪东，中儿正织鸡笼。最喜小儿无赖，溪头卧剥莲蓬。

《西江月•夜行黄沙道中》

明月别枝惊鹊，清风半夜鸣蝉。稻花香里说丰年，听取蛙声一片。

七八个星天外，两三点雨山前。旧时茅店社林边，路转溪桥忽见。

《丑奴儿•书博山道中壁》

少年不识愁滋味，爱上层楼；爱上层楼，为赋新词强说愁。

而今识尽愁滋味，欲说还休；欲说还休，却道天凉好个秋。

《破阵子•为陈同甫赋壮词以寄之》

醉里挑灯看剑，梦回吹角连营。八百里分麾下炙，五十弦翻塞外声。沙场秋点兵。

马作的卢飞快，弓如霹雳弦惊。了却君王天下事，赢得生前身后名。可怜白发生！

一座江南山区小城，就凭拥有这么多宋词中的名作，难道还不是宋词史上的精彩一页吗？只可惜今天的上饶人似乎还不明白这一点的价值，我们在上饶乡间寻寻觅觅了半天，终没有寻得一星半点辛弃疾当年留下的踪迹，这让我们不无遗憾。好在这样的情形在江南并不多见，多见的是江南几乎处处有词踪：

在赣州，我曾登临城北贺兰山颠的郁孤台，见证过滔滔赣江的"青山遮不住，毕竟东流去"：

郁孤台下清江水，中间多少行人泪。西北望长安，可怜无数山。青山遮不住，毕竟东流去。江晚正愁余，山深闻鹧鸪。（辛弃疾《菩萨蛮•书江西造口壁》）

在金华，我曾登临城南双溪畔的八咏楼，眺望过溪上"载不动许多愁"的舴艋舟：

风住尘香花已尽，日晚倦梳头。物是人非事事休，欲语泪先流。　闻说双溪春尚好，也拟泛轻舟。只恐双溪舴艋舟，载不动，许多愁（李清照《武陵春》）

在黄州，我在苏东坡游过900多年后也游了清泉寺，而且真的看到蕲水西流的奇观：

山下兰芽短浸溪，松间沙路净无泥。萧萧暮雨子规啼。谁道人生无再少？门前流水尚能西！休将白发唱黄鸡。（苏东坡《浣溪纱》）

我还在苏东坡当年站过的沙湖岸堤上，大声朗诵过他的那首《定风波》：

莫听穿林打叶声。何妨吟啸且徐行。竹杖芒鞋轻胜马。谁怕？一蓑烟雨任平生。　料峭春风吹酒醒。微冷。山头斜照却相迎。回首向来萧瑟处。归去。也无风雨也无晴。

……

我常常庆幸自己生在江南，生活中竟然又到过江南的这么多地方，让我由此得出宋词属于江南的这么一个结论。我当然知道，我的这一结论更多的是带有感情色彩的，或许经不起文史学家们的质疑，但尽管如此，我还想就此指出一点，中国文学唐诗、宋词、元曲和明清小说，这样一路走来，实际上这既是一个现代化的过程，也是一个大众化的过程。不是吗？在宋词之后发展起来的一个高峰是元曲，与元曲一同兴盛起来的是一个更市民化的文学样式，那就是戏曲，而中国的戏曲又确确实实是从江南发展起来，进而从空间上走向北方，时间上走向今天的。

如果这一点是事实的话，那么宋词的属于江南，便也是一种必然，即，中国文学现代化和大众化过程中的一种偶然中的必然。

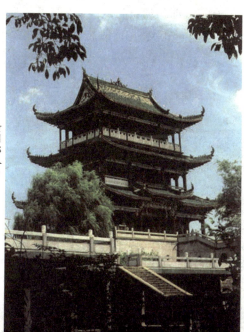

赣州郁孤台

江南的传说与传说的江南

一

我大学时代的同窗许君，是一个有着浓郁人文情怀的人，但毕业后一直在官场沉浮，现在江南名邑宜兴市任文教长官。忽一日，许君电邀我去他的"领地"，说是"有要事相求"。

真还难得被官"相求"，且这官又是一位同窗好友，岂能推辞！只是在遵命前往的路上不禁想，有职有权的许君真有什么事情要"求"我这无职无权的一介书生吗？猜来猜去终猜不着。

到了那里才知道，原来他是想请我参与一场正在打着的笔墨官司。

此时，国家邮政总局正为将发行的一套"梁祝"题材的邮票选择首发式举办地，许君认为他任职的宜兴市是"梁祝故里"，这首发式举办地自然该在宜兴。然而浙江省的杭州市、宁波市和绍兴市，竟出来相争，竟然也都言之凿凿地说本地是"梁祝故里"，而且他们还各尽所能、各显神通，一时纷纷扰扰。

杭州市根据《梁山伯与祝英台》戏文中"走了一山又一山，前面来到凤凰山"的唱词和《十八相送》的动人故事，便将凤凰山下的一条景观路赋予了"梁祝之路"或"爱情之路"的主题，并斥资数千万元之巨，全面修复了

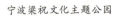

宁波梁祝文化主题公园

山下的万松书院及万松岭景区，显得真诚而实在。

与杭州相比，宁波市也不示弱，不仅斥资数千万元在市内建造了一座梁祝文化主题公园，还成功举办了第一届"中国梁祝婚俗节"，人气一时显得很旺。

在杭州、宁波争打"梁祝"牌的同时，居于杭州、宁波之间的绍兴也不甘落后：先是《绍兴晚报》刊出系列文章，探讨"梁祝文化"和绍兴市非物质文化遗产的保护与开发问题；接着，绍兴市副市长李露儿表示，"梁祝文化"是绍兴市的非物质文化遗产，因为"祝英台故里"在绍兴的上虞，因此，真正的"梁祝文化"在绍兴。绍兴市还与到绍兴考察访问的联合国教科文组织秘书长爱丽丝女士一行就"梁祝文化"申报世界非物质文化遗产问题交换了意见，希望联合国教科文组织在这一问题上尊重这一文化的地域特色、历史渊源和文化脉络……这一系列举措，无疑使绍兴显得志在必得。

宜兴梁祝文化遗址碧鲜庵

浙江三地的争执正如火如荼，其间江苏宜兴显得有些闷声不响，但是谁知它一出手便让浙江三地都着实吃了一惊：宜兴市人民政府突然间向联合国教科文组织驻京办事处正式递交申请，申报宜兴有关"梁祝文化"为世界非物质文化遗产。

宜兴的这一举动似乎让杭州和绍兴很快败下阵来，唯有宁波不甘示弱，几乎是前脚跟后脚，宁波市也正式向有关部门申报梁祝为"世遗"，而且与宜兴市展开了激烈竞争。这样，四地之中，便以宁波和宜兴间的争夺战打得最为激烈了。

许君为我介绍了这场官司的来龙去脉，希望我能拨"笔"相助，为宜兴市能在这一场竞争中取得胜利助上一"笔"之力。

在宜兴期间，许君带着我去考察了境内几处与"梁祝"有关的遗迹，还给我了几本写"梁祝"与宜兴有关的书籍，让我回去后好好帮他们写一写。

作为一名文史爱好者，这样的事情说实在的还是愿意掺乎一番的，如果真能为一方经济建设起到一定的积极作用，那真还是能获得一种欣慰。于是回家后，我真的对"梁祝"等民间传说进行了一番自以为是的研究。

但是，我越研究越觉得四地的这种相争本质上是很荒唐的，因为梁（山伯）、祝（英台）本身只是传说中的人物，既是传说中的人物，硬要定下他们的"故里"是某地，不但很难，也很无聊，至此，我又不想掺乎这场无果又无聊的笔墨官司了。

然而，这场笔墨官司并没因为我的不参加而受到影响，报上照常不断登出有关文字，各地照常组织有关活动，对于这一切，我也一直自觉不自觉地关注着。关注之余我又渐渐地觉得，这四地如此的相争，毋庸讳言其中虽然都有着经济利益的驱使，但是，也从另一角度反映了四地的人们对于梁、祝和梁祝文化的喜爱，都希望梁、祝是自己的同乡，可以说也不是一件太坏的事情，甚至还算得上是一件好事。因此，我终究还是忍不住要来掺乎一番，不过我并不想就此来直接帮谁的忙，如果硬要说帮忙的话，我倒真愿意我的这篇小文给四地都能多少有所帮助，至少是有所启发。

二

中国有四大民间传说，即《梁山伯与祝英台》、《牛郎织女》、《白蛇传》和《孟姜女》，从今天的四个传说所呈现的故事情节来看，其背景无一不是江南，似乎它们都是属于江南的传说。因此，我们说江南人喜爱传说，是其文化上表现出的一种集体无意识，似乎并不为过。然而，事实上，四大民间传说的源头都不在江南。

据专家考证：

《梁山伯与祝英台》的故事，最早起源于战国时期韩凭妻裙带化蝶的故事，成形于六朝时期《乐府•华山畿》的《神女冢》的故事，完备于唐代梁载言的《十道四蕃志》等文献中。故事的发生地点最初是在今天的河南开封一带，后为南徐，即今天的江苏镇江，最后移到了江南的宜兴、绍兴和上虞等地。

《牛郎织女》的故事最早起源于《诗经•小雅•大东》中关于牵牛织女星的描写，成形于东汉末年的《古诗十九首•迢迢牵牛星》，丰富完备于唐宋时代的很多诗人文人的诗歌吟唱和笔记传奇中。男主人公牛郎的故乡，最初是在河南的南阳一带，后为山东周村，最后终变成了江南——在几乎家喻户晓的黄梅戏《天仙配》中，董永在交代自己的身世时明确唱道："家住丹阳，姓董名永。"这丹阳，无论是江苏之丹阳市（县）还是安徽之丹阳镇，都是江南名镇（市）。

《孟姜女》的故事起源于《左传》所载春秋时"杞梁之妻"哭夫崩城的故事，成形于唐代的《同贤记》，到明代得到了空前的丰富。故事的发生地最初是在山东、山西和陕西等地，后又有湖北、河南和湖南等地，最后几乎被"公认"为是在苏南。

《白蛇传》的故事雏形最早见于唐人谷神子的《博物志》中，后在宋元话本《西湖三塔记》里得到了发展，最后定形于明天启年间冯梦龙编的《警世通言·白娘子永镇雷峰塔》中。故事的发生地，最初是在陇西，后变成了杭州、苏州和镇江一带。

鄞县梁祝墓

由此不难看出，中国四大民间传说当然属于中国，但更属于江南！因为千百年来，江南人硬是用自己的喜欢将产生于北方的一个个民间传说"江南化"了，且在这"江南化"的过程中给它们不断以丰富和发展，使它们越来越美丽，越来越动人。当然，在这同时，江南这块土地本身也因之在世人的眼中越来越显得神奇而美丽，越来越呈现出一种强大的文化魅力。

今天，江南各地纷纷要为那些美丽的传说向联合国有关部门申报各名目的"世界文化遗产"之类，这是应该的，是好事，因为说到底，它们归根到底也是属于世界的。但是随着这些属于江南、属于中国的传说越来越多地走向世界，世人或许会问：江南究竟是一块怎样的土地，它为什么就那样的"盛产"传说呢？

三

"江南水乡"，这四个汉字在汉语中似乎是一个固定名词。是的，江南多水乡，因为江南多水。没有水便不是江南，那纵横交错的河流港汊，那星罗棋布的大小湖泊，既是江南的经脉，也是江南的骨骼，更是江南的品质。生活在这块土地上的江南人无时无刻离得开水，"江南路，云水铺，进门出门一把橹"，这是江南人生活的最真实写照。这种生活有时虽也有不便，过得时间长了也会略显单调，但就是在这种不便和单调中却不乏诗意——不妨设想一下：三五人等，一叶扁舟，或出入风波去追逐渔汛，或扬帆云间去贸易货物，或随波逐流去放浪人生……或许其中有无奈——上船前，或许因缺柴少米你家里正锅盖难揭，或许官场沉浮因小人构恶你正遭遇失意，或许科场拼搏因锋芒太露你名落孙山。而此时此刻，听桨声唉乃，任风悬帆去，那想象中白花花的鱼群、集市上白花花的银子，还有那美丽山水，连同着你所有的希望一起都在远方等着你！呵，所有的不幸与不快，都会随着船下的流水流去的吧！

你此时此刻甚至连摇橹划桨也不需要，因为风儿会为你鼓着风帆送你向前，你只需用一只手把住舵，让船的头对准你心中的方向前进。或许你从没有这样轻闲过，轻闲得此时似乎有点儿无聊了，那正好，在私塾里学过吟诗作对的，这会儿可以练习练习也比试比试了：

> 桅杆钓出天边月；
> 船头犁破水中天。

但更多的人并不会这一套，好在大家都会讲故事，而且在水上漂泊多年，每个人都有着许许多多风采萍踪的故事可讲：那就先说亲身经历的吧，说光了便说道听途说的；道听途说的也说完了，但船还没靠码头，于是便添油加醋重说；添油加醋不过瘾了，便胡编乱造着说，胡编乱造得破绽百出，便你一言我一语地修订起来……就这样，故事越来越曲折动人，越来越精彩美丽，最终是真是假，谁也说不清，于是便成了一个个真真假假、亦真亦假的"美丽传说"。

作为江南人，我是听着这样的美丽传说长大的。故乡门前有一条连接石臼湖与太湖的大河，河道深而多折，就是在这条河上的一次航行中，我从目不识丁的乡亲们口中知道了其深而多折的原因。

从前有一个童养媳，为人十分善良，她每天去河边淘米洗菜时，总有一条小白蛇从水中游出来向她讨奶水喝，为此总要耽误些干活的时间。她恶毒的婆婆看在眼里恨在心里，有一天，她尾随着媳妇来到河边，当她看到那条小白蛇时，便恼羞成怒地挥刀砍去。小白蛇赶紧转身逃跑，但还是被砍去了一段尾巴，然而就在一瞬间，那小白蛇竟一个翻身变成了一条白龙，并迅速地向远方游去，游过的身后立即现出了一条大河。难能可贵的是，它每游过一段路总要回过头来看一看呆立在码头上的喂过它奶的童养媳，共回头十二次，于是故乡的那条大河但有了十二个"望娘弯"。

多么美丽的故事呵!

当我后来从书上读到《白蛇传》的传说时,我首先想到的就是这个故事,因为它们有相像之处,而这相像之处,到底是《白蛇传》受了它的影响和启发呢,还是它受了《白蛇传》的影响和启发? 我说不清,我那些给我讲故事的乡亲更说不清,专门研究的专家学者恐怕也说不清! 然而,有一点我想是可以说清的吧,这就是,类似的这些美丽的传说——包括《白蛇传》的传说,一定就是这样被创作出来的吧!

因此,我们不能不感谢江南的水,如同我们不能不为美丽的希腊神话而应该感谢亚得里亚海和爱琴海中的水一样!

江南的水给了江南人远行的从容。北方没有江南那么多的水,那儿多黄泥古道,多大漠孤烟,北方人的远行因此多车辚辚马萧萧。当然,这样也能造就诗意,但这样造就出的诗意,是决没有船行水上的从容的,至少没有安静——那马蹄的嗒嗒声和车轮的咯咯声中,至少是没有了讲故事和听故事的可能的。因此,江南的传说和故事中或许缺少些北方诗篇中的慷慨悲凉的现实冲动,却有更多的曲折缠绵,更多的天上人间般的美丽想象。

江南的水给了江南人丰富的想象。

孔子说:"仁者乐山,智者乐水"。但我常想,与其说一个人是因为他是"智者"才"乐水",还不如说是因为他"乐水"才成为了"智者"! 因为水的变幻莫测,水的载舟覆舟,真是太能给人以丰富想象了! 具有丰富想象力的江南,怎能不创作出同样具有丰富想象力的美丽传说呵!

四

"江南春早"是画家十分喜爱描绘的题材。是的,江南的春天来得是早,但是江南的春天来得早去得也快,短暂的春天过后,江南迎来的是一个长长的夏。

江南的夏天是实质的"苦夏"。白天,那如火球般的太阳似乎是老悬在江南的头顶,要将江南的河流湖泊中的水烤干似的。而人如同身在一巨大的蒸笼中,还没动弹,就要喘气;刚要吃饭,就想喝水;水还没喝,汗就先流。但是尽管如此,那熟了的麦子不能不收，那青了的秧苗不能不插，那黄了的稻子不能不割⋯⋯于是，江南的夏天是现实的：不得不挥汗如雨地劳作，不得不汗流浃背地苦熬，不得不面朝黄土背朝天地坚守⋯⋯

江南的夏天又是美丽的。傍晚，当人们以面朝黄土背朝天的姿势送走了最后一缕阳光之后，当第一缕晚风将各家各户土场上的热气呼吸完之后，当一条条小船儿驮着一天的辛劳与收获在一个个小码头停泊之后，江南便进入了一天中最惬意最浪漫的时候。凉凉的井水被洒到了各家门前的院场上，场上放上春凳，春凳上放上劳动的收获，于是霉干菜和着酒香便熏醉了江南的黄昏。人们在说完了张家长李家短的故事后，他们在黑暗中的闪亮的眼光，被夏夜里难得的一阵阵凉风牵得老高老高，于是他们开始与天空中眨巴眨巴的星星对视，从它们身上寻找了一个个浪漫的话题：那么多闪亮星星中，哪一颗是属于自己的呢？那两颗很亮的星星，为什么各在天河的两岸呵？它们会彼此相思吗？于是就有了牛郎与织女的爱情，就有了一个个天上人间的故事。

北方人不乘凉，因为北方虽然有时候白天也会热，但晚上比江南凉快多了，有时不需乘凉也能从容入睡，即使有时候也会乘凉，但至少不会像江南人那样需要那么长的时间，于是便没了江南人乘凉的那么一份从容，那么一份心境，那么一份浪漫，也就不会有与夜空中的星星集体的对话；北方人爱"猫冬"，猫冬时的北方人也爱讲故事，只是讲这些故事时头顶没有星星（"猫冬"一是在白天，晚上多数时候睡着了，即使醒着，很少的几颗寒星也被屋顶遮在外面），所以也少有天上人间的故事。

岭南人也不乘凉，因为他们那里夜晚与白天一样的热，因此，即使是夜晚，也无凉可乘，无凉可乘的岭南自然也就没有了天上人间的故事。

是江南的夏夜成就了江南的浪漫！

五

人世间最大的浪漫莫过于爱情。

谁也不会否认，江南历来就是一块多情的土地。但是，没有现实中的衣食无忧，哪能浪漫地谈情说爱；没有现实中的温馨碰撞，哪有浪漫的情感火花！

江南是富庶的。生活在这块土地上的人们，当然也不乏苦难，但许多时候他们的生活还算温馨和安定，尤其是在唐宋以后，这种温馨和安定较之于北方是越来越明显，因此，他们对于浪漫不但具有主观上的愿望，而且具有客观上的条件。再加之江南相对远离封建文化中心而形成了一种相对独立的文化传统，无论是"吴越文化"，还是"湘楚文化"，都在最初从本质上为江南这方土地注入了多情而浪漫的气质。

如果说现实属于北方，那么毫无疑问，浪漫属于江南！

不是吗？《诗经》属于北方，它是中国现实主义文学的源头；而中国浪漫主义文学的源头是《楚辞》，它属于屈原，而屈原属于江南；如果说杜甫属于北方，那么李白则属于江南，因为李白的那些充满了浪漫的瑰丽诗篇，大多数不是写江南的便是在江南写成的。

中国的封建社会，历来是以压抑和扼杀爱情为能事的，自从孔子说过了"唯小人与女人难养也"以后，中国的女人一直就难逃一种尴尬的命运，她们既被玩弄，又被侮辱；既被争夺，又被摧残。即使是那尊贵如"四大美女"亦一样，最初时她们是如此的被赞美，被尊重，但最终的命运呢？杨玉环是香消玉殒马嵬坡，王昭君是终老他乡伴冷月，貂婵更是在吕布被杀后下落不明，相比之下，属于江南的西

宁波梁祝墓

施，其最终的命运要好多了。在越王灭吴后，她与心上人范蠡一起隐居到了江南的烟水深处，如许多童话里的结局一样，"过上了幸福的生活。"看起来这样的结局有些偶然，但是这种偶然中有着必然，因为大度而又多情的只有江南这块浸泡在烟水之中的柔软土地，也只有这样的土地，才能接纳一个"失节"的女人连同她的爱情。

中国四大民间传说最初的故事原型所表达的主题也许并不是爱情，至少是并不全是爱情，但是它们在被"江南化"以后最终无一不成了爱情的赞歌。

世人都说神仙好，得道成仙是多少人梦寐以求的，尤其是封建统治者，从来就没有停止过对于长生不老仙药的寻求。然而，作为神仙的织女，只是为了追寻自己的爱情，竟然甘愿触犯天条，放下人人想做而做不得的神仙不做，偏要做个凡人！在爱情面前，神仙生活算个什么呵！

世人都说"万里长城永不倒"，在世人的眼中，万里长城岂只是一道城墙，更是一种象征——国家的象征，皇权的象征，是神圣不可侵犯的。但是，只是因为它破坏了孟姜女的爱情，她竟然只用爱的哭声便让它倒塌了三百里。在爱情的面前，万里长城又算个什么呵！

白素贞修炼千年，眼看着就要修成正果了，但是仅仅为了一段前世的情缘，便毅然放弃了这一切，不仅如此，为了坚守自己的爱情，她还不惜将天上人间全部得罪了。

至于梁山伯与祝英台，为了爱情，他们可以死；一旦有了爱情，死了的他们可以生（化蝶）。生生死死，死死生生，只为一个字：情！

这是何等的浪漫！

是的，在所有属于江南的这些民间传说中，女人因为这个"情"字，不再是生活中男人案头一只水性杨花的花瓶，也不再是只会倾人国倾人城的"祸水"，更不再

据《白蛇传》改编的电视剧《新白娘子传奇》剧照

是孔子定义的与小人同等"难养"的尤物，她们天真、美丽、善良，尤其在爱情面前表现得又是那么的机智勇敢、忠贞不渝。相比之下，倒是男人们一个个都显得那么的懦弱、被动和无能——这在绝对男权的封建社会中，这可绝对是颠倒了乾坤，是对整个中国封建礼教所规定的秩序所做的一次十足的反动。

这样的反动岂止是浪漫，更是一种勇敢！

六

在世人的印象中，江南的确是一块很柔软的土地，这块土地被太多的杏花春雨浸润，又被太多的烟柳荷风熏染，这块土地上的确走出过太多的才子佳人，演绎过太多风花雪月的故事——这常常使人们因此而产生一种误会，以为这块土地上只生长这些，其实，江南的土地上，除了生长红花绿柳，也生长劲竹剑兰；除了盛产丝竹刺绣，也铸造干将莫邪；江南人既有天眼慧根，更有琴心剑胆，他们从来就不缺乏两肋插刀的侠肝义胆、不怕牺牲的反抗精神和敢为天下先的冒险品质。

舞台剧《白蛇传》剧照

当我们在津津乐道燕赵勇士荆轲义刺秦王的同时，请别忘了在他之前，江南人"专诸之刺王僚也，彗星袭月"——他才是中国有史记载的第一位勇敢刺客。

当我们在啧啧称奇蒙古铁蹄所向披靡的厉害的同时，请别忘了正是被蒙古人列为"末等"的"南人"最终灭亡了元朝，建立了明朝——中国历史上唯一一个从江南起事，最终修成正果的大一统王朝。

当我们不屑于江南士子的儿女情长时，请别忘了在清人南下时，如果不是他们在"留头不留发，留发不留头"的布告前高昂着的一颗颗头颅，那么悲哀的就不只是一个灭亡的王朝，而是一个跪下的民族——是江南的士子，终究为这个苦难的民族多少挽回了一点尊严和面子！

当我们不齿于与江浙商贩讨价还价时，请别忘了正是他们的先辈的这种讨价还价，才让国人不仅慢慢学会了近代贸易，更一时激起了国人"实业救国"的豪情——千百年来，"稻花香里说丰年，听取蛙声一片"的江南，也因此地地道道地成了中国近现代工业的策源地。

……

我不是要在这儿为江南开列一份英雄谱，而是仅仅想以此说明，江南事实上从来不缺乏勇敢，且正是这份勇敢，成就了她的一份执著——江南人对于经济与文化从来都是"两手抓，两手都硬"，从来没有因为经济的富足而忽视了文化，也从来没有因为文化的发展而荒废了经济。就这一点来说，在中国的版图上实难找到一块土地（包括曾经富甲天下的三晋之地）能与之比肩；也正是这份勇敢，成就了江南文化上的一种大度与大胆、开放与多元——四大民间传说的"江南化"本身便是对此最好的证明。

中原的祝英台最终来到西湖的万松书院与梁山伯成了同窗，山东的孟姜女最终嫁给了松江的万喜良为妻，天上的织女竟然看上了丹阳郡的老实人董永，连妖界的白素贞也为江南才子许仙的善良与多情所迷倒……如果没有一个大度而开放的胸襟，江南能容得下她们吗？或者说，她们会选择江南落脚吗？

四大民间传说都是表现爱情吗？是！但似乎也不全是！孟姜女让长城轰然倒塌的哭声，既是忠贞爱情的颂歌，不也是对封建王权的控诉吗？祝英台与梁山伯的双双化蝶，既是千万人对美好爱情的期望，不也是对封建礼教扼杀爱情的揭露吗？还有织女和白素贞，她们为了得到爱情，不愿做神成仙，只愿做一个与丈夫男耕女织的普普通通的女人，这除了是对爱情的歌颂，不也是一曲人性的颂歌吗？即使我们将四大民间传说就当成只是一幕爱情剧吧，那么它们是悲剧吗？是！但似乎也不是；是喜剧吗？是！但似乎也不是。至此，我们已经很难说清，究竟是它们体现了江南文化的多元，还是江南文化的多元造就了它们，但有一点可以很清楚地说：这就是江南，这就是属于江南的文化！

年画上的孟姜女形象

七

香港发行的牛郎织女邮票

有人说民间传说是农业文明时代的产物，此话有一定道理。的确，在工业文明的社会里，科学技术空前发达，人们便更多地用科学的眼光去看待世界、审视文化。然而这种科学的目光实在是一把双刃剑：它会让人们在获得许多科学知识的同时，而丧失了许多对于生活和人生的文化观照。就民间传说来讲，其中许多在当时的人们看来是十分"合情合理"的情节，在今天的人们眼中会变得不再那么"合情"，更不再那么"合理"。今天的年轻人，谁还会相信孟姜女仅凭着哭声就能让长城倒塌？这世上真的会有蛇变成的美女吗？人真的可以变做蝴蝶、星星？殊不知道，他们的这种"不相信"，其结果便是使得那些原本美丽动人的传说，不再那么美丽，也不再那么动人。

那么，是不是说现代人就不需要传说了呢？

当然不是。现代人也需要传说来寄托他们的渴望，安抚他们的心灵，但这种传说须是确能够真的承载他们的这种寄托。古人有古人的渴望，今人有今人的渴望，即使是似乎亘古不变的爱情的渴望吧，古今人们也是有所不同的：在古代，人们的爱情渴望大多数时候实际上主要是因为封建礼教的压迫而产生的；在今天，在爱情和婚姻已空前自由的前提下，人们的爱情渴望实际上更多的表现为人与人之间普遍存在的对于沟通、交流和理解的渴望。因此，《牛郎织女》的传说曾经在人们的眼中是那么的美丽动人，由它衍生出来的七夕节，也因此让多少有情的男女为之渴望和欣喜，但今天的年轻人却似乎都把它给忘了，他们更热衷于从西方传过来的"情人节"。对此，有人疑虑，有人失望，甚至有人愤怒，斥之为"崇洋媚外"。其实冷静下来想一想，并非如此简单。西方情人节风俗产生于西方婚姻相对比较自由的文化背景之下，在情人节里，有情男女可以互送鲜花、巧克力等，这样的"节日载体"不仅简单而浪漫，而且的确可以增进人与人之间的交流、沟通与理解，而七夕节的"节日载体"中，不仅其文化内涵没有这样的内容与功能，而且其共同特点是，相关的活动大多适合在乡下进行。而今，随着中国现代化和城市化建设的进程，江南的乡村早已不全是那"小桥流水人家"的风格了，生活在越来越像都市的江南乡村里的年轻人，在高楼大厦间抬头已很难看见牛郎织女相会的鹊桥，而要偷听牛郎织女相会时的脉脉情话的瓜棚果架也很难再找到，因此他们冷落了七夕，也忘了牛郎织女的传说，也就实在是不足为怪的事情了。

因此——

四大民间传说的确都属于江南的过去或过去的江南！

今天作为中国工业化和城市化程度最高地区之一的江南，需要创作新的"传说"！

江南在取得了经济建设的巨大成就的今天，需要用更大的力量来建设文化事业！

然而，在这方面，我们似乎一直做得都不够好，最不好的就是我们弄出了一个"文化搭台，经济唱戏"的口号，似乎文化只是经济的奴隶。就以文章开头所写的江南四地对"梁祝故里"的那场争夺战为例吧，明眼人一眼就可以看出，各地事实上都醉翁之意不在酒，而在于要进入"世遗"名录，要招徕更多的游客，要获得更多的经济效益。这当然也无可厚非，但是切不可忘了江南的文化传统千百年来事实上一直是"经济搭台，文化唱戏"。正因为有着这一传统，江南才成其为江南；反之，这块地理上永远处于江之南岸的土地，总有一天会不再被人们亲切地唤作"江南"。

写到这儿，我想有着浓郁人文情怀的许君一定会同意我的观点吧？因此我也相信，我答应他"好好写一写"而写出了这样一篇文字，一定也不会让他太过失望。

风雨风烟 之 美

石拱桥是江南最典型的造型吗?

那一座座石拱桥驮走了江南多少风雨?

请看一看阳光下那些面朝黄土

背朝天的造型!

那一条条小河流去了江南多少岁月?

请问一问那些朝大的脊背上

又流过多少汗水!

江南的味道中,

也沉淀着风雨的凄楚、

汗水的苦涩和岁月的艰辛。

安得广厦

安得广厦千万间，大庇天下寒士俱欢颜，风雨不动安如山。

——唐•杜甫《茅屋为秋风所破歌》

一

"这老屋无论如何住不得人了，再住下去，我与你娘的这副老骨头，指不定哪天就会被砖头瓦砾埋在里面了！"回老家过春节时，父亲把我叫到一边这样对我说。

我知道父亲说这话的目的其实只是在催促我赶紧为他翻盖新房，并非老屋真的会倒：老屋的屋顶几年前翻过一次新，梁檩、椽子等当初都换了新的；屋顶的瓦也没有一块破的，下再大的雨雪也不漏；四周的墙壁，从墙基到窗台的大片虽然在今天看起来确有点碍眼，但还没有一处大的裂缝；至于上面的青砖墙更是好得很，既没裂缝也没倾斜。总之，老屋老是老了点儿，但一时半会儿是绝不会倒的。

于是，我笑着对父亲说："没这么严重吧，这好好的房子，顶不漏墙不裂的，咋能说倒就倒哩！"

没想到我这话似乎惹怒了父亲，他突然间语气生硬地说："那你就给我一句明白话，到底是盖还是不盖？你要是实在不想盖，那我就自己盖！"

父亲说这话时虚龄整整80。

我没想到80岁的父亲会说出这样的话，看来他是铁了心要翻盖新房了。但毕竟盖房子不是一件小事，我说："您总得让我回去与徐玲商量商量吧！"

徐玲是我的妻子，说实话，对于父亲的建房要求，她一直不同意，父亲对此是知道的，为此对她一直很有意见。当然，父亲对我除了有意见外，还多一份失望，因为在他看来，盖房子这样的大事，怎能听女人的？其实父亲并不知道，我从内心里也并不想翻建新房，只是每当父亲提出建房时，我一直以"媳妇不同意"为借口而已，其实妻子是为我背着"黑锅"哩。

话说到这儿，父亲不再说话，但我分明又一次感到他对我的深深失望。

二

我家的这座老屋，说是老屋，其实并不算太老，算起来只30年还不到，当年建造它时的情景我还清楚地记得。那可以说既是父亲的一个壮举，也可以说是父亲的一次无奈之举，用父亲当年的话来说，是"逼上梁山"，因为直到动工，父亲也并没做好建房的材料和资金准备。

那是在1975年，当时我们那儿不知怎么突然刮起了一股"建设社会主义新农村"风，即将村里各家各户原来的住房重新"规划"，盖得横竖对齐如军营一般。根据大队的统一规划，我家的房子要么向前挪三丈，要么向后挪两丈，这才能合乎规划的要求。这可让父亲为了难，因为这房子哪是说挪就能挪得了的呢？挪就

等于重盖，而我家当时的房子刚翻盖过三年，还是新房哩，就要拆了重盖，不是劳民伤财没事找事吗？更何况盖房欠下的债务还没完全还清哩。

但是，不重盖还不行！

大队书记找到父亲说："你家要是不服从规划，就是破坏'建设社会主义新农村'！"

父亲说："我就破坏了，你能把我怎么着？总不能抓我去坐牢吧！"

大队书记原是本生产队的会计，而父亲是生产队队长，他当年

插图

插图

当上生产队会计还是父亲提拔的，所以父亲并没把他这个书记放在眼里，一句话便把他顶了回去。可是没过几天，意想不到的事情发生了。

那天，村东头的二狗和村前头的贵生，突然一起找到我父亲说，他们两家准备在我家房子一前一后盖新房，并说这是大队规划他们来盖的。父亲听了他们的话，脸色气得铁青，知道这是大队书记的损招，但他当时并不在场，便当着二狗和贵生的面从牙缝里挤出一句话："你们谁要是不怕死就来盖！"

不知道是因为怕了我父亲的那句话，还是怕被乡亲们戳脊梁骨，最终良心发现，二狗家终于没来我家门前盖新房（如果真那样的话，我家大门口就只有两米不到的出场了）。但不久，贵生家竟真在我家屋后动工盖起了新房，他家新房的前檐墙墙脚离我家后檐墙的墙脚竟然不到两尺。

父亲虽然先前是说过狠话的，但人家是在你家屋后盖房，并没挡你家什么事呵，所以并不好去干涉。父亲只能无奈地说："随他盖去吧，我倒要看看他盖好了住进去，如何将香的担进家臭的担出门！"

不久，贵生家的新房盖好了，青砖黑瓦三大间，很是气派，相比之下，我家的房子就有点相形见绌了，但是父亲似乎并不太在意，每当隔着墙壁听见贵生家人抱怨出场太小不方便进出门时，似乎还有一种莫名的得意。然而父亲并没得意几天，又发生了一件意想不到的事情。

贵生家当初开墙脚时，不知是有意无意，将墙脚开得很深（至少是比我家的房子的墙脚深许多），梅雨季节一到，墙根周围的泥土经雨水浸泡自然向着墙根塌陷了下去，由于两家的墙根靠得实在太近了，我家的墙基石竟然随着泥土也向着他家的墙根塌陷了过去……

那天早晨，是父亲第一个发现了我家堂前墙上出现了一道裂缝，似乎一夜之间，这道裂缝中就透了外面的光亮，紧接着，又出现了第二道、第三道……只两三天工夫，整个房子便朝北边倾斜了过去，任凭父亲在堂屋前打满了撑子，也阻止不了它倾塌的趋势。

父亲站在堂屋中间骂了一声"狗娘养的！"就冲进了外面一连下了几天的雨中，留下母亲一面抹着眼泪，一面带着我和妹妹一起搬家，搬进门口因闹地震而搭起的抗震棚里。

父亲再次回到家中，说已与几个亲戚说定了下半年借几百元钱给我们家重新盖房。当天晚上，就在我们家的"抗震棚"里，父亲在喝下去两杯土烧酒后终于说出了这样的话："老子一定要盖得比你狗日的贵生还要高还要结实！"

时在公元1977年春。

三

雨季一过，父亲便率领着全家开始实施他的盖房计划了。

新房的墙脚这次一定要打得深，这就需要更多的碎砖石。别人家一般都是去后山的石塘里用炸药去炸，然后再用拖拉机拖回来。但是买炸药需要钱，租拖拉机又需要钱，父亲就率领我们全家一起去后山捡"山皮"（散落在满山遍野的乱石片），连两个已嫁出了门的姐姐也被叫了回来一起捡。白天捡了堆在山上，晚上趁着月亮一担一担往家担。后山上的山皮捡完了还不够，就到湖对岸的一个废砖窑上去捡碎瓦片，捡了再用船装回来。只是回来的路上有一段河水过浅，船装满了便会搁浅过不来，我们只好先卸下一部分，用肩膀一担一担担过这段浅水河，再装上船。船靠岸离家还有一段路，还得再用肩膀担回家。总之，仅为了那些断砖头碎瓦片，我们家每一个人的肩都不知磨破了几层皮。

打墙基的碎砖石可以捡，那砌墙的青砖是无处可捡的，去窑厂买得三分钱一块。好在窑厂烧砖得需要柴火，如果用柴禾去换

插图

也是可以的，一般是一担干柴火换20块砖。父亲决定用柴火去换建房的青砖。整个一个夏天，我们一家人硬是从田边地头砍了100多担干茅柴，用它从公社的窑厂里换得了2000多块青砖。但父亲算来算去觉得还不够，那只能用借来的钱买了。

至于瓦、梁、檩、椽等等，父亲说就用老屋上拆下来的，估计差不了多少……

当年的农历十月初八，是父亲请人看的日子。那天一大清早，我家门前准备盖房的空地上站满了前来帮工的乡邻和亲戚们，他们除带来了准备挖墙基的镐头、砌墙的瓦刀和砍削木料的斧子等以外，有的人还带来了三五斤不等的米面和三五元不等的钱——他们都知道我家这次盖房实属无奈。他们带来的是他们的一份心意，也是对我父母在村里几十年做人的肯定，同时他们也用这种方式表达着他们心中的正义感。

父亲一一谢过前来帮工的乡邻和亲戚后，就像个司令官一样，高喊过一声"开工"，然后便指挥着大家先将要塌没塌的老屋拆了：下瓦的时候，父亲不住地告诫着"小心点，小心点！这瓦还有用的，可不能碰破了呵"，下梁的时候，父亲又不住地告诫"榫头千万小心，弄折了就不好用了……"

母亲除了将家里的三只大公鹅宰了，还托人到镇上的供销社买了一只猪头，红烧了盛了满满两大脸盆招待工匠和所有帮工的亲邻。

由于大家的帮忙，房子盖得十分顺利，眼看就要"上梁"了。这时，负责木匠活的表叔说，还差三根梁，原因是新房子比老屋进深和开间都大，有几根老梁不能用了。再请瓦匠算一算，瓦也差200多块哩！

这可急坏了父亲。大家也你一言我一语地帮助出着主意，最后还是父亲出其不意地想出了一个既省钱又省事的好办法：他花60元钱，买了6块水泥楼板，盖在了东面南向的半间房子上。这样，不仅一下子省去了梁头、椽子、瓦等，算起来比买这些花得钱还少哩，而且使得本来很普通的三间瓦房一下子变得不那么普通，似乎洋气了许多——因为它多出了一个阳台，这在当时的乡下可是很稀罕的，父亲为此很是得意。

四

我家的新房终于竖了起来，但父亲却躺下了。母亲开始以为这都是因为盖新房累的，躺几天歇歇就会没事的，哪知道父亲一躺下竟然好几天起不来，母亲这才发了慌，赶紧叫上人把他送到公社卫生院，医生说得赶紧送县医院。父亲在县医院里一住就是40多天，最后总算老天保佑他大难不死，但我家盖房子欠下的老债还没还上一分，便又因为父亲治病而欠下了新债，而且医生还说，父亲至少一年内不能下地干活。

那时我虽然还是少不更事，但每当夜深人静，母亲的啜泣将我惊醒时，我常常一夜无眠。我听见父亲这样劝母亲："你哭个啥，没有过不去的坎！再说，我们好歹不是将房子盖了吗！这房100年也不会倒的，我们今天苦点，将来孩子不就不用苦了吗！"

父亲的话常常让我在黑夜里泪流满面。哎，我想我家的所有苦难都是因为这房子造成的：如果不是为了盖这房子，我们家就不会欠下这么多的债，父亲也不会这么累；父亲不这么累，或许就不会得这么重的病，也就不会如此老债加新债……每每想到这些，我真有点恨我家的新房，也恨那些逼得我家当初非盖房不可的人。为此我很不愿与他们为邻，我要离开他们，远远地离开他们！

两年后我考上了大学，终于离开了那块生我养我同时又让我既爱又恨的土地，这让我也一时成了父亲除房子外的另一个骄傲，因为我毕竟是我们这个几百户人家的大村子里出的第一个大学生。那一段时间里，父亲逢人最爱说的一句话便是："我家小子上了大学便是国家的人了，以后连房子也不用自己盖了，国家会给分！只是可惜了我这三间大瓦房了！"话语间掩饰不住一种俏皮、自豪和骄傲，尽管那时我们家欠的债并没完全还清。

我大学毕业后，工作第一个月的工资便是用来为家里还债了，不久便还清了所有的债务，其时父亲已年届花甲了。妹妹出嫁后，父亲当初亲手盖起的三间大瓦房只有父亲与母亲两个人住着，也算宽敞。而我在城里不久后也有了自己的住房。

五

我故乡的村子位于苏南的石臼湖北岸，美丽的石臼湖水给故乡带来了作为江南水乡应有的美丽和富饶。据族谱记载，故乡的先民们在明代万历年间迁居到此，随后围垦出了第一片圩田，盖起了第一间房屋，修起了第一座院落，从此一代一代，生生不息。到了清代中叶，村里已"弥望皆瓦屋，土屋草房几无"，可以想象，那时与石臼湖水相映照的故乡，是怎样的一个粉墙黛瓦的美丽世界啊！只是这个美丽世界毁在了太平天国后的一次次战火中。直到我小时候，我清楚地记得，村子里多的还只是些土墙草顶的屋子，整个村子是一副僻壤穷乡的模样。20世纪70年代的那场"建设社会主义新农村"的风，像当时的许多类似的风一样，只一阵便过去了，终究也没能让村子有多大改观。直到20世纪80年代末90年代初以后，故乡头顶映着的这块天空的颜色才开始渐渐由土黄变成青灰，变成瓦红，尤其是近年来竟变得多彩起来——村里兴起了一股又一股盖房热，有钱的盖，没钱的兄弟、姐妹、亲戚、朋友帮衬着也盖；你盖平房，我盖楼房；你盖一层楼，我盖两层楼；你家墙上粉白灰，我家墙上贴瓷砖，总之一家盖得比一家高，一家盖得比一家好。相比之下，我家的那座当初有点鹤立鸡群的老屋，终于有一天变得鸡立鹤群了，它被一座座形式各异的新楼包围着，显得寒碜而丑陋。有一次，有位文友与我一同来村里采风，见了我家老屋，跟我开玩笑说："你家这老屋呵，得在门楣上挂上一块'诸荣会故居'或者'诸荣会文学纪念馆'才相称！"

文友的话说得我心中很是惭愧，当时也曾闪过要将老屋拆了重建的念头，但是当我一想到父亲当年盖房时的艰辛，再想到村里除了父母已没有别的任何亲人，而我即使将来退休也不太可能回村居住，父母也住不得多少年了，花一笔不小的钱造一座房子似乎已没多大意义……想到这些，那个一时闪现出的念头又被我很快放弃了。

1998年，也就是老屋建成20年后，我对它进行了一次修葺。那一次我不仅将老屋的屋顶做了翻新，还对内墙重做了粉刷，将原来的泥地铺上了方砖，最后还在屋里装上了电话，让父母亲有事与我联系起来方便些。我做这些的时候曾想，父亲当初建房时或许真不完全是为了自己，或许他为子孙考虑的更多，但如今，我真的不再需要他为我盖的这处住房了，留着给他自己住在里面安享晚年，他应该是最心满意足的吧！

六

我在家里虽然装了电话，但父亲一向很少给我打。有一天，我正上着班，父亲突然给我打来电话，我被吓了一跳，赶紧问他有什么要紧事，可问了半天他直说没有，东拉西扯地说了一大通，最后告诉我："门后的贵生家小子要盖楼房了！"我说："他爱盖就盖吧，也不关咱们什么事，你烦什么呀？"父亲说："是呵，我烦什么呀！他再怎么盖能好过你城里的房子吗？我只是告你一声！"说着便把电话挂了。

又过一些日子，父亲又打来电话，又是没什么要紧事，又是东拉西扯说了一大通："村东头的石头家的新楼房，连外墙也全贴了瓷砖……二愣子这小子更邪乎，竟把澡堂子和厕所修家里了，听说光这两个玩意就花了两万多。不过在我看来真不值……"他一面说着，一面发表着自己的见解，而我只能耐心地听着。突然间，他停了下来，不再说话，我忙说："喂，我听着哩！"这时父亲用一种怪怪的语气说："还要告诉你一个事情，"说着又停了下来，我问他什么事，他吞吞吐吐地说："贵生家小子的楼房……盖好了……"说完便挂了电话。

以后父亲每次与我通电话，他一定要说到村里谁家又盖了楼房，那楼房是如何如何。我从父亲的一次次诉说中分明已听出，父亲又生出了再造新房的愿望。此时父亲已是年过古稀的老人了。

虽然我从内心真的很不愿意费这个精力和财力去老家重建一座新房，但父亲既然有了这个心愿（虽然他并没正面向我表达过他的这个心愿），做晚辈的只要力所能及总该满足他才好。于是我与妻子商量："不就是几万块钱吗，我们现如今也不是花不起，就算是尽一次孝心吧，更何况住房盖在那里也算个不动产。"

然而妻子却说："你父亲想盖房无非是为了挣个面子，但我们为了他的这个面子搭上这么一笔钱实在不值。不如干脆多花点儿钱在城里再买上一套房子，就说是为他们买的，他与你妈真要来住就让他们住，他们要是不来，将来处理起来也容易，说不定还可以增值，不至于盖在农村白搭一笔钱，况且这样不也可以为你父亲在村上的老哥们面前挣回面子了吗！"妻子的这番话我觉得颇有道理，于是我也改变了要翻建老屋的想法，决定在城里另买一处住房。

不久，我们便在城里按揭买下了一处130多平米的三居室。

新房钥匙一拿到手，我与妻子便赶紧回了趟老家，将这个自以为是的好消息迫不及待地告诉父母亲。可是没想到的是，父亲并不领我们的这份情，他冷冷地对我和妻子说："你们要我们去城里住，是想让我们早点儿死吧！"一句话说得我们张口结舌。妻子当面就很不高兴，嘟哝着说："话怎么这么说？"这时父亲进一步解释说："这不明摆着的事吗！城里那房子上不见天下不着地的，像鸟笼子一般，我们在地里野了一辈子的人，住那里面，不被闷死，就得被憋死。""是的呵，这城里哪是我们住的呵，光这说话就不是个事儿，我们说话城里人不懂，城里人说话我们也不懂。"从来不对家里的事发表意见的母亲这时也在一旁插嘴说话了。

看来我们真的考虑欠周到。但我又怕妻子生气，便对父母说："可这事好歹也是我与徐玲的一片好意呵！"这时，父亲叹了一口气说："你们要是真有这份心，就把那房卖掉，回来把这老屋翻了！"

这是父亲第一次跟我正面提出翻建新房的要求。

插图

但是这刚买的房子哪是说卖就卖的，况且近几年这城里的房价总一个劲儿地涨，留着就意味着增值，要卖真还舍不得哩。但是不卖一时又实在凑不出一笔翻盖老屋的钱，于是就只好这么拖着，一拖又是几年。每次回家，父亲总忘不了老调重弹，而我也总是以"媳妇不同意"为借口一直拖着，直到今年春节，也就是我文章开头写的，父亲几乎向我发出了最后通牒。

<h2 style="text-align:center">七</h2>

五一长假期间，我回家时父亲一反常态，竟然一句也没再提让我翻盖老屋的事，这让我感到有些奇怪。临走时母亲送我走了好远，似乎有什么话欲言又止，我再三追问，母亲才吞吞吐吐地说："你能再给我几个零花钱吗？"我忙问："我每个月捎回家的钱你们不够用吗？"母亲连忙说："不，不，不！"最后，在我的再三追问下母亲才告诉我，我每个月捎回家的钱全给父亲存起来了。不仅如此，父亲还将喝了几十年的酒戒了，另外还将二狗家的那块荒地种上了。父亲说等攒够了钱他就自己翻盖老屋，他不能让乡亲们看不起我，说我在外面混得人模人样的，在老家竟然连个老屋也翻不起。

母亲的话让我几乎惊呆了，虽然春节时父亲与我说过我若不愿翻盖他自己盖的话，但我以为这只是父亲说的一时气话，绝没想到父亲真的会准备凭自己的力量再盖新房。这时我不禁在心里叹问，父亲呵父亲，你干吗这样在乎别人，在乎别人对你儿子的评价！你都80岁了，人生还有多少年头了呵，你也该为自己活几年了！为了子孙把自己最后的人生弄得这么苦，这又何必呢？

我决定，无论如何也要为父亲盖一座新房，盖一座让父亲满意的新楼房！否则，与父亲相比，我显得太自私了！

八

我在城里请人为将造的新房画出了图纸，转念一想又怕父亲看不懂图纸，我又亲手画了一幅效果图。父亲眯着眼睛看着我画在纸上的小楼，脸上露出了灿烂的笑容，那满脸又深又密的皱纹笑成了秋日阳光下一朵盛开的菊花。

我对父亲说："你好好看看，就盖成这个样儿行不行？你要是看着哪儿不合心意，还是可以改的！"

父亲连声说："行！行！行！"最终一点儿意见也没说出。

秋收结束了，我家的新房便开工了。工程队是我专门从城里请的，工头是我表弟。为了怕父亲累着，我与表弟谈好，大小工全包。而材料供应的活儿则交给了我外甥操办。我当着表弟的面跟父亲说："你不必动手，只管每天看着就行了，看老表还敢在哪儿偷工减料！"表弟说："你就放心吧，我给一千家人家偷工减料，也不敢给姑爹的房子偷工减料呵！姑爹您说是不是？"表弟的话说得在场的人都笑了，父亲也笑了，他笑着说："这活儿我放心着哩，你要我干我也不会干的，也干不动了！"

我在城里上班，每天用电话与家里联系着，工程进展得异常顺利，只三天时间，墙基便出了地面，又过了三天，就要浇铸二楼的混凝土笼子和圈梁了。而就在这时，表弟忽然打来电话说让我立即回家一趟，我问他什么事，他在电话里也不肯说，最后还搁下一句话："你要是不回来，我这就停工了！"

我不知道发生了什么事，立即赶回了家。回家后才知道，原来是父亲非得要在客厅东面的山墙上开一个大窗户，表弟说图纸上没有，不肯开，父亲说："这房子我住，我说了算！"任凭表弟历数若开这窗户将会带来的种种不好，父亲一句也不听，最终竟与表弟争执了起来。听了事情的来龙去脉，我笑着说："我还以为是什么事哩！"我把表弟说过的东墙上开窗的种种不利与父亲又说了一遍，没想到父亲听了我的话后说："你就为这事回来的啊？不就是这个窗户不开吗？不开就不开吧！"于是父亲和表弟，当然还有我，又都皆大欢喜，而为了开不开窗而停砌的东山墙，当天下午便砌好了。

插图

吃晚饭时，由于我得连晚赶回城里去，只敬过父亲和表弟两杯酒后就要先走，这时表弟对父亲说："姑爹您要早听我的，我也不必把表哥叫回来了！"父亲听了表弟的话，端起一杯酒一饮而尽，然后重重地放下酒杯说："不是我盖房子了，我的话不作数了！"父亲的话让我倒有点后悔没遂了父亲的要求，他要开这个窗户就随他开吧，只要他高兴。但墙现已经砌好，只得算了，但我暗暗地想，后面父亲若再有什么要求，我将全听他的。

果然，随着工程的进展，父亲不断有事情与我们意见相左。如盖什么瓦？我以为我家老屋上的青灰色瓦就很好，盖上它，整座小楼粉墙黛瓦的，与江南水乡的总体环境很协调，再则那些拆下的瓦都不破不裂，如果不用，只能扔了，大小也是个浪费，但是父亲坚持要盖红色硫璃瓦，理由是现在时兴这个。再如门窗用什么材料？我本来准备用白色的塑钢，这不仅是因为塑钢是最新的门窗材料，而且它的白色会使得门窗的线条比较鲜明、漂亮，但父亲坚持要用铝合金，他说这塑料的玩意儿哪有铁（父亲将所有金属一概称做铁）的结实，任凭我怎么跟他解释塑钢不是塑料，他也坚持他的看法。再如楼上要不要吊天花板？我本来考虑，空调一般都会装在楼上，如果不吊天花板，空间太大，且瓦缝间冬天不保暖，夏天不隔热，既影响空调效果，也费电，但父亲说："这从前大地主家的房子也没见有天花板的，本来高高亮亮的屋子硬隔矮去一截，这不是犯贱吗？还有这天花板一隔，屋顶全看不到了，这么粗的梁、檩、木椽和望砖，不给人家看看不是太可惜了吗！"……这些，我最后全遂了父亲的愿，虽然我明明知道父亲的想法其实并不正确，至少并不完全正确。父亲为此很高兴，工程的进展也很顺利，一个多月下来，一座两层的小楼终于建成了，最后就剩下厨房和卫生间了（我们那儿的乡下，厨房和卫生间一般都不做在主屋内，而是靠着主屋另建）。我也着实松了一口气。

九

然而，关于厨房和卫生间，父亲又突然提出了一个令人意想不到的要求：他要将厨房和卫生间盖成一平顶小屋。

父亲的这个想法一提出来，首先遭到表弟的反对，因为盖平顶屋意味着要用混凝土现浇，这比盖瓦的尖顶屋要费许多工，再则这平顶屋防漏也很难。第二个提出反对的是母亲，母亲对父亲说："这平顶屋夏天会蒸死人！你反正不下厨房，到时倒霉的只会是我！"但任凭表弟晓以利弊，任凭母亲冷嘲热讽，父亲仍固执己见，最后表弟只好又一次打电话将我叫回。

我当然不想让父亲不高兴，但这事我又真不能遂了父亲，因为若遂了他，会带来一系列的后果，从这一点来说，真还与上面的几件事情不同。于是我只得又一次与父亲商量。而这一次父亲并不像第一次那样好商量，任凭我怎么说，他就是要盖成平顶，且也不跟我说为什么。既然这样，我也就没了什么办法。

然而回到城里的第二天，表弟打来电话说父亲同意不盖平顶了，我问他是怎么说服父亲的，表弟说："连你都说服不了，哪还有人能说服他呵？是我无意中的一句话让他改变了主意。"我问他是句什么话，表弟说："你忘了老家不是有一种

插图

说法吗？"我再问他什么说法，他说："平顶房子不旺子孙呵！"

哦，原来如此！

在自己的愿望与"旺子孙"产生矛盾时，80岁的父亲为了子孙的兴旺，毫不犹豫地放弃了自己原本强烈得几乎成了一种固执的愿望！

总以为我这次建房是为了满足父亲的心愿，哪知道父亲产生这个心愿的根子原本还是为了我，为了我在乡亲们面前的面子，更为了子孙们将来有一个较好一些的安身立命之所，为了子孙的兴旺发达！

说实话，20世纪80年代，读高晓声《李顺大造屋》，我曾经很不明白中国的农民为什么似乎一辈子都在造房！近年来，老家的经济得到发展后，乡亲们似乎一直只在忙一件事，这就是造房——草房建成瓦房，平房建成楼房，一层建成两层，两层建成三层，建了拆，拆了建……对此我除了不理解外，甚至还曾有过深深的不屑。而如今，我从父亲身上似乎明白了一点儿，但也仅仅只是一点儿，真正完全明白恐怕是一件很难的事情，因为我毕竟已离开故乡故土多年，成了一个城里人眼中的乡下人和乡下人眼里的城里人。更何况如今的城里人又似乎一夜之间也变得与乡下人一样了，一辈子似乎就为了忙乎到一套好一点儿的住房，所不同的只不过乡下人多半自己亲手盖，而城里人要存钱从开发商手里买，为此，尽管他们存折上数字的增长速度似乎永远也赶不上房价上涨得快，但仍然乐此不疲地努力着，且这种努力似乎支撑着他们的全部生活梦想。住房呵住房，似乎成了全体中国人的一个宿命，成了我们这个民族的一种集体无意识对象。为此我常常想起诗圣在一千多年前发出的呼号："安得广厦千万间，大庇天下寒士俱欢颜，风雨不动安如山……"

我家的新房终于建成了，落成的那天我当然要回家庆贺一番。当我向村里走去时，远远地看我家红色琉璃瓦的屋顶在太阳下闪着耀眼的光，这光晃得我有点眼花，那一瞬间，我觉得那小楼似乎并不属于我，于是，我在心里不住地告诫自己：那确确实实就是我的家！

告别炊烟

中国的任何一本田园诗集该都是用那如丝如缕的炊烟装订的吧!中国乡村的缕缕炊烟呵,从《诗经》的《国风》中袅袅升起,弥漫了中国的田园诗史。然而,时至20世纪90年代,中国乡村已开始告别炊烟,告别那升起过无穷诗意的炊烟了。

不久前的一天,我回故乡探亲,当粉墙青瓦的故乡出现在眼前时,正该是炊烟袅袅的时刻,然而却不见一丝一缕的炊烟从村里升起,当时一阵难言之情掠过心头。我在乡村长大,我知道那袅袅炊烟在中国农民心中的分量——他们每日开门的七件事"柴米油盐酱醋茶",何以把"柴"和"米"排在前头?因为二者或缺其一,便没有了炊烟,没有了起码的温饱。中国乡村的缕缕炊烟呵,是中国农民因温饱而告慰上苍的一炷炷高香!我爷爷是一位标准的中国农民,为了自家烟囱里的那一炷炊烟,在土地上劳作了一生,最后是在那个"墟里上孤烟"的吃食堂的年代里去世的。他临终留下遗言,要子孙把他葬到村前的小山坡上,他要看着自家的屋顶上日日炊烟缭绕。然而在我的记忆里,一年一年,我家烟囱里的那一缕炊烟升起得总十分艰难,童年时每到春天,地里青黄不接,家里不要说无米下锅是常事,

炊烟

单说那些柴禾也总是不够烧。为了升起我家烟囱里的那一缕炊烟，母亲每天从队里收工后，还要到村后的山坡上挖草根，我放学后也去帮忙。借着夕阳的余晖，我把母亲用锄头刨出的草垡子一块块敲碎，敲打出一把把白色的茅草根，也敲打出我人生中关于炊烟和温饱的永久记忆……

20多年后，眼前故乡又不见炊烟升起，回到家里，年逾花甲的老母告诉我，那是因为村里办起了造纸厂，稻草和麦秸都卖给厂里了——现在家家都用上了液化气和电饭煲。她还用激动的语气说："没想到钻了一辈子灶塘，临了还赶上了这样的好日子！"原来烧草根的日子已随着故乡的最后一缕炊烟永远地飘散了。今天的日子岂止母亲高兴！记得我为了让母亲少钻灶塘，大学毕业工作后，曾用第一个月的工资，买了一只煤炉和半年的"计划煤"，从百里之远的县城送回家去。母亲曾为此而着实高兴过，但最终还是没能让母亲少钻灶塘，我家的温饱依然要靠我家烟囱里的炊烟日日升起。母亲说："烧煤炉，庄稼人赔不起这个工夫。"我后来在城里成了家，用上了液化气和电饭煲，也曾想为母亲买上一套送去，但妻子说："气用完了你要妈上哪儿去充？用电饭煲妈舍得电费吗！"我想想也是，只得作罢。

没想到母亲今天终于用上了与城里人家一样的灶具——故乡终于用勤劳告别了世世代代象征温饱的炊烟。我心中的高兴和欣慰并不亚于母亲。此时，我又想起了爷爷，如果他真的在天有灵，他可曾在村前的山坡上与故乡的最后一缕炊烟挥手告别！

插图

桥

插图

村里人曾经是多么迫切地想在村东的河上建一座桥呵！这不为别的，只因为河对岸有一个国营农场。国营农场有一条沙石路与县城相连，有了桥，村里人就可以把马路接到村里了；国营农场每个星期都要放一场露天电影，有了桥，村里人想去看就可以去看。每当村里有人因游水去看电影而不幸被淹死，村里人想造桥的想法就越发强烈一次。农场已成立10多年了，被淹死的人也已10多个，然而那座桥却一直没能建成。

村里人想造桥的想法虽然强烈，但没有造桥的钱，所以只好把造桥的希望寄托在对岸的国营农场身上。因为在村里人看来，农场既是"国营"，国家要建一座桥该不在话下。

可问题是多少年来那座桥一直未能建成。这不因为别的，只因为对岸的农场不愿建这座桥。

每到夏天，村里人游过河去农场看电影，回家时顺手摘个瓜或果扔进河，游过河时顺便在河水中洗一洗，上岸后边吃边往家走……这样的事情，村里人做起来从未在心中觉得与那个"偷"字沾一丝的边。因为在他们看来，农场既是"国营"，农场的一切也就是国家的，而国家的东西就一定是你我都有份，凭什么你农场的人吃得，而我就吃不得，我们贫下中农不也是国家的主人吗！

可农场人不这么想，他们觉得村里人偷他们的瓜果是因为太穷，现在隔着河他们都这样，再为他们造上一座桥，那他们过河不是更容易了吗？我们的瓜田、果

园和鱼塘的安全不更没保证了吗？到时候村里人不把我们农场偷光才怪呢！这座桥无论如何造不得！

村里人知道了这桥造不成的原因后，自然非常生气，而生气的结果便是变本加厉地"弄"（这是村里人对自己行为的说法）农场的东西。不但是瓜果蔬菜、鱼虾菱藕，甚至连家禽家畜也成了村里人"弄"的对象。

村里人似乎彻底断了指望农场人造桥的念头，而农场人自然越发地恨村里人。

农场人不停地向县里告状。告状的结果是县里将村里的大队书记调到了农场当场长。这让村里人着实扬眉吐气了一番。他们造桥的念头自然也死灰复燃了起来。新场长果然轻而易举地让村里人不再"弄"农场的东西了，只是他仍然没能在

桥

农场与村子之间造出桥来，尽管他每天上下班都要过河，很是不便。因为他不愿让农场人说他以权谋"私"。渐渐地，村里人不再将新场长看作是村里人了，终于有一天，场长将家搬到了农场，成了真正的农场人。

许多年后，村里人不再去农场看露天电影了，因为村里几乎家家有了电视机，而且后来还集资装上了有线电视，什么好看的电影电视中都有。此后，村里还修通了柏油马路，装上了程控电话，办起了自来水厂……这一切让农场人很是羡慕，他们想将农场的电视接进村里的有线电视网，还想将柏油马路接上，还想将自来水接上，还想将程控电话接上……总之，他们想要在那条河上造一座桥。而这一切，几十户人家的农场无论如何是办不成的，他们想起了村里人。然而这时，村里人似乎早忘了要在河上造一座桥的事。于是场长只得一次次过河来找村里人。

一天晚上，场长从村里回农场，可他系在岸边的小船竟被河水冲走了，他只得游水过河，谁知道年轻时水性极好的场长，这一次竟没能游过河去。几天后，人们在下游发现了他的尸体。村里人与农场人都很悲伤。

场长的丧事是村里与农场一起操办的，场长的追悼会村里人与农场人都去了。在追悼会上，村里人与农场人商定，在场长游水的地方造一座桥，桥名就叫"连心桥"。

巷 韵

　　故乡是每个人心中最美的一首诗，而我的这首最美的诗，韵脚全落在故乡的一条条小巷里了。

　　我的故乡虽非名都古邑那样，长街纵横，深巷阡陌，但窄窄的村巷曲曲折折，横横竖竖，倒也井然。那些小巷宽者二三米，窄者一二米，长者百数十步，短者数十百步，有的断砖仄铺，有的乱石平垫，有的则是"泥巷"。然而故乡的小巷不像都市的深巷：垫着青石板的走着怕滑，铺着鹅卵石的走着扎脚，青砖花铺白粉嵌缝的，走着怕踩坏"文化"。故乡的小巷走着踏实、平稳、坦荡，脚下自有一种独特的韵致。

　　幽巷枕河是江南水乡的常见景致，故乡也一样。那些河流从远处飘逸而来，与白墙青瓦的故乡缱绻缠绵后，又向远处柔婉而去，故乡的每条小巷因此都与清波粼粼的河水相连。而巷内则路面黑黢黢，墙壁灰蒙蒙。偶尔，谁家孩子的哭声夺窗而出，谁家院里的犬吠惊动四邻，或是谁家的红杏、丝瓜花开出墙，小巷才现出几分生气，生出几多话题。

　　小巷的历史和未来都系在小巷尽头的河边。那儿有一座祠堂，高高的屋脊已经倾斜，古老的石阶早已残损，唯天井中那棵数人才能抱合的古柏，枝繁叶茂的似乎还很年轻。祠堂曾香火鼎盛，如今书声朗朗，成

故乡的小巷走着踏实、平稳、坦荡，
脚下自有一种独特的韵致。

了故乡的学校，故乡的孩子便是从这里开始认识世界走出小巷的。小巷的确走出过许多人物，他们走进了城市的高楼大厦，走上了国际的学术讲坛，但就是永远走不出关于小巷的记忆。

春天，小巷是古老的琴，雨水从屋檐跌落，将小巷敲打出古老的乐音，如泣如诉，那低沉而单调的节奏，自有一种落寞与凄清。小巷里绝没有叫卖杏花的少女走过，更无撑着油纸伞如"丁香一般的结着愁怨的姑娘"徘徊，唯有孩子们的朗朗书声，从巷子尽头的祠堂里流淌过来，小巷因此显得更幽、更净、更长了。读书的孩子也因此而生出了烦闷和不安，想冲破雨帘，甚至想冲破小巷……

春雨过后，孩子们叽叽喳喳地飞进小巷，将巷里的积水"噼噼啪啪"地踩出一串一串的水花，小巷便有了另一番韵味。当斜阳照在巷口迟迟不肯离去，小巷便到了最热最闹的季节。

清晨，人们端着饭碗走出家里的闷热，聚到小巷，共同消受小巷的清凉，于是就有了东家长西家短、张家的妹恋上了王家郎、李家的小子又考上了大学之类的故事。故乡这些最精彩的故事，总是在小巷首先发表。小巷像长长的录音带，忠实地录制着这些精彩的故事，再一遍一遍地放给要听的人聆听。

午后，巷口清粼粼的河水，将波光与水草的艳影映到小巷的粉墙上，小巷便充满了水的清新、水的清凉和水的清韵。孩子们抵挡不住如此的诱惑，便从小巷涌出，"扑通扑通"跳进巷口的河水中……傍晚，小巷里便弥漫了鱼鳖蚌蟹的香味，"吃饭罗——"的呼唤随之便会在小巷此起彼伏，宛转的拖音被窄窄的小巷挤得韵味悠长悠长，在巷内回荡萦绕，久久不绝。于是，鲜美的味儿和芳醇的酒香便沁透了小巷的一个个夏日黄昏。

一条条小巷就是一行行诗，读不懂的孩子个个喜欢小巷；有一天读懂了，个个想离开小巷；有一天离开了，又时时思念小巷。

小巷与故乡的历史等长，小巷与游子的人生等长。

小巷与故乡的历史等长，
小巷与游子的人生等长。

故园故人（三则）

二呆

据说二呆从娘胎里出来就天生了一副聪明面相，算命先生对他父母说只有起一个贱名才能养活，父母就据他排行老二而给他起名"二呆"。

二呆是我的堂兄，比我大整整20岁。我记事时他就是一个大小伙子了。那时，他白天在生产队劳动，晚上研究医学。他自己买了许多医学方面的书籍，每天晚上在昏暗的煤油灯下孜孜不倦地攻读，无论是数九严寒，还是七月流火。因此，那时的二呆与他的那些又大又厚的书一样，在我眼里神秘极了。一个夏天的晚上，我和许多人在门口乘凉，二呆大概是热得实在吃不消了，也从家里走了出来。

"二呆，你研究了这么多年的医学，怎么不给人看看病呀？"有人问。

二呆回答说："我不是研究一般的小毛小病，而是研究治一种大病。"众人听了都哈哈大笑。但我没有笑，因为我当时并不觉得二呆的话有什么好笑。

又一天傍晚，二呆对我说："晚上到我这儿来，我给你说说我的研究。"我去了，二呆告诉我，他正在研究癌症的治疗。我说："你能研究得出来吗？"他坚定地说："能！"从此以后，二呆在我的眼里不但神秘，而且伟大，我相信他有朝一日一定会研究出癌症的治疗方法，造福全人类。

二呆的母亲不幸得了癌症，村里人说这都是因为二呆整天在家研究癌症造成的。二呆与他的兄弟抬着母亲去了许多家医院，但不久他母亲还是去世了，二呆也从此完全放弃了他的癌症治疗研究。

二呆不研究癌症了，便开始研究书法。那时社员在生产队劳动虽然很辛苦，但也有愉快的时候。比如田间休息时，喜闹得可以不分男女说说荤话，开开穷心；爱静的可以找块草地躺上一会儿，打个盹儿，松松筋骨。而二呆爱上书法后，每当田间休息，总是顺手捡起一根小树棍子之类，随便蹲下在地上写起字来，一会儿就是一大片。一片写成后，他便站起身对着自己的作品自我欣赏一番，然后或用脚抹了再写，或另择一块地再写，直写到队长吹哨，他便拍拍手上的灰下地继续干活。我那时每天放学后都要为生产队放牛，并顺便为家里放鹅，村外的田野无处不到，二呆留在田间地头的那些书法自然也天天看到。我和小伙伴们一致公认，二呆写的字比老师写得好看。

然而二呆的字虽然写得好，但他绝无资格去写那时常常要写的红标语和大字报，连过年的门对子也没有人请他写，因为他的父亲属于"四类分子"。二呆的书法终究只能写在田间地头的沙土上，二呆为此很伤心。终于有一天，他不再练字而开始学做裁缝，当然也是看书自学。

二呆没钱买布试裁，只好裁剪报纸代替。但报纸的大小只能裁童装，因此他最终"做"成的衣服自己不能试穿，他便找我帮忙。这事给我母亲知道了，二呆便被我母亲骂了个狗血淋头。我从没见过母亲发这么大的火，后来才知道这是因为农村人认为纸衣服只有鬼才穿，人是无论如何穿不得的。从此以后，二呆再也不敢叫我去试穿他做的纸衣服了，当然也不敢要别人试穿。他只好先将几张报纸用糨糊粘在一起，做成成人服装自己试穿。可不久又发生了一件事，二呆便连纸衣服也不再做了：村里的一名工作队员，无意中看到了二呆用报纸裁成的衣服，且正好有一处剪着了报纸上的伟大领袖像。这在当时可想而知是一件性质非常严重的事件。好在二呆"一贯表现"较好，再加上有许多贫下中农为他

插图

说话，证明他并非有意，二呆才没被打成现行反革命，只在全体社员大会上被批斗了几次。不过他裁缝终究是没能学成。

我进城读书后的一天，二呆突然来到我读书的学校找到我，说要在我宿舍住些日子，因为县农业局招考技术员，他报考了，想借我读书的校园静静地复习功课。我请示了老师，老师被二呆的上进心所感动，竟然同意了。于是我将自己的床让给了二呆，与一位同学挤一张床。二呆在我这儿住了半个多月，我们上课，他便一个人在宿舍复习他的功课，我们回宿舍吃饭，他便出去吃饭。我要他与我上学校食堂去吃，他怎么也不肯，说我们学校食堂的饭菜贵。我真不知道他那半个多月究竟是吃什么度过的！二呆的考试结果是没被录取，因为与他同考的人多数是"文化大革命"中"下放"的大学毕业生，而他虽然年龄与他们相当，却连个初中也没读完。

二呆又回家种地去了。不久后我考上了大学，从此离家越来越远，二呆生活的具体情况知道得也越来越少。只知道他的日子过得越来越凄凉，这主要是因为他一直未娶，这倒不是他不想成家，而是没有姑娘愿意嫁给他——早先因为家庭出身不好，没姑娘肯嫁他，后来是因为早过了婚龄，更没姑娘肯嫁给他了。

我偶尔回家探亲，二呆知道了一定会来看我。他一直记着那次我曾将床让给他半个多月，更令我感动的是，我发表在本地报纸上的大大小小的文章他都读得非常认真，有些文章中的句子他竟然能背出来。他说他很为有我这个作家兄弟而自豪。我知道他说这些分明是想让我能在生活上帮帮他，但我心里知道自己并无帮他的能力。我说我算不上作家，今天能写一点文字，还与他当年刻苦自学对我的影响分不开。我的话让他很失望。我走时，二呆偶尔会送我。说是送我，但他连一句告别的话也没有，只是跟在我身后走。走到村口，我说你回去吧，他便停下，目送着我离去。我走出去很远了，回过头去看他，他还在向我挥手。

"眼镜"

与我故乡的那个村子一河之隔是国营农场的一片西瓜地。农场既为国营，其一切便都是国家的，一切既是国家的，便也有你我的一份——这便是当时我们的逻辑。因此我们去农场的瓜田里摘几个瓜解解渴，从未觉得有何不妥，相反觉得农场总派人将瓜田看着不让我们随便摘是十分不妥的。

看瓜的是一位50多岁的男人，长得干瘦干瘦，大热天还穿一套中山装，由于他的瘦，这中山装穿在他身上就好像挂在衣架上，里面似乎空荡荡的。更让我们这些农村孩子感到稀奇的是他竟然戴着一副眼镜，于是我们就叫他"眼镜"。

看瓜的眼镜一个人住在瓜田边的窝棚里。我们隔河见瓜田四周没人，便游过河去摘瓜，可没等我们从河里爬上岸，眼镜早从窝棚里走出来立在瓜田边上了，我们只好很扫兴地游回去。这样几次以后，有人说："别看眼镜站在那里虎视眈眈的样子，其实他并看不见我们。你不见他戴着副眼镜吗？听说戴眼镜的人都是近视眼。"

插图

于是我们中几个胆大分子真的又游过河去了，眼镜大概是听见了水响，又从窝棚里走了出来，然而他立在这头，他们便悄悄地从那头爬进瓜田……眼镜竟然真的没有发现。初战告捷后我们大部队便开始行动了，而且简直是肆无忌惮。眼镜这一次发现了我们，我们就干脆"对面为盗贼"。于是眼镜满瓜田地追赶起我们来，然而我们一个个都"赤条条来去无牵挂"，身子比泥鳅还滑，哪是他能抓得住的！我们一面躲着眼镜的追赶，一面慌忙将摘得的瓜扔进河，然后自己再跳进河里。眼镜眼睁睁地看着我们赶着浮在水中的西瓜游过河去，急得在岸上一面跳脚一面大叫。而我们又由此知道了眼镜原来是不会游泳的。

这样的事我们一连干了几次，觉得一次比一次刺激，以至于后来偷瓜（实际上是抢瓜）的目的已不全在瓜，而主要在捉弄捉弄眼镜。然而我们心里也有点怕，怕有一天眼镜会到老师或家长那里告我们的状——要知道，那时我们那里无论是老师还是家长，管教孩子的常用方法便是揍。

那天，我们放学后刚走出校门，突然看见看瓜的眼镜向我们走来，我们以为他这是找老师告状来了，一下子吓呆了，连逃的勇气也给吓跑了。可他并没去学校，而只是来到我们面前微笑着跟我们说了声："你们跟我来！"此时我们谢天谢地，

"他总算没去学校告状，跟他去就跟随他去吧！"我们心里这样想着，便老实地跟着他来到了河边。他要我们都坐下，我们便老老实实地坐在了草地上，他说："你知道我是干什么的吗？""你不是农场看西瓜的么！"我们说。"不，我是你们老师的老师……"他似乎还想说什么，但欲言又止，最终只是从身上掏出一叠钞票说："我找你们来，只是希望你们以后再也不要偷瓜了，真正想吃就去农场买，我这就给你们每人发两块钱。"说着真给了我们每人两元钱……

第二天，我们去向老师打听眼镜所说的是不是真的，老师告诉我们，他在县中读书时，眼镜是县中的校长，因为被打成右派才下放到农场来看瓜……

可是没几天，眼镜便不见了，代替他看瓜的是一个满脸大胡子的彪形大汉，那大汉凶神恶煞的样子让我们再也不敢去偷瓜。而眼镜发给我们的两元钱，我们谁也没用它去买过一次瓜，而是给家里买了油、盐、酱、醋之类了。至于眼镜去了哪里，谁也不知道。

去年春天，我奉命回乡编一本地方乡土教材，常有问题要向几位文化长老请教。其中有一位夏老让我总觉得很面熟，几次接触后我终于认出了他竟是30年前的那位看瓜的"眼镜"，而他显然没认出我。我想跟他说30年前我曾偷过他看的瓜，但终究说不出口。这倒不是我怕丑，而是怕触了老人当年的伤疤。

长寿

每年回老家过年，长寿总等着我给他写对子。他说现如今连乡下人也变懒了，自己写对子贴的人越来越少，都到街上买那印好字儿的现成对子了，可他要贴的这副对子是买不到的，只好请我写。我接过他早准备好的大红纸，不由分说地为他展纸濡墨。此时，长寿站在我的旁边，看着我一笔一画地在红纸上书写着，神情十分的得意、自豪，甚至还有几分骄傲……

长寿是我们村上的剃头匠。据我母亲说，我的满月头就是他给剃的——当然我对此是毫无记忆，不过我的确记得在我很小的时候长寿便开始为我剃头。大概是因为那一次次剃头在当时感觉都无异于一次次受刑，所以至今记得。

还没轮到给自己剃哩，只看着前一个孩子在剃，我就已经陷入恐怖中了——长寿用一块永远都脏兮兮的白布往孩子的脖子上一围，孩子的身体便一下子淹没在这块白布下了，只剩一颗小小的脑袋掌控在长寿的手上，犹如一个物件似的——这只是剃头的一个序幕。紧接着，长寿又将或有点凉或有点烫的肥皂水搽到孩子的头上，有时候他一不小心肥皂水便流到了孩子的嘴里、眼里、鼻里和脖根——那滋味自然是十分的难受，孩子忍不住用手去擦，手又被那块过大的白布蒙着，根本抬不起来；禁不住想扭一下脖子，无奈小小的脑袋被完全捏在长寿大大的手心里根本动弹不得。当然还有更为恐怖的，这就是长寿另一只手上捏着的那一把亮亮的剃头刀子——眼看着这刀子就要架到自己头上了，被剃头的孩子往往就会在此时终于忍不住哇哇大哭起来，而这也是长寿发挥他本领的时候了。只见他一面用手在孩子的头上轻轻地挠着，一面对孩子说："乖孩子，不哭了！噫——听，大公鸡叫了！"这时真的就有公鸡"喔喔喔"的在孩子耳边高叫起来——孩子哪里知道这声音原来是从长寿嘴里发出的。如果孩子还哭闹，他又会说："大公鸡坏，大公鸡坏！还是青蛙好，青蛙好！你看你看，青蛙来了！青蛙来了！"这时，孩子的耳边真的就有"咕咕、哇哇"等各种青蛙的叫声……孩子终于被蛙声吸引，定下来似乎要去寻找青蛙，这时，长寿嘴里一面发出各种蛙鸣，一面手起发落，孩子的头上便露出了一块白白的头皮……如此几次三番后，捏在长寿手上的便是一颗白白净净的小脑袋了。

我每次眼看着如此情形，很想就此逃走，无奈被母亲押着而不能。轮到自己坐上那张大大的剃头椅，想来一切只是前一幕重演吧——只是自己的丑态当时自己看不到罢了。

有时候，长寿也会失手：一刀下去，正好孩子的头一犟，孩子的头皮上立即就会出现一道流血的口子。孩子再度大哭，立在一旁的孩子娘，则会不客气地大骂："死长寿，你不能小心点呵！"而这时，长寿嘴里的鸡叫、鸟鸣会戛然而止，如做错了事的孩子一般站在那儿受着骂，直到孩子娘骂到"傻啦？还不快剃！"长寿才如获得特赦令一样重新活跃起来，嘴里再度发出鸡叫、鸟鸣之类，更加小心地将孩子的头剃完。孩子娘临走时总不忘告诉他，因为孩子的头上见了红，长寿的"包头费"中将被扣去一毛钱，长寿说"当然，当然！"样子十分感恩。

长寿是"剃包头"的。所谓"剃包头"，就是剃头者以一个固定的价钱将自己的头"包"给一个剃头匠剃，一年一"包"。说得再明白一点，就是对于剃头一方来说，一年之内你如高兴剃个一百次，剃头匠也得给你剃，且年终只要付给剃头匠说好的那么多钱；但你若一次也不来剃，年终也得付这么多钱给剃头匠。而对于剃头匠一方来说，你必须保证剃头者随到随剃，且还有一点，若发生剃破头皮等"事故"，那就要在"包头费"中扣钱了。

我老家是一个有着近两百户的大村子，全村要剃头的大大小小有四五百人，但只有长寿一个剃头匠，也就是说这四五百个头基本都包给长寿剃了。那时"包头费"一般是大人每人每年2元，小孩减半（尽管这价钱我在今天想来有点不合理，因为剃小孩的头事实上比剃大人的头更困难，但事实上多少年来就是这样），因此，长寿一年的收入总在六七百元。那时，我老家一个壮劳力一年一般能挣400个工分，若年成好的话，每个工分的单价在5毛左右，也就是一年的收入最多也只在200元左右。因此，那时长寿可算是我们村上的高收入者了。因为收入高，自然会有人眼红。

村东头的银保去学剃头匠了，两年后，他在村里正式"包头"了，且价格比长寿便宜：大人一块八毛，孩子九毛。果然，"包"给长寿剃的头一下子少了近半。

长寿买来了电推剪代替了那把煤油味很重且老夹头发的手推剪，不久他又买来了一把电吹风，他还在他剃头的小屋装上了全村的第一盏日光灯，给白天没空来

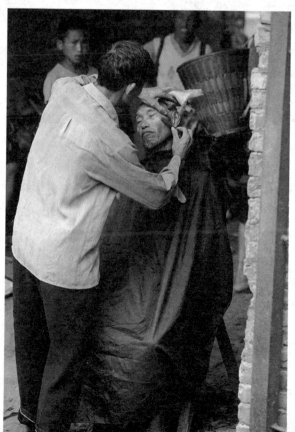

插图

剃头的村民晚上剃……长寿剃头的神情更加地专注了，迎客送客更加地殷勤了，剃破了孩子的头而被骂时更加地紧张了……这一切，似乎都表明他从事这个职业事实上的不易和卑微。

不过长寿也有得意的时候，这就是村里有孩子要剃满月头了。

每当此时，长寿总是一扫平时卑微的神情而变得神采奕奕。在我们村，为孩子剃满月头是长寿的专利，他之所以能获得这个专利，与他这个吉利的名字分不开。为满月的

孩子剃头是整个"满月"仪式的最后一项，如同一台大戏的压轴戏。祖宗敬过了，鞭炮放过了，酒席吃过了，孩子由长辈抱着坐在堂屋的当中，长寿在孩子的所有亲朋好友的注视下为孩子剃头了：只见长寿将夹在腋下的工具箱郑重地放到香几上，从从容容地打开，不慌不忙地从中取出那块永远脏兮兮的白围布，先"忽忽"地抖搂两下，再叠上两叠，然后象征性地把它围上孩子的脖子。正式剪头了：长寿再到工具箱中取出一把豁了好几根齿的梳子，煞有介事地在孩子头上梳几下，然后再在孩子的头上剪下一撮头发，用一条红丝带扎好，把它郑重其事地交到孩子母亲的手上，再说上句"留住命根，长命百岁"之类的话。至此，这"剃满月头"仪式也就算完成了。完事后，作为剃头匠的长寿少不了在众人的欢呼声中，被主人热情地请坐上席，最后还会得到比平时剃一个头高出数倍的报酬，在主人的千恩万谢声中离去。整个过程中，作为剃头匠的长寿既不需要装鸡叫、鸟鸣，更不会发生剃破孩子头皮被骂、被扣钱的事。想来只有在这个时候，作为一个剃头匠的长寿大概才能真正体验到拥有这份手艺的尊严、崇高与价值吧！

　　村东头的银保终于去县城开理发店去了，但长寿为人剃头时的专注、认真和迎客送客时的殷勤仍一如既往。他剃头的小屋也不知从哪一天起竟成了一个地地道道的乡村沙龙，村上所有的重大新闻总在这儿最新发布，村上所有的隐私密闻也总能在这儿得到证实；有时候这儿似乎又是一个乡村的道德法庭，哪家的儿媳不孝敬老人，哪个男人好喝懒做还打老婆，在这儿总能得到声讨；有时候两个等着理发的人难免会发生争执——为原子弹与氢弹哪个更厉害，阿庆嫂和柯湘究竟谁更漂亮，村东头的阿霞与村西头的阿牛究竟有没有好上……每每争得不可开交，长寿常常还要兼做一下临时调解员甚至法官。

　　在村里插队的女知青小冯来找长寿帮着剪发，长寿说："我从不帮女人剪头！"小冯说："为什么？怕我不给你钱吗？"于是长寿只好帮她剪。小冯白嫩的脖根看得在场的男人们一个个傻了眼，因为他们从未看见过如此白嫩的脖根，长寿更是被她的发香几乎熏晕，因为作为剃头匠的长寿也从未闻到过如此好闻的发香。长寿有些笨手笨脚地终于帮小冯剪完了头，小冯说："谁说你没帮女人剪过头？这不剪得挺好吗？"说着要给长寿钱，但他怎么也不肯收，他是想以此来拒绝小冯下次再来。可是没想到她下次照来不误，来的次数多了以后，如果到了该来的时间还没来，长寿竟然在心里有几分盼望。为此他暗暗骂自己下贱，但骂过以后越发地盼望……

"好你个长寿，你为什么帮小冯剪头不帮我们剪……"村里有名的"泼辣货"明嫂质问长寿，于是长寿只好也帮明嫂剪发，渐渐地，村里年轻漂亮的女人都来找长寿剪发了，长寿当然是一律不收钱的。因此我老家那个村上女人的发型，曾在一个阶段让附近村子里的女人们羡慕不已。

小冯回城了，再也不来找长寿剪发了，好在长寿在心里失落了一阵后便渐渐把她忘了。不久，长寿结婚生子，日子过得倒也平平静静。

在城里开理发店的银保发财了，回村盖了三间又高又大的楼房。有人劝长寿也去，每有人说起这话题，长寿总是说："我走了，你们这些骷髅头哪个给剃呀！"于是长寿一直在村里剃着"包头"，当然"包头费"也涨到了一年20元了。

渐渐地，村里的女人不再来找长寿剪头了，她们一个个都喜欢去城里的发廊烫"大波浪"或"狮子头"了，年轻的丫头们竟然还将好好的黑发染得五颜六色。最后连男人们也越来越多地喜欢去城里的美发中心理个"三七开"或"大背头"了，总之找长寿"剃包头"的人越来越少了。

"看来这老手艺不变变是不行了，得学点儿新玩意儿了！"长寿在心里想。于是有一天，他特地进城踏进了一家门脸挺花哨的叫做"勿忘我"的发廊，谁知他这一进去便从此改变了自己的人生。

长寿被派出所抓进去了，被拘留7天，罚款2000元，罪名是嫖娼。一段时间内，这事不仅成了本村，也成了四乡八邻的一个重大新闻。长寿从拘留所出来回到村里，与他相濡以沫20多年的妻子与他离了婚，已成家的儿子也与他分了居。离了婚的妻子跟儿子一块过，只留下长寿一个人住在他剃头的那间老屋里。

找长寿剃头的人更加的少了，又有人建议他也去城里开间发廊，他瞪着眼睛红着脸庞粗着脖子吼道："你再提这事我骂你娘！开那玩意儿的根本就不是人！"

长寿改行做起了卤菜生意，但我知道他一直不能忘怀自己是一个剃头匠，因为他每年过年都要我为他写同样内容的一副对子，并且把它工工整整地贴到自己小屋的门上——

虽为毫末技艺，却是顶上功夫。

街边的歌声

　　我在高楼门的拐弯处突然听到一阵优美的歌声。我这里用"优美"这个词一点也没有形容和夸张。我初听还以为是有人在放歌带或唱片哩，但再听又觉得不是，因为歌带上或唱片上的歌声，伴奏要比它丰富得多，而它的伴奏似乎仅来自一架电子琴，而且琴声似乎并不怎么优美。

　　是有人在街边卖唱吗？街边卖唱的近来似乎不少，但街边的卖唱人一般绝唱不出如此优美高亢的旋律唱的歌曲也不对：街边卖唱的要么在劣质的二胡伴奏下有气无力地唱"夫妻双双把家还"，要么在破吉他伴奏下不伦不类地唱"小妹妹坐船头，哥哥你在岸上走"，而我现在听到的分明是《我爱你，中国》的旋律，而且是正宗美声抒情女高音。我不禁放慢了车速，循声望去，见前面一块不大的空地上人头攒动，而歌声正是从那儿传过来的。于是我也将自行车骑了过去。原来还是有人在卖唱！此时我虽有点失望，但看在这位卖唱者非同寻常的歌声份上，我还是决定停下车来再聆听一曲。这时，我从人缝中看到了一个熟悉的身影，一个身材微胖、下肢残疾、拄着双拐的年轻女子，再看她的面孔，我差不多惊呆了：是

插图

她，正是她！

算起来那是10年前的事了，那时我还在一座小县城里工作。一天，我从电视上偶尔看了场全国残疾人声乐大赛的决赛实况，那些残疾人歌手们的演唱让我深受感动，当然，我感动的不仅仅是他们的歌唱艺术，更因为他们由此而表现出的一种精神。比赛的冠军最后被一位拄着双拐的姑娘获得，她演唱的歌曲是《我爱你，中国》，唱得的确好极了。授奖仪式上照例要请获奖选手说几句话，我从她流着眼泪的叙述中知道了她竟是来自我的身边。这不能不让我激动。激动之余，我决定写一写她，希望能用我的笔助她一臂之力，使她迅速升上艺术的星空。

很容易地，我便打听到了她的住处，竟就在离我一箭之远的护城河边。我很快就采访了她，知道了她学习歌唱艺术的许多故事和种种艰辛，也知道了她为了去大学深造而与丈夫间的种种矛盾。我写她的报告文学很快就完成了，只是辗转了好几家报刊后才在一家并不著名的杂志上发表出来，反响也并没有我想象的那么大、那么好。而她也没能很快地成为一颗新星升上艺术的天空。

插图

不久，我便离开了小城，她的情况便知道得越来越少。但我还是从别人口中知道了，她不但一直没有放弃对于歌唱艺术的追求，而且越来越执著，以至于最终为此而不得不离婚，不得不离开小城。得知这一切，我只能默默地为她祝福，祝福她早日真正登上歌唱艺术的高峰，成为艺术星空中一颗闪亮的明星。今天，我在街头突然又看见了她，看见她竟以一个街边的卖唱者的形象出现在这个陌生的城市中。我知道，这可不是她所追求的人生形象呵！那么她又经受了怎样的生活艰辛，又经历了多少的人生磨难，恐怕是我们所难以想象的吧！？

我想走上前去与她打一个招呼，叙一叙久别重逢后的惊喜，但又想，这恐怕会让她十分尴尬；我想像别人那样，走上前去扔几个钱在地上，不，把我身上所有的钱全扔在地上，但又怕被她发现、被她认出——在这种场合，恐怕她是不愿看见熟人的吧！于是我从人群中退了出来，掏出了身上所有的钱，托一个孩子，挤进人群扔到了她面前的地上。

酸酸的红富士

　　要过节了，红红绿绿的标语贴得满街都是，沿街的一些单位的大门上挂起了五光十色的彩灯，街上行人的穿戴更是焕然一新——节日属于他们。而节日不属于他。

　　称秤、算账、收钱、找零……他的动作那么熟练，但仍应接不暇。

　　"长明! 给我来二斤'红富士'……明天的聚会你还是去吧! "

　　"你看我哪有空，我不像你们! "

　　"去吧，不就少赚半天钱吗，老同学分开几年了，聚聚不容易! "

　　"我……明天国庆节，生意好做。还是你们去吧! "

　　说不想去，那是假，他是怕去了自己心里难过——同学都有了合适的工作，王雅芳和张伟大学毕业还考取了研究生。自己一年到头守着个水果摊过活……

　　第二天，为了让自己忘掉那个聚会，他用三轮车装了满满两大筐"红富士"沿街叫卖，到底是节日，生意特别好，没到中午就卖掉了一半，这时他倒真有些庆幸自己没去参加那个

聚会。他盘算着：到晚准能卖完，可比平时多赚一倍。

　　"这苹果怎么卖? "

　　"一块六。"

　　问价的看模样是个中学生。他

插图

多说了两毛，心想：如果他是问着玩，就是三毛钱一斤他也不要；他要是真买，看样他也不会还价，好赚的钱不赚才傻呢！再说今天生意也好做，随行就市嘛！

"我全要了。"

这真是出乎意料，这样，今天的生意提前半天做完了。当他把所有的毛票硬币点清了以后，老同学们的一张张笑脸在他的眼前晃动——原来他并没能忘掉今天的那个聚会呵！

来到母校，他艰难地爬上了那熟悉的楼梯，忐忑不安地敲响了借用的高三(2)班教室的门——这个教室他曾待了三年。门开了，他好生惊奇，开门的竟是刚才买苹果的那个学生。

插图

"欢迎你！我是现在这高三(2)班的班长……是你这些老同学'借'我来为学长们服务的。"

教室里响起了一阵掌声，老同学一张张熟悉的脸扑入了他的眼帘，这时他突然感到节日也属于自己。

"大家说你会来。"王雅芳从桌上拿起两个苹果说，"这两个最大的是给你留的！大伙都说你的苹果好甜呢！"

这时，他看见了每人面前的苹果，红红的，正是节日的色彩。一瞬间，他几乎要哭出来了，装着吃苹果，咬了一口，味道竟是酸酸的。

我的高中简历

高一：油菜花与手抄本

那时苏南的农村中学是一律没有围墙的，周边多与农田相接。每当我们听课听得累了，一抬头便可看到窗外的庄稼。春天，地里油菜花盛开。现在回想起来，那种铺展在阳光下的金黄仿佛就在眼前！说句不怕母校老师生气的话，我对于那时课堂的记忆似乎还没有对于校园后面的油菜花来得清晰而温馨，自然而然地这油菜花的金黄似乎便成了我们那一代学生青春的底色。只是当时，我们对于这种色彩充满了疑惑，因为那时的人们常常用来喻指无耻与下流的一个代名词竟然正

是那"黄色"二字。

　　那时的乡下孩子发育都晚，不像现在的孩子，初中没毕业就都基本上已长成大姑娘小伙子了。我们那时已上高一了，身体才迟迟有了些动静，先是女同学的胸脯越来越饱满了起来，再是发现自己的嘴唇不知什么时候长出了短短的绒毛，它如同春天的油菜花一样，似乎只是一夜之间，一阵风后，便绽放了出来，更发现不知什么时候开始，我们喜欢三两死党，躲在油菜田里谈论班上的女同学了。那时我们谈论最多的是她们俩，这倒并不是因为她们俩的爸爸，一个是公社的干部，一个是镇上医院的医生，而实在是因为她们俩在班上显得很是特别——单是她们的姓名，一个连姓带名加起来就俩字，而我们周围人从没有叫俩字姓名的，从小学上到初中，班上也从没有叫俩字姓名的，就是现在，除了她，班上所有人的姓名都是三个字；另一个，她姓名虽然是三个字，但这末一字是个"倩"字，我偷偷查过字典才知道这个字是"美好"的意思。而我们的小学、初中女同学，名字最后的一个字一般只会是"美"、"凤"、"花"、"英"、"香"之类，若是"荷"、"萍"、"琴"之类的就算是洋气的了。她的这个"倩"字，不但叫起来响亮，而且洋气，还有几分"嗲"。再后来，发现她们的特别远远不止这一点——她们的皮肤特别的白，腰身特别的细，走路特别的柔，唱起歌特别的动听……

　　我们背地里喜欢谈论她们，但是当面我们总表现得对她们不屑一顾。即使有时在学校的某个角落与她们中的一位单独碰到，也不愿先说一句话先打一个招呼。甚至有事没事还要故意欺负她们，例如捉个小虫子夹在她们书里，让她们一翻书便吓得"哇"一声尖叫；上课时，坐在她们后排常常"不小心""带"着她们一两根长发，痛得她们从座位上跳起来。而我们仿佛便在她们的这种尖叫和跳跃中获得一种莫名的满足。

　　我们那时似乎都不太在意谁学习成绩的好坏，家长们也不太在意，因为我们这些祖祖辈辈都是农民的孩子，无论成绩好坏，等待我们走的路其实是早就注定了的，那就是毕业后回乡也做一个农民。尽管就在那年的冬天，国家恢复了高考，但我们那时并不相信这是真的——真的凭考试成绩而不需大队书记和公社书记推荐就能上大学。再则那时学校也很少考试，我们其实也并不太清楚班上的同学究竟谁的成绩真的好些，谁又真的差些。那时我们最在意的是谁谁谁在哪儿与某个女同学说了一句话，谁谁谁又在回家的路上与某个女生走得很近，谁谁谁在课后塞给了谁谁谁一个纸条，那纸条上究竟写的什么……每听到这些，我们总会在表面上对传闻的主人公表示出不屑，但实际上这种在意本身正表示内心对他或她充满了羡慕，当然有时还有嫉妒。

那个名字中有个"倩"字的女生，也在有一天与一个高年级的男生走进了学校后面的油菜地，去共读一本手抄本……听到这个传闻，我第一反应是：这传闻是假的！或者说是我压根儿不愿相信这是真的，然后涌上我心头的，却是一种很复杂的情绪，嫉妒、懊悔、痛恨……而当天夜里，我躺在那四面透风的宿舍里，做了一个灿烂的梦，梦里的油菜花金黄金黄的。

不久后，那个高年级的男生毕业当兵去了，那女生也转学去了不知道什么地方。高年级的学生中有人真的凭高考成绩而上了大学，我突然觉得我也应该去远方。于是，油菜花再开时，我虽然仍爱躲进花丛中，但那不再只为了逃课，不再为了与其他男生偷偷谈论女生，我躲进花丛中是为了背那些其实早该背诵早该记下的古文和公式，而每当回到教室里，却总装着与别的男生一样，并不读书，只等着毕业时领一张毕业证回家种田。只是有时会禁不住想，那个传闻到底是真是假呢？不久后证实，那个高年级的学生的确有过一本手抄本，因为他在当兵临走时将它送给了我们班的一个同学，我们的那个同学给我们看了，因为此时它已经公开出版，并不神秘了，书名叫《第二次握手》。然而我仍禁不住时常想，她真的与那个高年级的男生一起走进过那开满黄花的油菜田吗？这个问题一直困扰着我，甚至至今想起来还有点耿耿于怀，虽然明知道那事实上于我实在是一点儿关系也没有。

不久以前，我爱人因病手术，住进了省城的一家医院，我自然陪着。那几天，我发现为她服务的护士中，有一个身影总有点似曾相识，虽然她穿着白大褂，又戴着大口罩和护士帽。我几次想问她，但终怕冒昧而未开口。后来灵机一动，去看了看护士站的值班牌，果然发现其中有一个名字的最后一个字是"倩"字。呵，那一瞬，我想到了母校，想起了春天里她周边灿烂的油菜花。

高二：煤油灯与电视机

那时高中学制就两年，我们刚刚从高一时青春期的躁动中挣扎出来想要好好读一点书，却已面临毕业了。

　　毕业班总要有点紧张备考的样子吧，更何况的确已有人凭高考成绩跳出了农门。

　　我至今不能忘记，停电时（停电是那时最常见不过的事情，只是我百思不得其解的是，为什么停电更多地要选择在晚上）在明中与同学一起油灯下复习迎接高考的情景！

插图

　　那是怎样的一个情景呵！现在想来或许是十分壮观的吧，只是当时谁也无心去欣赏这种壮观：四五十个人挤在一间破烂的教室里，每个人面前一盏用墨水瓶做成的煤油灯，昏黄的灯光和浓重的烟雾一起弥漫在教室里，灯下的每一个人都埋头做着自己的事情，或演算，或看书，或沉思，没有人说话，没有人讨论，更没有人走动。直到墨水瓶里的灯油熬干（灯油是每天傍晚由老师统一给灌的），才依依不舍地离开教室摸进漆黑的寝室，再摸黑睡下。第二天醒来常常相视而笑——我们每个人的上唇都多了一撮日本式的仁丹胡子，那是头天晚上在灯下呼吸油烟留下的黑灰。

五、六月间的江南，晚上常常是又闷又热，教室里再点上那么多的油灯，这晚自习实在是无法上了。学校的领导与老师为此多次去公社，最终为我们提回了一盏"气油灯"。

"还是德国造的哩，但愿好用！"校长说着便与几位老师好一阵捣鼓，最后说："真还能用，只是没有纱罩！"而这纱罩只有省城才有卖。几天后，这盏"气油灯"真的在我们的欢呼声中被老师们点亮了。的确，"气油灯"比煤油灯亮多了，有了它我们就可不受烟熏火燎。我们高兴得将各自用墨水瓶做成的煤油灯扔得老远老远……

然而意想不到的是，"气油灯"的光辉很快就招来了许许多多的不速之客，这就是那些比我们还要热爱光明的飞虫。它们从漆黑的田野里、山林间寻着"气油灯"的光辉飞来，从窗里门里直飞进了我们的教室，猛扑向"气油灯"。"啪、啪"几声，响声虽然不大，"气油灯"却应声而熄，只剩下一束红红的火苗在黑暗中"呼呼"地冒着——原来"气油灯"被点着后，发光的纱罩实际上早已成了灰，它是断不能被碰撞的，甚至连风吹都经受不了——于是，只好重换新的，重新打气，重新点灯。只是一会儿又会被撞毁。这样撞了换，换了撞，灯自然是点了熄，熄了点，一晚总要折腾个好几次，我们的晚自习自然也被搅得不能安稳，更要命的是也没那么多钱去买纱罩呵。"看来只能冬天用！"老师叹着气把那盏贵族化的"气油灯"收了起来。于是有的同学只好再去找一个墨水瓶，做一盏属于自己的煤油灯。而我，除了在心里遥想一番什么时候晚上才不再停电外，反而有一点儿窃喜，因为就此可以放心大胆地去看电视了。

1976年毛泽东逝世后，为了收看毛泽东追掉大会的实况，全公社有了有史以来的第一台黑白电视机，是公社锻造厂花重金买回的，据说是匈牙利造的，放在厂里的大会议室里。因此，锻造厂的那间会议室当时对我们实实在在地构成了一个巨大的诱惑，我们几乎每天都在经历着它的诱惑。有电的时候，我们要温课迎考，自然不能去看；停电了，锻造厂里有一台发电机为电视机专门发电，而我们反正看不成书温不成课了，索性去看电视吧，尽管那台电视机实在够呛。有时天气有一点不好，我们从屏幕上只能看到一片雪花；有时电压有一点不稳，我们从屏幕上看到的只是水波一片；更有甚者，无缘无故屏幕便突然一片光亮或一片漆黑，什么也看不见。然而，就是这么一台电视机，正是通过它，我们看见了日本的高速公路和新干线，以至于直到今天，每当我驾着汽车行驶在高速公路上时，还会时常想起它，还有我们在它面前曾有过的一阵阵惊叹和强烈的震撼。当然，也是在这台电视机里，我们还看过了日本电影《望乡》，并记住了其中的一句台词："日本今天的繁荣，都是建立在南洋姐累累白骨之上的。"当然，还有那里面的几个镜头，直看得我们在黑暗中脸一阵阵发热，心一阵阵悸动……

越临近毕业，我们越是在煤油灯的熏烤与电视机的诱惑下挣扎着，最后的结果当然是可想而知：那年我们全校近两百人去参加高考，最终全军覆没，用当时老百姓的话说，是被"剃了一个光头"。

记得班主任杨老师将我的高考成绩单送到我家时，先对父亲说："你们家儿子考得不错，全公社第一名！"我年迈的父亲一听便高兴得差点儿跳起来，显然我的这一成绩大大地出乎了他的意料。但是，当杨老师紧接着又告诉他，尽管我的这一成绩很不错了，但是离高考录取分数线还差3分时，父亲遗憾的同时很是不解，因为在一辈子最大的出息便只是当过几年生产队队长的他眼里，这"全公社"可是个很大的世界了呵，既是这里的第一名了，怎么还不够线呢？杨老师当然与父亲作了好一番解释，什么考大学是全省全国范围内的竞争，而不是一个公社范围的竞争了；什么我们这个地区的教育质量和教学水平总体较低了，等等。但是父亲对这些话显然半懂不懂，他最后向杨老师提出了一个奇怪的问题："如果我儿子不差这3分，是不是真的就能上大学？"杨老师说："那当然！……"

说实话，父亲本来从没有过想让自己的儿子成为一名大学生的野心，而此时，他突然间便有了这一野心，因为在他看来，不就3分嘛，再读一年一定可以挣到的！因此，并没用杨老师多做动员（那次杨老师之所以要亲自将我的成绩单送到家里，实际上是来动员我再去复读的），父亲便决定让我复读一年，明年挣回那今年相差的3分，因此在他的眼里我此时已成了一名准大学生了，虽然我已取得了"全公社第一名"的高考成绩但还差3分而让他不无遗憾与尴尬，但总体上还是充满了自豪。而我却一点儿也自豪不起来，唯有遗憾、懊丧和悔恨，后悔自己没能在媒油灯下多算一道题目，多背一个公式，多默一首古诗，痛恨锻造厂里的那台电视机，更痛恨自己为什么总经不住它的诱惑……

复读：皮肤病与邓丽君

我回到学校复读后，便觉得自己成了校园中的另类。我曾多次想，复读生实在是中国教育造就出的一群怪物，他们算什么性质的学生呢？算大学生吗？显然不是。从前大学有预科生，但他们也不能算，因为预科生都是通过了高考的人，最后一般都是能顺利升入大学的，而复读生并没能通过高考，里面的许多人最终也进不了大学的门。再说，从前的大学预科都是大学办的，而复读班都是中学办的，因此，复读生还应该算是高中生吧！

学校将我等复读生编成了一个文理不分的班，并为之起了一个奇怪的名——"中五班"，"中五"大概是"中学五年级"的意思吧？对于学校来说，这中五班完全是多出来的一个班，上面不可能为之调配任课老师、拨给办学经费，更不会修建新的校舍。

插图

或许是学校的老师为了能一洗上年"光头"的耻辱吧，他们都心甘情愿地为我们兼课，因此中五班的师资实际上不成问题，只是校舍和经费的不足，让我们这一年的复读至今想来充满了意味。

我们几十个人，挤着一间旧教室——说是教室其实并不确切，因为白天我们在里面上课，而晚上，只将课桌往前面挪一挪，床也不用，只在后面的地上垫些稻草，就打上了地铺，几十个人便一个挨一个地睡在里面，将教室也当做了宿舍。至于女生，好在班里只有两位，她们的住处各自自己解决了。至于怎么解决的，我们不知道，也懒得去知道，因为我们此时头脑里只想着一个问题，就是如何在来年挣得各人在今年高考中相差的那或多或少的分数——就这么简单！

　　然而，有时候你将事情想得太简单了，而事实上恰恰不会如你想得那么简单！

　　不久，有人夜里不住地搔痒，且越搔越厉害，越搔人越多，几天后，我竟也成了其中之一。那种浑身的奇痒似乎不是在皮肤上，而是在骨子里，只有用指甲不住地搔，用力地搔，搔得皮开肉绽，搔得鲜血直流，才能有一点点缓解。但是只要一停下来，奇痒就会再次袭来。于是课下搔，课上也搔，白天搔，夜里也搔，搔得听不进课，做不成作业，搔得睡不着觉，每天都无精打采。在老师的提醒下我们去了医院，原来是传染性皮肤病找上了我们。于是我们不能再睡这大地铺了，终于睡进了用毛竹临时搭建起来的属于我们的宿舍，睡上了用三角铁焊成的上下两层的床。

　　春天到了，油菜花又一次将那种金黄从校园的周边直铺向远方，给我们无限的遐想。而此时，我一个人躲在花丛中，竟然不是为了背古文记公式解习题，而是偷偷地从一个磁带盒的封皮上抄歌词。那盒磁带是王明泉的。

　　王明泉不仅有磁带，还有一台"三洋"，进进出出都拎着，不知吸引了校园里多少艳羡的目光。王明泉是复读班中最轻松最潇洒的一个，他学习压力并不大，因为他实际上当年高考分数已过了分数线，只因为他志愿填得太高而没能被录取，他相信来年顺利考上一所大学一定不在话下。他做县供销总社主任的父亲，为了他能考得好一点，尤其是英语分数能考得高一点，给他买了这台"三洋"，然而他多数时候并不用它听英语，而是用来听歌。从"三洋"里放出的歌比有线广播里播的那真是好听多了，我们真从没听过这么好听的声音，据说那声音就叫做"立体声"。如果说皮肤病让我们体验了一种来自皮肉的痒，那么，听"三洋"里放出的"立体声"则让我们体验了一种心里的痒。王明泉一副曾经沧海的口吻告诉我们："她叫邓丽君！台湾的！靡靡之音！小心中毒噢！"

　　不久，我们就发现这靡靡之音对人的毒害最是好生了得！

　　王明泉身后的"跟屁虫"越来越多了，他们都只是为了听"三洋"里靡靡之音的我的同学。我虽然不愿意成为王明泉的"跟屁虫"，但这靡靡之音的诱惑我还是怎么也抵挡不住，每当王明泉提着"三洋"在教室里进出，我的耳朵总会追着那时断时续的旋律好远好远。于是有一次，趁着王明泉与他的追随者们又去某个角落自甘接受靡靡之音毒害的机会，我将他落在课桌上的磁带盒上的封皮悄悄取了下来——我要将上面的每一首歌词都抄下来，我想偷偷学唱那些靡靡之音，而此时，自己来复读班的目的似乎已被我忘到了不知哪个九霄云外。

就这样，在复读班的第二个学期里，几乎邓丽君一直陪伴着我，或者更准确地说，她成了缠在我心头挥之不去的一个女魔。有时我也真想将她从我的心中赶走，将所有的心思全拧成一支箭，直射高考，直射中心中的大学，但总不能。

好在我总算最终考上了一所师专，而王明泉呢，我们都以为凭他那么好的基础，一定会为我们这个复读班放一颗卫星的，但最终却名落孙山了，他考得的分数与去年相比，不但没长，还少了十多分。他提着他的"三洋"与我们分手时，邓丽君正在唱：

> 某年某月的某一天，
> 就像一张破碎的脸，
> 难以开口说再见，
> 就让一切走远……

我怎么听，怎么都觉得邓丽君像是在哭。

师专毕业后，我被分配到一所乡村完中教书。有天傍晚，我一人正在办公室备课，突然有人敲门，我打开门，来者问："能不能让我看看办公室里的报纸？"这话音我似曾相识，再定睛一看，发现竟是老同学王明泉，我说当然可以，并问他："怎么到这儿来了？是不是送弟弟或妹妹来的？"因为我们那座学校在一个山上，交通么不便，所以学生来去常有家长接送。他说："不是，不是！我天天在这儿的，老同学你现在眼光高了，认不得我了！"我说哪里哪里！并不解地问他："你天天在这儿干嘛？"他终于告诉了我，他在读学校的复读班。我一时不知说什么好，因为我当时即在心里算了算，此刻我们高中毕业已经八年了，他竟然还是一名复读生。

倾听绝响

　　"蝉和蟋蟀、耗子一样，是家家户户养在家里的家虫。"这是一位现代著名作家写当年北京的句子。可如今，不要说北京不再是这样的情形，就是如我寄居的这样的小城，如此情形也早已不在了。当然，每到夏天，蝉鸣偶尔还是能听到的，但那是一种单调而焦躁的噪音，它飘浮于城市固有的哄响和炽热的烟尘之上，充满了无奈，如小商贩声嘶力竭但也有一定节奏的叫卖，让人感到绝望，感到蝉这种夏天的小生灵却在夏天奄奄一息了，它时断时续地都在叫唤："热死了！热死了！"而乡村的情形却大不相同。

蝉

　　在乡村，树是庄户人喂养的不会叫唤的牲畜，而树上的蝉则是乡土培养出的属于乡村夏天的真正歌手，它的鸣叫，则是一种来自乡土的清纯而深沉的吟唱。记得小时候，我曾十分喜欢听蝉的鸣叫。夏天的午后，我被大人逼着正午睡，听着听着窗外的蝉鸣，便悄悄爬起来谛听，然后轻轻潜到树下，屏住气息，寻声而觅，看到蝉正伏在绿叶青枝间唱得十分投入，我便像猴子一样爬上树，慢慢地轻轻地接近，心跳为之加速，最后突然出手，将蝉捉住，下来用线将它的一条腿系住，拴在蚊帐中。晚上，这蝉似乎并不担心自己的处境，窗外的蝉唱，它也唱。我便听着蝉的悠扬鸣唱——如同听着催眠的摇篮曲而恬然入梦。故乡的蝉鸣，想来真是一首古老而简单的歌，声声歌唱着乡村的夏天和我的童年。因此，当我如今偶尔回乡探亲，听到满耳的蝉鸣，竟如同听到久违的乡音一样，感到自然、亲切和温馨。在连续的谛听中我那颗尘封于心灵深处的情感种子竟常常因此而复活，甚至那如潮声月色般绵绵不绝的蝉鸣，进入耳廓竟成了旋律，既熟悉又陌生，而作曲的竟是自己。

倾听蝉鸣！倾听心曲！

然而，乡亲们告诉我，故乡的蝉也不如从前多了。我曾寻问其原因，结果谁也说不出所以然。我还曾问我小外甥，他们这些乡村孩子，是否还像我小时候那样，喜欢听蝉，小外甥向我摇摇头，举起手里的电动步枪一通扫射。那种由电子模拟出的枪声十分逼真，且伴有电子火光，很是刺激。的确，现在的孩子比起我们小时候是幸福多了，他们不但有电动步枪，还有变形金刚、电子琴、钢琴等等，他们已不需要蝉鸣这种最为单调的摇篮曲来相伴入眠了。我曾参评过一次儿童电子琴钢琴比赛，孩子们都能用自己的小手弹奏出十分高难的乐曲，但在我听来，这些乐曲毕竟不是属于他们的音乐，虽然都很动听。我还曾看见一个城市的孩子，在玩够了变形金刚，也弹够了电子琴钢琴后偶尔捉一只蜻蜓，那模样笨拙得可笑，那颤抖的小手全没了在琴键上的灵巧。想到这些，我觉得今天的蝉鸣，似乎成了中国乡村音乐和儿童音乐的绝响。

倾听蝉鸣！倾听绝响！

乡村是城市的童年，童年是人类的乡村。乡村接近自然，童年属于自然，但人类的进步，社会的发展，似乎终将离大自然渐远，这几乎是一种无奈。倾听蝉鸣，感伤涌上心头，许多关于童年、关于乡村的旧事也涌现在眼前，但就是怎么也捉不住了，就像我已怎么也捉不住树上的鸣蝉。但鸣蝉捉不住，蝉鸣却是再不会从我的生命中消失，虽然它终将成为绝响。

倾听蝉鸣——我闭上眼睛，生怕流下泪来。

唐人绘《观鸟扑蝉图》（局部）

国画大师李可染绘《临风听暮蝉》

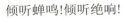

看云

　　看云是一种境界，据说非曾经沧桑者不得入。然充其量一介小儒的我，人生中既不曾有金戈铁马叱咤风云的壮烈，也不曾有四面楚歌风萧萧兮的悲怆，更不曾居庙堂之高，就如今也说不上处江湖之远，竟也有意无意地爱仰天看云。

　　唐人有诗云："行到水穷处，坐看云起时。"此境常令我低回。我有陋室，名之"待云阁"，盖取意于我平素所喜一联语："抱琴看鹤去，枕石待云归。"室有小窗，窗外民舍鳞次栉比，挡住了绿野稻田，也挡住了远山近水，更挡住了蛙声禾香，但挡不住窗外的蓝天，更挡不住"蓝蓝的天上白云飘"。我常独坐窗前静观，看一种从容自然的平常心境。每当此时，心灵便会被放逐到很远很远的地方。

　　其实，看云是我从小就有的一个嗜好，只是那时的感觉简单和朦胧罢了。我故乡门前是石臼湖，每到春天，一眼望不到边的湖滩上长满了青草，正好放牧。我七八岁时开始在湖滩放鹅，十多岁开始放羊，无论是鹅还是羊，放在湖滩上并不需人多去照看，放牧的孩子就成天在湖滩上奔跑嬉戏。而那时我就与一般孩子不同，我喜欢一个人躺在草滩上，看洁白的鹅群和羊群在绿色的草地上散开、移动，更爱看天空中一片片形状怪

插图

异的白云飘飘悠悠，想，这变幻莫测的白云，可是天上的仙人放牧的鹅群和羊群！我的不合群被大人看在眼里不免让他们纳闷，也让他们不安，他们说云是无根之物，我天性喜云，恐怕一生不会安分。为此，我考大学时，父母要我报考了师范，因为师范毕业能分配回乡。

果然，大学毕业后我不曾像一片出岫的轻云去云游世界，至今我很安分地在江南的一隅，干着传道授业解惑的营生，只是看云的兴致有增无减。我曾为了看云海而去峨眉山、黄山，我也曾为了看巫山云雨而买舟东下。但此后我又觉得那样看云，或者说看那样的云，似有点奢侈，我更不同意"除却巫山不是云"的说法，我倒常觉得"何处青天不看云"。我喜欢独坐自己的小窗前，握清茶一杯，沐悠悠清风，看天上云卷云舒，想世事潮起潮落，人生花开花谢。

我曾自书一联悬于陋室："春云夏雨秋夜月，唐诗晋字汉文章。"在我看来春天的云最为亲切和单纯，它来时虽如潮水涌起于天边，但潮起潮落从容自然，且无潮起潮落的声响，往往在我们不知不觉中覆盖天空。我看春云，多在清晨，看它与太阳一同升腾，看它与朝霞一同辉煌，也看它悄悄淹没太阳，洒下如丝的春雨。此时，看云水一色，听雨声淅沥，也看窗前的山栀和桃树花开花又落，也听春天偷偷蹿过屋脊与苦楝树的蹬音。时而清风徐来，将细细的雨丝拂到脸上，遂无端地又记起一联："山花春世界，云水小神仙。"待到窗下有荷着犁耙的农夫走过，待到

插图

云彩

雨中有村姑湿漉漉的山歌飘来，雨丝便轻轻地收起，如当初轻轻地飘下。傍晚，一缕阳光照到我的窗前，举头窗外，已不再是云水一色、天地相接了。似乎越发高远的天幕上，朵朵白云或列队飘过，或三三两两地悠悠徜徉，于是也想自己也已多日不曾出门，一出门，便又会发现，原来天上的那么多的云都随雨而落到了地上，落到了平展展的农田里，只是已浸透了春天的绿色。

夏天的云是夏天肩头的披纱，它总拖着一块荫凉在大地上奔跑忙碌，夏天蒸腾的汗水把它浸得又重又暗时，就会有轰隆隆的雷声响起，就会有亮闪闪的闪电划过，那是夏天在有声有色地拧自己的披纱了。此时看云，看"黑云翻墨未遮山，白雨跳珠乱入船"，看"东边日出西边雨，道是无晴却有晴"，颇有几分气势，也颇有几分情趣。偶尔，太阳复出，地上的菌子便争先恐后地破土，鼓着铜琵琶敲着铁绰板的乌云，又被拧干成了白色的披纱，在天空飘飘忽忽。再看它，似乎有一种说不尽的慷慨与道不明的悲凉。

我之看云，最爱看的还是秋冬之云。秋冬之时最受人称道的往往是秋雨冬雪。殊不知在无雨无雪的秋冬之日看云，也别有一种情味。时维九月，序属三秋，天空澄澈而高远，阳光灿烂而明艳，白云与轻风飘过天空，那种悠悠的况味，相信确是非曾历苍凉人生者不得悟也——

> 大风起兮云飞扬，
> 威加海内兮归故乡，
> 安得猛士兮守四方！

高祖还乡，仰天看云，涛走云飞，何等意气风发！但他心中奔涌的或许已不是云，而是千军万马，而是浩浩皇威，或许，还会是历史长河中奔腾的浪花……

插图

九嶷山上白云飞，
帝子乘风下翠微；
斑竹一枝千滴泪，
红霞万朵百重衣。

这又是一位伟人胜利后在故乡看云，但他看到的却是另一境况。而古今文人墨客看云之际，又是何等兴会淋漓呢——

我是天空里的一片云，
偶尔投影到你的波心，
你无需讶异，
也无需欢喜，
在这转瞬间消灭了踪影。

这便是秋冬之云么——随风起涛走，闲游高天，冲淡安详而又不失丰富热烈，恰似饱经世事沧桑和历尽人生坎坷者眼中的声名利禄、恩怨爱憎，虽也真实而具体，但去则去也，往则往矣，一切已于我无加，所以也总那么悠然、坦然、欣然。不像春夏之云，虽也有闲游高天的时候，但那是少年人平步轻云的得意，这种得意往往虚狂而短暂，至于其丰富和热烈，又往往因其锋芒毕露而略嫌莽撞。"宠辱不惊，看庭前花开花落；去留无意，望天上云卷云舒"，此乃人生之大境界，我固执地认为，此境所看之云该是秋冬之云。

当然，云终究是云，无论是人们心灵对云的感受，还是云对人们心灵的昭示，不必然，不必不然，也不必尽然。看云，看宦海沉浮，看世态炎凉，看人世沧桑，看心中的故乡、童年的梦幻……我常独坐小窗，看"高天上流云"，如对故园乎？友人乎？爱情乎？此中深意我无法解得，唯有那位已死去的被人说作疯子的诗人说的那句话反觉得真切："我看云时，你离我很近；我看你时，你离我很远。"

远山的呼唤

《远山的呼唤》是我许多年前看过的一部由高仓健主演的电影，看它时我正在一所乡村中学读书准备考大学。说实话，电影内容似乎并没怎么感动我，但电影中高仓健沿着铁道走向远山的那个镜头总在头脑中挥之不去，成了我的经典，也成了夜晚我常做的一个梦，而远山自然也成了白天里我常常静读的一本书。

在我故乡，放眼四周望出去，总能看见天地相接处那一抹淡淡的色彩和挺拔的轮廓，那便是远山——大地乐章上的一处起伏。

对于我来说，最撩人的远山在水一方——我家临湖而居，每天晨起推开窗户，一抬头便看见湖南岸的山了，温温柔柔地一卧，缠着晨雾的纱，那撩人的体态的确让人很易生出非分之想，只是在当时的我看来，她似乎更像是一位因劳累而贪睡未醒的村姑，容不得你去亲近，哪怕打一个"妹子，你早"的招呼，也仿佛会惊扰了她美好的梦。因此对于她，我竟不曾有过多的顾盼与亲近。

那时我更爱读的远山，如沉默的哲人，更像勤劳的农人。

每一个晴朗的早晨，东边的远山托起一轮如火的朝阳，如同捧出一轮灼热的渴望。远山就在这默默的努力中，与故乡人一同开始一天的耕种。阳光下，人们挥汗如雨，没完没了地重复着那个"面朝黄土背朝天"的造型，也没完没了地演绎着那个追逐太阳的

远山——大地乐章上的一处起伏

山那边还是山

神话，然而人们怎么也走不出那个神话，如同夸父怎么也走不出那片沼泽，怎么也追不上最后的那颗太阳。

每一个溢彩的黄昏，西边的远山将落日及其余晖一起收尽，如收获一颗成熟的果子，把它种进黑夜的沃土，以便长出一个个火热的明天。每当此时，我就会在心中默默地唱起罗大佑的那首著名歌曲："没有人告诉我为什么，太阳总下到山的那一边；没有人能够告诉我，山里面有没有住着神仙……"

当然，远山也有歉收的日子。那是太阳——那颗沉甸甸的种子被满天的乌云吞没了。每当此时，连红红的余晖也没有，甚至连天空也忍不住伤心地哭泣，流下气馁的泪雨。但远山从不气馁，它把自己的汗水不住地挥洒，灌溉另一个更加明朗的晴天——

只要日出日落，只要乌云遮不住太阳，远山对于我都是一种呼唤。

北边的远山是威严的哲人。太阳从东方升起时，他的全身被镀了一层颜色，也镀了一层灵光，这种灵光与我见过的庙堂里的神像所闪现出的类似。阳光从前面直射过来，他身体的轮廓和线条开始渐渐清晰挺健，沟沟谷谷也开始分明，那阴面阳面，缓缓陡陡，起起伏伏，越来越凸现……此时，他成了一座有血有肉的健体，一条莽莽大汉，肌肉发达，浑身线条如斧刃刀痕，且神态冷峻，不苟言笑，让你在他的面前感到压抑，连对他说一声"哥们儿，你好"的勇气也没有。偶尔从山顶飘过的白云，也仿佛成了对你的嘲笑，笑你的渺小，笑你的无知，笑你的不配。

然而，所有的冷峻和嘲笑也是一种呼唤。

终于，有一天，我忍不住想知道，远山究竟是什么，更想知道远山的那一边是否还有远山！

去县城参加高考的路上，我顺道登上了一座山——我在故乡眺望过无数次的那座东边的远山。在山顶，我看见远方还是——山。

然而，我并没因此而失望，因为脚下的山分明告诉我，曾经的遥远今天不是被踩在脚下了吗？而曾经的"远山"不是成了今天脚下一个新的起点了吗？

抬头眺望，前面还有远山，远山在呼唤！也许有一天，我们在追随远山呼唤的征途上会突然倒下，但只要我们是向着远山的方向倒下的，我们的躯体终会隆起一座山，一座后人的远山。

在水一方

风流风骨 之

当别处的人们一心一意用青铜铸造着
精美、豪华与排场时，那里的人们
一不小心却用青铜铸造出了
"吴王金戈越王剑"，
也铸造出了"男儿何不带吴钩"的典故；
当易水之滨的荆轲吟唱
"风萧萧兮易水寒"时，
被专诸一刀毙命的王僚，墓上的荒草
已不知青了又黄黄了又青多少回了；
当外族的铁蹄携着大漠雄风一路南下
时，那里人的头在"留发不留头，
留头不留发"告示前昂得老高老高……

峻峭崚嶒

"我见青山多妩媚，料青山见我应如是。"

她将稼轩的这一词句化做了自己的名字，也模糊了自己的性别，更使自己本如弱柳般的生命变得山一般峻峭崚嶒。

其实她的故乡是没有山的。有人说她是浙江嘉兴人，又有人说她是江苏吴江人，她自己也说不清自己到底是哪里人，因为她从小就被人卖来卖去，先是被卖为婢，再是被卖为妓。而这一切，只是因为她家境贫穷。好在那时她小得并不能记事，也还不能体味这世态的炎凉。

无论是嘉兴还是吴江，都是没有山的水乡。她对于山的最初记忆，是晴日里向天边眺望所得到的那一抹影子，还有就是她从诗词文章中读到的那些名言警句。但她竟因此而知道了，妩媚的

古籍上的柳如是画像

青山上有高洁挺拔的青松，松林间有草，有花，有潺潺的流水，有阵阵的鸟鸣，有峻峭悬崖，有崚嶒山石……山是一个别样的世界，丰富、稳重、可靠，于是她也希望自己是一座山，一抹美丽的远山，既立身于这世间一隅，又超然于这红尘之外。

但她终究不是山。

稍稍长大一点，就有人不停地对她说：你充其量只是一棵小树，甚至只是一棵小草，你一定要找一个可靠的靠山。

于是为了那一座梦中的靠山，她刻苦地读书练字，吟诗填词，刺绣绘画，抚琴度曲，同时日日描眉涂腮，调笑嗔语，总之，努力地将自己弄得风情万种、仪态万方。但有时她也会恨自己为什么要这样。

不就是因为家境贫穷吗！

但贫穷也是罪过吗？她曾多次这样地问天，问地，问自己。

天无语，地无言，而自己更只能是越问越陷入迷惘——

如果贫穷不是罪过，至少不是自己的罪过，那为什么命运要这样惩罚自己！不

但小时候被卖，长大后还要被卖，而且出卖的除了自己这个人，还连同自己的灵魂！

如果贫穷也是罪过，那是不是只要走出了贫穷，这罪也便受到头了呢？想到这儿，她只能又日日描眉涂腮、调笑嗔语……将希望寄托在那座梦中的靠山。

她终于找到了一座靠山。

那一日，吴江盛泽的归家院内来了一位书生，着白衣一袭，身姿挺拔，面容英俊，神情忧郁，但那一双忧郁的眼睛中又透出坚毅的目光。

四目相对，两人几乎同时都看到了对方眼中有火花闪烁；与此同时，她似乎看到了一座青山，它遥在天边，又近在眼前……

白衣书生一去不返，但他那双忧郁的眼睛总在她的脑海中挥之不去。几经打听，终于知道白衣书生姓陈，名介，字卧子、懋中、人中，号大樽、海士、轶符等，南直隶松江华亭人。

钱谦益

她让人主动给他送去名刺。一次，两次，三次……这让当时许多人觉得不解，连跑腿的女佣也觉得跑得累了，但她却说："世间本该藤缠树，世间哪有树缠藤！"

白衣书生终于又来了，而且还领来了姑苏名士张溥等复社中人。那张学士的《五人墓碑记》她早就读过，且曾读得她热血沸腾，眼含热泪。

从此后，她的香闺似乎成了复社又一处雅集之所。他们与她，不，应该是她与他们，一起吟诗属对，抚琴挥毫，甚至歌哭歌笑，她从他们身上获得了剑胆，他们从她身上得到了琴心。那一个阶段，她经常着男装，扮男相，连吟出的诗句也多了几分男儿气象；而他也在不知不觉间再也离不开她了……

但他注定是要离开她的，而且是一去永不再回，因为他踏上了一条人生的不归路。

1645年5月10日，陈子龙以一介书生而起兵抗清，从此，她的梦中又常有一抹隐约的远山。但是，1647年6月15日，陈子龙兵败投水而死，她梦中那一抹隐约的远山呵，又从此消失。

好在这一抹远山消失了，她又投入了一座更大的山，而且这一次是实实在在地投入了。

钱谦益，字受之，号牧斋、蒙叟、东涧老人，世称虞山先生，

陈寅恪著《柳如是别传》书影

万历探花，东林领袖，诗坛盟主，曾官至礼部侍郎。

"我恋你发如墨，肌如雪。"钱谦益对她说。

"我恋你发如雪，肌如墨。"她对钱谦益说。

钱谦益这座山的林子果然很大。于是她在这座林子里有了壮观华丽的"绛云楼"，而这楼后来竟被一个叫曹雪芹的人写进了自己的著作中，成了"绛云轩"，也算是永世留名了。

绛云楼内的日子自然是天地一家，四时皆春，过得舒心而倏忽，倏忽得似乎不是真实的日子。于是她总不能忘记那一抹曾经出现在梦中的远山。

她追寻着那一抹远山，于是她来到了南京，来到了秦淮河边，成了河边的一枝最鲜艳的花。

她力劝钱谦益效力南明弘光王朝，于是他当了南明的礼部尚书。然而该来的终将要来！大厦将倾之时，她力劝钱谦益与自己一起投水殉国，然而钱沉思一番后说："水太冷！"呵，此时，她心中与梦中的山一齐塌了，于是她"奋身欲沉池水中"，却被钱谦益硬拖住了。

她终成了一座峻峭崚嶒的山，又一次崛起于秦淮河边，而钱谦益反倒成了一棵树，甚至一棵草。

钱谦益上北京当官去了，她不去，宁可留在南京的秦淮河边，任花自飘零水自流。

钱谦益所投降的清兵临城下，她去了长江边，那时郑成功、张煌言、瞿式耜、魏耕等抗清义军正在那儿——红颜劳军，一时传为佳话。

钱谦益又被罢官入狱，她抱病奔走救他一命。

钱谦益财散人亡，她三尺白帛了此一生，只留下《戊寅草》、《柳如是诗》、《尺续》三部诗稿。

这些诗稿，三百年后竟让一位生性狷狂而又方正的学者"瞠目结舌"，于是他竟用写惯了那些雄文深论的笔，写了一部厚厚的《柳如是别传》，终将自己另一面怜香惜玉的浪漫情怀暴露于世。

"我见青山多妩媚，料青山见我应如是。"陈寅恪一定是想借此走近她那一抹远山吧！

但在陈寅恪的眼里，她一定不只妩媚，还丰富、大度、沉稳……尤其还有那山石悬崖般的峻峭崚嶒——哈哈，正合我心意！

倾城倾国

有人说她是祸水，若没有她，就不会有倾城倾国、江山易主的悲哀，历史就不会写成现在这般模样。

有人说她是女杰，她能让吴三桂这样的乱世枭雄"冲冠一怒"，从而改写历史——与其说这是吴三桂改写了历史，不如说真正改写历史的是她，因为"女人是通过征服男人来征服世界"的嘛！

然而，当我们将吴梅村的《圆圆曲》真正读懂之后，当我们将那段纷繁历史再一次重温梳理一番之后，当我们设身处地地将一个女人当做一个女人来看之后，并静下心来，实实在在地打量一番这个名叫陈圆圆的女子，一个美丽单纯、聪明伶俐、天真烂漫而又命运多舛的少女形象就会在秦淮河边"复活"起来。

她本姓邢，名沅，字圆圆，又字畹芳，幼从养母陈氏，故改姓陈，世称陈圆圆。她原为昆山歌妓，后来才随命运安排流落到秦淮河边。尽管她"殊色秀容，花明雪艳，能歌善舞，色艺冠时"，但是在她前面的人生道路似乎早有人为她安排好，那就是，在秦淮河边的灯红酒绿中，在心照不宣的欲望交易中，在虚情假意的迎来送往中，等待着花谢月残的那一天。如果真是这样，历史是不会记住这样一个女子的，因为这样的女子秦淮河边太多太多了！

谁知道，命运终将为陈圆圆安排了别样的人生，让她离开了秦淮河。

吴梅村在《圆圆曲》里说她"此际岂知非薄命，此时只有泪沾衣"。但我觉得吴梅村的这两句诗，只有前一句说对了。因为离开秦淮河时，陈圆圆应该是没有眼泪也没有欢笑，没有留恋也没有向往，有的只是一种复杂的别样滋味在心头。尽管为她送行的姐妹们都说她被人"赎身"很幸运，因为从此可以结束卖笑生涯，可以从良做一个真正的良家妇女了，可以去享受真正有人疼有人爱的生活，当然也可以去生儿育女、相夫教子、安享天伦了，但是她自己心里明白，这一去究竟是幸运还是不幸，又哪里知道呢！

　　好在为她赎身的那位田大人，出手阔绰，至少应该是一个有钱的主儿吧，随着他至少会衣食无忧的吧！

　　然而她哪里知道，这位田大人可不只是个一般有钱的主儿，而是当朝国舅，此时他是一位肩负着朝廷特殊使命的神秘人物！他将陈圆圆从勾栏青楼中赎出，本也是有着特殊的用途。

　　当时，李自成的农民起义军威震朝廷，崇祯帝日夜不安。外戚嘉定伯周奎欲给帝寻求绝色美女，以纾解皇帝的忧虑之心，遂派崇祯宠妃田氏的哥哥田畹下江南觅艳。当然，这一切田畹是绝不会与陈圆圆说的，也不会与她的鸨母说的。

　　陈圆圆离开了秦淮河，"横塘双桨去如飞"，载着陈圆圆的船沿运河北上，但是谁也想不到，清军的铁骑正因为这条船而终将南下。陈圆圆此去便注定了她乘坐的这条小船将摇进中国历史。

　　去北京的路上，田畹就越来越被陈圆圆的色艺所迷倒，到了北京后，他便彻底地改变了主意——或许也是他眼看到大明的气数已尽，觉得已没有必要再将这样的美女孝敬给一个行将就木的王朝"糟蹋"了吧！

现代画家笔下的陈圆圆

　　田畹没有将陈圆圆送给崇祯，而是占为了己有。但他也因此而有了双重的担心，一是担心李自成的农民军随时会打进城来，二是担心皇帝知道他私占了陈圆圆。正惶惶不可终日之际，吴三桂进京来了。吴三桂是奉崇祯之命而来，此时他成了崇祯的最后一根救命稻草，自然也成了达官贵人们巴结的对象，田大人自然也不能在这群巴结吴三桂的人中落后。田大人为吴三桂而设的一场盛筵便在城外农民军的隆隆炮声中开张了。

　　酒过三巡后，田大人命圆圆歌舞助兴。没想到吴三桂一见圆圆后，眼珠便盯在圆圆身上不再转动。田大人见时机已到，上前对吴三桂轻声说："寇至，将若何？"吴三桂说："能以圆圆见赠，吾首先保护君家无恙。"

　　还未等田畹回答可否，吴三桂已一把抓住圆圆。可怜的圆圆呵，哪里还有什么自己的选择！她只是一件示客的礼物，既然客人喜欢并索要，主人也没表示异意，那就只能被客人带走了。

　　吴三桂自然是很想将陈圆圆带到山海关去的，他的人马在那儿，那既是他当下还被崇祯看重的原因，也是将来与李自成讨价还价的资本。但是他老谋深算的父亲说："你别忘了这女人的来头！如今皇上毕竟还是皇上呵！"于是吴三桂将陈圆圆留在了北京的府中。

当然，此时他怎么也没有想到，儿子将这个女人留下的同时，也便就此留下了一条祸根，就是这个女人将不但终要了他的老命，也要了府里上下30多口人的性命，也改变了一段历史的命运——而这一切，都是因为李自成的大将刘宗敏也看上了这个女人。

果然不出所有人预料，不久李自成率领农民军攻入北京，崇祯皇帝将自己至尊的生命用二尺绳索交给了煤山上的一棵歪脖子老树。吴三桂的老父倒也参透了世事的变化，在他看来改朝换代实属正常，他才不会在一棵树上吊死哩。很快，他便不但投降了农民军，还写信给儿子。

吴三桂画像

据有关史料上记载，当吴三桂向送信的仆人寻问父亲及家小的情况时，仆人说："已被农民军抓起来了！"吴三桂不在乎地说："没事的，我回去后他们就会放了他们！"

吴三桂又问家里的财产有没有损失，仆人回答："都被农民军没收了。"吴三桂仍满不在乎地说："也没事，我回去后他们就都会归还的！"

最后吴三桂特别问起他新纳的小妾怎么样了，仆人支支吾吾，半天才吞吞吐吐地说："已被刘宗敏抢去宰相府了。"

吴三桂岂能再"不在乎"！他后来的确成了汉奸，但他首先是个男人呵！

其结果当然众所周知，用不着我在这里细说，吴梅村的《圆圆曲》对此写得概括而形象："恸哭三军具缟素，冲冠一怒为红颜"。

的确，吴三桂的"冲冠一怒"看起来只是"为红颜"，这"红颜"当然是指陈圆圆了，但说到底，他又是因为陈圆圆的什么呢，情，还是爱？

可以设想，当刘宗敏看上陈圆圆后，陈圆圆当然只能一如既往，一切都不会有人给她选择的权利，她自然也不会有自己的选择，对于被男人争来送去的类似情况她早已习惯，因此在她眼里，田畹也好，崇祯皇帝也好，吴三桂也好，甚至她爱过的冒辟疆也好，都一样，刘宗敏当然也一样，他们都一样如秦淮河边的那些嫖客，对于他们，她的心中，早已既没有爱，也没有恨，所以跟谁去不是一样跟呵！

吴三桂当然不会不想到这一点，当然不能不为此而愤怒，因为被一个喜欢的女人看轻，那是令人难以接受的，也是令人尴尬而难堪了，甚至是令人愤怒的。但是吴三桂愤怒的原因绝不全在此，如果全在此，那说明吴三桂倒真的爱上陈圆圆了。

吴三桂愤怒的更大原因，是陈圆圆的被刘宗敏抢去太丢了他男子汉大丈夫的面子——你真喜欢可以与我说呵，不得到我同意，不要说是一个我喜欢的人，就是再不值钱的东西，你也不能抢呵？这岂不是对我太藐视了吗？是可忍，熟不可忍！于是一场悲剧就此展开。

"恸哭三军具缟素。"然而，应该"恸哭"的岂止是"三军具缟素"呵，更应该是刘宗敏和李自成们，还有他们的那个"大顺"政权，当然还有一段啼笑皆非的历史和一个多灾多难的民族！

尽管吴三桂的"冲冠一怒"不会是因为他真的爱上了陈圆圆，但一个事实是，陈圆圆却从此似乎爱上了吴三桂。

我这样说，或许至今还会惹得一些正人君子们也"冲冠一怒"，但是在我看来，这实在比《色戒》中的王佳芝能爱上易先生要合情合理多了。我虽然不是女人，但是只要我们设身处地将陈圆圆当做一个女人，即使是站在今天的立场来看，陈圆圆也不能不爱上吴三桂，因为有一个事实陈圆圆不会不看到，那就是，除了吴三桂，还从来没有一个男人如此地"在乎"过和"珍惜"过她。就凭这一点还不值得一个女人爱上这个男人吗？尽管他的确是一个大汉奸，但一个弱女子，她管得了吗！

吴三桂攻下北京后找到了陈圆圆，陈圆圆从此一直跟着吴三桂，先由京入秦，再入蜀，然后独占云南。吴三桂进爵云南王后，欲将圆圆立为正妃，圆圆托故辞退；吴三桂喜新厌旧别娶后，一度因正妃悍妒而想杀了圆圆，圆圆得悉后削发为尼；吴三桂叛清，于1681年冬被康熙大军攻破昆明城后，陈圆圆得知吴三桂死后亦自沉于寺外莲花池。

这一切事实足可证明陈圆圆对吴三桂可谓是死心塌地。何以如此？除了因为爱，我们还能找出其他能令人信服的原因吗？！

陈圆圆墓

红尘青莲

在"秦淮八艳"中，董小宛无疑是最为矛盾的一位——最简单又最复杂，最世俗又最浪漫，最幸运又最不幸。

董小宛的生命历程中，既没有柳如是那样的殉节而终、大义凛然，也没有李香君那样的血溅桃花、惊心动魄，更没有陈圆圆那样的倾城倾国、天崩地坼，她的人生轨迹似乎很清楚。据有关史料记载，董小宛1624年生于苏州的一个小康之家，因父亲早逝家道中落而不幸沦落风尘，来到了秦淮河边，成了"八艳"之一，因姐妹陈圆圆的关系与"明末四公子"之一的冒辟疆相识，后因陈圆圆的北去冒辟疆移情于她，她随之与之相爱，并嫁他做妾，直至于1651年病逝于如皋的冒家水绘园中。

董小宛这样的人生历程，看起来实在算不得复杂，甚至应该说很简单。

然而偏偏有人说，1651年董小宛根本就没有死，而是被迫入宫成了顺治皇帝的妃子，对此冒家不好明说，只好向外宣称她死了。进而还言之凿凿，说清宫中那个饮鸩酒而亡弄得顺治出家为僧的董鄂妃，实际上就是董小宛。

又有人说，曹雪芹《红楼梦》中的那个林黛玉原型就是董小宛，而那个最终也出家做和尚的贾宝玉，原型就是顺治皇帝，那个门深似海的贾府实际上是清宫的暗喻。

还有人说，1651年，洪承畴逼董小宛入宫，她为了保全冒家，先是答应，后于入宫途中，用随身剪刀自尽，血溅姑苏五云轩。

甚至还有人说，董小宛根本就没有走进过如皋冒家的水绘园，早在1645年，她因受冒辟疆之托去扬州史可法部劳军，正遇扬州城破，她便自刎拒辱，血溅扬州城了。

......

类似的说法不一而足，扑朔迷离，且不仅仅只是一般于民间传传，而是写进了许多人的著作中，成了一个难解的历史之谜，至今还让许多人做出一篇又一篇的"论文"。作为一个人，董小宛如此盖棺而不得定论，实为简单的人生又不可谓不复杂矣！

有太多的史料证明，董小宛不但的确走进了水绘园，而且还在其中过过一段既世俗又浪漫的日子。

说那些日子是世俗的，因为那是一种居家的日子，柴米油盐、锅碗瓢盆，肯定是一样也不会少，也不能少的。

众所周知，董小宛被后世尊为"中国古代十大名厨"之一。很难想象，一个从风尘中走出的女子的一双调朱弄粉的手，竟然也不但能奏响锅碗瓢盆的交响，而且还得心应手，创造出一道又一道名菜和甜点，至今还为世人所享用。淮扬菜中有一道"虎皮肉"，即走油肉，被称为"董肉"，堪与"东坡肉"齐名和媲美，据说其制作方法就是她的发明。还有一种糖点，用芝麻、炒面、饴糖、松子、桃仁和麻油作为原料制成，再切成长五分、宽三分、厚一分的方块，外黄内酥，入口甜而不腻，据说也是她发明的，所以人们称为"董糖"。不难想象，研制出这一切，一定是不但需要吃油烟熏烤的世俗之苦，更需要有一份对于世俗生活的专注和用心。然而又正是在这种最世俗不过的生活情节里，董小宛又总能将那些庸常而琐碎的日子过得浪漫美丽，饶有情致。对此我们也不难想象，每当夏夜春宵，如水的月光下，水绘园中，明白楼前，搭小几一张，竹椅两把，董小宛与冒辟疆，就着可口的甜点，或品着美味的菜肴，或谈诗，或论画，或赏月，或饮酒，或什么也不干，只看空中的萤火、天上的流星，同时感悟着时光的流逝和生命的节律……任水绘园外改朝换代，涛走云飞、天崩地坼。其中几多浪漫，定"不得向外人道也"！ 董小宛就是这样在最为平实的日常生活中同时领略着最为精微雅致的文化趣味，在最为卑微的生命中同时又总企慕和创造着清澄浪漫的诗意人生。所以，尽管过去了几十年，早已白发苍苍的冒辟疆说，自己一生的清福都在和小宛共同生活的九年中享尽了。

大概正是冒辟疆真的已经享尽了人间的清福，也算是"曾经沧海"了，所以他才会不再羡慕这世上的任何福利，才能够在明亡清兴后终守节操。毛泽东对冒辟疆曾有评价："所谓的明末四公子中，真正具有民族气节的要算冒辟疆。清兵入关

后,他就隐逸山林,不事清朝,全节而终。"想来冒辟疆能获得如此高的评价,也应
该有董小宛的一份功劳吧!

如此说来,董小宛似乎是幸运的。

然而,为什么人们为董小宛附会出的所有人生可能,都一律是悲剧的暗示与
指向呢?这让我们又不能不看到她似乎幸运的背后,有着太多的不幸。

且不说沦落风尘本身
就是一种人生的大不幸,
因为这种不幸是秦淮八艳
一律都具有的。单说董小
宛与冒辟疆的相识、相恋
与相守吧。

据史料记载,冒辟疆
本来属意的并不是董小宛
而是陈圆圆,是因为命运
的安排他无法与陈圆圆走
到一起后,又在董小宛一次
次的主动出击之下,这才与
董小宛走到一起的。对于
董小宛来说,终于心想事

冒辟疆与董小宛

董小宛画《孤山感逝图》

随了,当然是一种幸运;更幸运的是,她走进冒家后,冒家人竟顺利地接受了这位
青楼出身的媳妇。董小宛当然对于这一切万分珍惜。此时,冒辟疆的大房妻子秦氏
体弱多病,董小宛便主动地毫无怨言地承担起照顾她的责任,并且还将几乎所有
理家主事的担子担了过来,她恭敬孝顺地侍奉公婆,悉心照料冒辟疆与秦氏所生
二男一女,连冒家的全部家务收支账目也全由她经手。因此,不难想象,董小宛在
精心制作那些名菜与甜点的同时,实际上一位才女、诗人、艺术家便就此异化成了
冒家的一名高级保姆与义务管家了。而冒家之所以能顺利接纳她,或许接纳的正
是这样一个高级保姆和义务管家吧!

然而,董小宛毕竟本质上是一个女诗人,她最仰慕的诗人是李白,她名
"白",字"青莲",号"青莲女史",都是因此而起。早在秦淮河边,她就以诗词
书画名动一时,她的书法能达到替冒辟疆为朋友书写扇面而让人看不出破绽的水

平，她15岁时画出的《彩蝶图》现还收藏在无锡市博物馆，上面许多的名家题跋无一不给予很高评价。董小宛放弃这一切难道真的内心就没有一点痛苦吗？

当然，对于一个女人来说，她只要有爱，不要说艺术了，一切都可以放弃，只是这种爱应该是相互的、双向的。

董小宛无疑是爱冒辟疆的，爱得全心全意，但是冒辟疆呢，似乎就有点复杂了。

董小宛死了许多年后，冒辟疆写了一本叫《影梅庵忆旧》的小册子，说是为纪念董小宛而写的，但是令人难以置信的是，飘荡在这位才子笔下的，却不时可见陈圆圆的情影，这里且录两小段为证：

妇人以姿致为主，色次之，碌碌双鬟，难其选也。蕙心纨质，淡秀天然，平生所觏，则独有圆圆耳。

其人淡而韵，盈盈冉冉，衣椒茧，时背顾细裙，真如孤鸾之在烟雾，令人欲仙欲死。

冒辟疆画兰

这无论如何既不合乎"文章作法"，也更不合人之常情、世之常理，但是竟是事实。这就不能不让人想，或许冒辟疆从来就没有真正地爱过董小宛，至少是没有全心全意地爱过。这不能不又是董小宛的一大悲剧。

对于这一切，聪明如董小宛者不可能不全然无知，她知道的最好的证明，便是她年仅28岁生命就悄然凋零，成了"秦淮八艳中"，花期最短的那一朵。

血溅桃花

今天，秦淮河边的媚香楼还在，只是里面理所当然已没有李香君。

没有李香君的媚香楼还是媚香楼吗？是也不是，不是也是！

媚香楼的对面，仅一河之隔，便是夫子庙。媚香楼与夫子庙如此对峙几百年了，直到今天。这是夫子庙的失败呢，还是媚香楼的胜利，谁能说得清呵？！

明崇祯十二年的秋天，年仅21岁，但已名闻四方的复社四公子之一侯方域，从河南商丘一来到南京，便匆匆来到了秦淮河边，因为秦淮河边除了夫子庙，还有一座江南贡院，他是来赶考的，那儿对于他来说当然很重要，是他梦想摘冠折桂的地方。

每当大考之年，秦淮河边总是好不热闹！那些为求取功名而云集金陵的士子们，千里迢迢、风尘仆仆地从各地赶来，在贡院的附近找一间客栈将行李放下，连身上的征尘也来不及洗去，便直奔贡院而来：或打探消息，或察看地形，或体验气氛……

然而他们中总有些人，一旦闻到了秦淮河的烟水气，便在桨声欸乃灯影摇晃的秦淮河边迷失了。或在来贡院的途中，或在看完贡院回客栈的路上，有人扑扑身上的征尘，便一抬腿跨上了秦淮河中灯影摇晃的画舫，有人只将头上的帽子向下拉一拉，便一转身进了河边大红灯笼高高挂的青楼。虽然显得有点儿迫不及待，但他们举手投足间又显得那么的自然而然。当然，更多的考生是在考试完毕后等待放榜的日子里才走进青楼、登上画舫的——此时，他们内心的焦虑、忐忑、复杂是不难想象的。他们日日在秦淮河边徘徊，如热锅上的蚂蚁，等待着自己人生判决的下达，此时，秦淮河的烟水成了滋润他们心田的甘霖。于是，考试"感觉不错"者登上了河中的画舫，开始透支自己的人生，因为他们清楚地看见，河中画舫上那些正挥金如土与粉头们高声调笑的大人、老爷，正是昨天在贡院中与自己一样挥汗拼搏的考生；感觉考得"不怎么样"者也走进了河边挂着红灯笼的青楼，他们破罐子破摔，"过把瘾就死"，因为他们也清楚地知道，自己十有八九名在孙山之后，此一离去，便是"暮霭沉沉楚天阔"，便是"杨柳岸晓风残月"。

也许这正是将贡院设在秦淮河边所追求的一种社会效果吧。

在考试前让考生们孤寂落寞的灵魂尽情享受一下秦淮河的温柔，在考试后让他们早已疲惫不堪的身心适当地放松一下，这无论是对于来日的考场拼搏还是官场搏杀，其好处想来是不言而喻的。即使不能金榜题名者，从此后落魄江湖、诗酒人生，就此积累一点经验也没什么坏处！只是不知道坐在夫子庙中的孔夫子，见了这一切会有何感想。不过，以他老人家曾说过"食色人之性也"的话，想来是既不会太过尴尬，也不会太过责备弟子们的吧！更何况，有些赶考士子与那些青楼女子注定是要走到一起来的。

侯方域在贡院街上来回走了几趟之后，也将贡院里的号舍几乎一一看过之后，更将考试的气氛体验得自觉足够之后，终于走进了对岸的媚香楼，走上了它暗红色的楼梯……

那一年，李香君正当十六岁花季妙龄，"温柔纤小，才陪玳瑁之筵，宛转娇羞，未入芙蓉之帐。"侯公子走进去时，她正坐在绣帘挂落的花格窗前，遥望着秦

今日秦淮河边的"媚香楼"（李香君故居陈列馆）

淮河，等待着她的白马王子、梦中爱情。当侯方域蓦然出现在她的面前时，她感觉这正走上楼梯的那个人就是自己所期待的……

而对于侯方域来说，此时他来南京，对岸的夫子庙、江南贡院，似乎已不再重要，甚至将来的那场让他在寒窗下准备了十年的考试也不重要了，重要的便是接下来的这一场风花雪月的故事。

谁知道，几乎与此同时，清军铁蹄正将大明朝的万重关山踏得粉碎，朱氏亲王仓皇南渡，在一片乌烟瘴气中于"南都"重建政权，史称南明。风花雪月的故事与天崩地坼的灾难相比实在是微不足道。微不足道的还有失火城门下的池鱼。

昆曲《桃花扇》中的李香君

既然南京一时成了政治的台风眼，秦淮河边自然也成了一块是非地，灯红酒绿之下多了几多阴谋、几多无耻和几多罪恶。

复社的死对头阮大铖，抓住了这个机会，从金陵的深巷中走了出来，并投靠南明佞臣马士英，出现在政治舞台的前台。他早就想将复社会众们都置于死地了，侯方域既然送上门来，岂能轻易放过！于是一个罪恶的阴谋在他心中酝酿成功。

阮大铖先通过侯方域的朋友杨龙友，送给侯方域一笔钱为李香君"赎身"。此实际上是阮大铖收买侯方域的一个阴谋。这很快让李香君看破，于是李香君不但毅然拿出全部积蓄，而且不惜举债，让侯方域将钱还给了杨龙友。

李香君的侠肝义胆让侯方域大为感动，却让阮大铖更加仇恨。当杨龙友将钱交还阮大铖时，他恨得咬牙切齿地说："老夫有意与他们攀交，这些小子们竟如此气傲，看老夫将来有朝一日，一定要给他们点颜色瞧瞧！"此时，阮大铖仇恨的"他们"中，已不只是侯方域，更有李香君。

果然，阮大铖软的不行就来硬的。他以结党之罪欲令爪牙将侯方域收捕入狱。好在侯方域事先得到消息，逃往扬州史可法部，只可怜他与李香君这一对有情人，也就此劳燕分飞。

李香君从此洗尽铅华，闭门谢客，一心只等着侯公子的归来。

然而阮大铖哪能就此甘心！他一计不成又生一计。为了讨好金都御史田仰，他竟然想强将李香君送之为妾。可在花轿临门之时，李香君纵身媚香楼，血溅桃花扇，用自己的生命写就了一曲忠于爱情、忠于民族的悲歌……

然而，与李香君的忠贞不渝相比，侯方域在气节上并没有坚守多久，他于顺治八年又参加了由清朝组织的科举考试，只是因为一次又一次的名落孙山才终没登上清朝的政治舞台。这成了李香君最大的尴尬，好在那时，她的生命早已与春天的最后一瓣桃花一起凋零在苏州城外的荒郊野岭了。留在身后的，除了那把她溅血为花的扇子，还有一曲《桃花扇》的传奇。只是那传奇的作者孔尚任，竟是孔子的第六十四代孙。这让许多人感到奇怪。

当孔尚任最终落得个"可怜一曲桃花扇，断送功名到白头"的下场时，更有人幸灾乐祸，说他这都是因为忘了自己那位圣人先祖的遗训。然而我觉得，说这话的人是不是先忘了李香君的媚香楼本来就在夫子庙的对面呵！

芳心侠骨

　　水似眼波横，山似眉峰聚。借问行人去哪边，眉眼盈盈处。才始送春归，又送君归去。若到江南赶上春，千万同春住！

　　想来秦淮河边那个叫顾眉的青楼女子，一定是读熟了这首宋人小令才为自己取了"横波"的别号吧？也因此，"秦淮八艳"中唯一曾被封"一品诰命夫人"的她，便被时人亲切地唤作"横波夫人"。还有这首小令本身，也似乎成了她整个人生的谶语：

　　　　　　　水似眼波横，山似眉峰聚。

　　顾横波，生于天启五年（1619年），原名顾媚（顾眉），字眉生，号横波等，婚后改名徐善持，江南上元（今江苏江宁）人。

　　据顾横波的好友余怀的《板桥杂记》记载，顾横波生得"庄妍靓雅，风度超群。鬒发如云，桃花满面；弓弯纤小，腰支轻亚"，且通晓文史，工于诗画，尤长南曲，曾反串小生与董小宛合演《西楼记》、《教子》等，被誉为"南曲第一"。其所绘山水天然秀绝，尤其善画兰花，17岁时所绘《兰花图》扇面，至今还藏于故宫博物院中。

　　然而，尽管顾横波再有过人的姿色和出众的才华，但毕竟为一青楼女子，如何又能成为"一品诰命夫人"？这便注定她必是一个备受争议的人物：

　　有人说她重情重义，品性高洁……

　　有人说她轻浮势利，水性杨花……

借问行人去哪边，眉眼盈盈处。

迎来送往，自然是青楼女子们最日常的功课与工作，顾横波也一样。然而，仅仅是一次看似平常的迎来送往，却彻底地改变了顾横波的人生。

崇祯十五年（1627年）春的一天，一位27岁的风流才士造访了顾横波的"眉楼"。只不过他不是从京城去江南，相反，他是从江南去京城，因为他人生真正的春天不在江南，而在北方的京城。

此人就是与钱谦益、吴伟业并称"江左三大家"的龚鼎孳。

龚鼎孳是安徽合肥人，此人才华出众，为人豪放，尤其视金钱如粪土，19岁时便中得进士，官授湖北蕲水知县，声名远播，他此番上得眉楼，正是因政绩杰出，被诏入京，途经金陵。

本也只不过是一次再寻常不过的逢场作戏，谁知道，二人临分手时，竟有点依依不舍。对于龚鼎孳来说，他此番要去的京城，或许正有一个人生的春天在等着他，但是绝非全是盈盈的眉眼流波，因为此时，大明江山正风雨飘摇，关外的清军正虎视眈眈，中原的"流寇"正纵横无忌。此去是祸是福，是凶是吉，龚鼎孳自己难以预料，而顾横波从此心生牵挂！

才始送春归，又送君归去。

顾横波依依不舍地送走了龚鼎孳，没想到也从此送走了自己生活的春天。从此她每天都在一种牵肠挂肚的折磨中生活着。

春去秋来，顾横波再也忍受不了

现代画家笔下的顾横波

相思的折磨了，在中秋这个万家团圆的节日里，也毅然不顾中原遍地烽火，启程北上，去京城找龚鼎孳，去追赶自己人生的春天、心中的春天。行至河北沧州，兵乱道绝，顾横波流寓淮河沿岸的清江浦，一待就是一年，直到第二年入秋，她才得以重新北上，终于在中秋节前夕抵达京都，为龚鼎孳在这个北国的秋季，带去了江南的满眼春光。

若到江南赶上春，千万同春住！

顾横波来到了北京，龚鼎孳不但多了一个生活的伴侣，还似乎多了一个政治知音，仕途虽也平生变故，但终逢凶化吉，以至变得左右逢源起来，人生似乎真的进入一个春天。而对于顾横波来说，似乎也真的从此赶上人生的春天，并从此同春天同住了，虽然她并不在江南，而是在北国的京城。

顾横波成为龚鼎孳明媒正娶的爱妾之后，龚鼎孳以挽回国事为己任，曾于一个月内上疏17次，弹劾权臣，意气激昂。而在他写这些疏奏时，顾横波总在身边"焚膏相助"，以示支持。不料最终因此而触怒崇祯，龚鼎孳入狱，其时距顾横波入京才不过月余，但她多方奔走，使龚鼎孳仅一年后便得获释。

李自成进京之后，龚鼎孳作为大明臣子，为全节而准备自杀，但顾横波以为这并不值得。于是龚鼎孳降于李自成，封直指使（类似于御史）。每有人攻击其不忠，龚鼎孳便公开以"吾愿欲死，奈小妾不肯何"之言为自己"开脱"。

李自成兵败，清人入关，龚鼎孳与顾横波又再度降清，以至龚鼎孳被封为一品大员，顾横波也就此以"亚妻"身份被封为"一品诰命夫人"，就此完成了从一个风尘女子到一品诰命夫人的传奇历程，人生似乎绽放出了最烂漫的光华。

对于顾横波人生中"三朝两易帜"的事实，有人说其为"秦淮八艳"平添了几分侠骨芳心，但也有人很不以为然，甚至认为其之于"秦淮八艳"实在是"极煞风景"，如大史家孟森、国学大师钱钟书等。孟先生在《横波夫人考》中批曰"以身许人，青楼惯技。"钱先生则在孟先生这八字考语上又加批了一句："极煞风景而极入情理。"不过我以为这一切都十分正常，顾横波的人生，就如同这首宋人小令本身一样，有人可以读出美，认为它是"绝妙好词"，也有人能读出丑，认为它是"艳词淫语"。

是非自有公论，对错各在人心！

有缘无分

卞玉京出现在"秦淮八艳"中，似乎就是为了形象地演绎封建社会中才子佳人间一种非常微妙的关系。

卞玉京，名赛，又名赛赛，自号"玉京道人"，习称玉京。她出身于秦淮官宦之家，姐妹二人，因父早亡，皆沦落为妓。据说卞赛诗琴书画无所不能，尤擅小楷，还通文史。她的绘画艺技娴熟，"一落笔尽十余纸"迅如行云流水，喜画风枝袅娜，尤善画兰。然而，我们今天纵观卞玉京一生，值得一说的故事其实可用一句话来概括：她爱上了诗人吴梅村，并且想嫁给他，但是吴梅村或不愿、或不能、或不敢娶她，表现得"有贼心无贼胆"。

崇祯十四年（1625年）春，吴梅村在南京水西门外的胜棋楼上饯送胞兄吴志衍赴任成都知府，在这里他遇见了前来为吴志衍送行的卞玉京姐妹。看到那气质高贵脱俗而又含有几分忧郁的卞玉京，吴梅村不由想到江南盛传的"酒垆寻卞赛，花底出陈圆"两句诗，便在席间对卞玉京的文才进行了一番探试，结果发现卞玉京果然文采名不虚传，这令吴不由深为倾倒，从此二人便交往频繁起来，感情也渐深。如果说卞玉京与吴梅村的相遇、相识，只是一种偶然，那么他们最终相交、相爱，其实又是一种必然。

本文写到这儿，或许读者要问，那个时代的诗人才子们，为什么一个个无一例外都会与"秦淮八艳"弄出点花边新闻和风流韵事呵？难道这就是他们的全部人生？

当然不是！但是江南才子与青楼女子走到一起，其实在那个时代是几乎注定了的。

卞玉京画像

时至今日，我们在看那些古装戏时会发现一个很有趣的现象，这就是"进京赶考"常常是江南才子们不约而同的一个出场情节。的确，中国封建时代的文人，他们人生所有的努力，似乎就是为了能通过那场考试，所谓"学得富五车，售与帝王家"。因此，那些朝圣一般千里迢迢赶来秦淮河边的应考士子们，当他们置身于这个世俗之气汹涌澎湃的红尘世界时，其实与那些秦淮商女本质上并无多少不同，至少是来此的目的并无本质的不同，都是为了卖掉自己。不同的只不过为了卖一个好价钱，商女们要倚楼而坐，要表现得千般风情万般妩媚，而士子们则要去贡院的号舍中受一番煎熬，要把自己手中的生花妙笔舞将起来，写出锦绣文章；商女们的买卖是以自己的媚笑和肉体为媒介，而士子们则以自己的文章才华为媒介。

曾几何时，人们常常将"才子"与"佳人"并提，何以若此？只要我们扯去那件罩在"才子"与"佳人"身上的神秘外衣，就会发现二者在命运上其实有着太多的相似。佳人有貌，士子怀才，但在封建时代，"才"和"貌"往往必须得到别人的赏识才能实现其价值，正所谓"士为知己者死，女为悦己者荣"："佳人"要得到男人的赏识，而"才子"要得到政治的赏识，具体地说就是要得到统治者的赏识，只有这样，他们的人生价值才能得到最大化。这便从本质上注定了"才子"们与"佳人"们殊途同归的人生命运。

士子们参加科考，命运不外乎两种：或名落孙山，或金榜题名。名落孙山者从此沦落江湖、漂流瀚海，他们在以后的人生旅途中很易与沦落风尘的佳人走到一起，其中原因自不必说；金榜题名者，从此登上仕途，其中也不乏幸运之徒，平步轻云一番后，竟官封辅宰、出将入相，但即使如此，他们在宦海浮沉，有时也很易与那些沦落风尘的佳人走到一起，其中原因说破了也不复杂。

在中国，"自古刘项不读书"，不读书的统治者与读书出身的文人之间永远只是一种利用和被利用的关系。因此，对于文人来说，出将入相固然是人生最大的成功，但此种成功又以事实上落入"伴君如伴虎"的境地为代价，"一封朝奏九重天，夕贬潮州路八千"的事情更是随时都会发生。因此，去寻花问柳，去青楼听听"小语偷声贺玉郎"，不仅是一种风光，更是一种"今朝有酒今朝醉"式的对生活的透支。至于被贬边城、落魄江湖时，更是人生如梦，往事如烟，趁着良辰美景，去寻一佳人红粉，"忍把浮名，换了浅斟低唱"，诗酒华章，依红偎翠，纵醉生梦死，但能赢得青楼薄幸，未尝不也是一种活法，对自己的生命未尝不也是一种补偿。

　　而对于佳人来说，在中国古代，纵然你诗书满腹，文能治国，武能安邦，甚至有经天纬地之才，但只因你生为女儿身，便注定了只能遵循"三从四德"，去相夫教子；纵然你有一笑倾人城，二笑倾人国的容貌，但终究青春易逝，红颜难驻。"看尽千帆皆不是，肠断白苹洲"，是佳人们最常见的人生造型，而这一造型背后，当青春不再，红颜已逝，留给所有佳人的，其一可能是无尽的等待，其二可能是"新人笑来旧人哭"的闹剧，其中的变数如鸳鸯蝴蝶，一切全赖天意。总之，人生无常，世事难料。堕入风尘，游戏人生，挥霍青春，对于佳人（尤其是一些饱读诗书，曾经有思想、有追求的佳人）来说未必不是一种解脱。更何况这样的生活中还"幸有意中人"呢，至少有大把大把的银子。如此一来，才子佳人间，一个愿打一个愿挨，便两厢扯平了。如此的平等说它畸形也好，虚假也罢，但至少可以让人暂时忘却人间的种种等级，也让人暂时抛却人间的种种虚伪，所以才子与佳人虽然更多时候是"流泪眼看泪流人，断肠人对肠断人"，是"一根藤上的两个苦瓜"。正是因此，侯方域走进李香君的媚香楼，冒辟疆走进董小宛的半塘街，龚鼎孳走进了顾横波的迷楼，柳如是与钱谦益走到一起，吴梅村与卞玉京相识、相知，也都有其必然性。

　　不仅如此，封建社会实际上又只是一个男人的社会，女人即使要征服世界也只需要通过征服男人就可以实现了，但是男人不同呵，有一世界在等着他们去征服呢！那才是他们最大最重要的任务！那么如何去实现？对于"才子"们来说，自然是将自己的"才""售与帝王家"，但对方并不是无条件地购买，其要开出种种条件的，例如道德礼义种种；"才子"们对"佳人"的"贼心"一旦与之冲突，他们为了不影响自己卖个好价钱，自然是"两利相较取其重，两害相较取其轻"，这时，他们的"贼胆"就会立马小下去直至完全消失为无。因此，"才子"在与"佳人"的交往中，常常会表现得"有贼心无贼胆"，以致总弄得双方有缘无分，这便也是一种必然了。

　　也因此，当吴梅村在长干里的寓所得到卞表示要嫁给他的书简时，心里矛盾是真实而自然的事情。至于他最终并没有娶卞玉京，并说这是因为田畹在先已看中卞玉京想将她选送京城，其实这只是他的一个借口。但是，当十多年后，卞玉京已出家为尼，吴梅村又会写出《听女道士卞玉京弹琴歌》，其中所表达的复杂情感和无限感怀，也不能不说同样是真实而诚挚的。

红泪自溺

寇家姊妹总芳菲，十八年来花信迷；

今日秦淮恐相值，防他红泪一沾衣。

丛残红粉念君恩，女侠谁知寇白门？

黄土盖棺心未死，香九一缕是芳魂。

这是钱谦益为追悼寇白门而做的一首诗。

在"秦淮八艳"中寇白门可能是知名度最低的一位了，为此，钱谦益诗中"丛残红粉念君恩，女侠谁知寇白门？"两句，很是有点为她鸣不平的意思。

但是一个人的知名度有时并不与他人生的分量成正比。的确，寇白门的人生虽然不如柳如是之执著、李香君之壮烈和顾横波之无畏，但她身上同样表现出的侠义之气，似乎也可与她们有一比，至少是也相映成趣。再较之于"秦淮八艳"中的其他几位，我以为其人生的分量，至少不会在卞玉京、马湘兰之下。

寇白门的侠义之气首先表现在她对待爱情的态度上，正所谓"丛残红粉念君恩"。

这里的"君"是指谁呢？一个男人，一个寇白门生命中非常重要的男人。

崇祯十五年（1626年）暮春，当时金陵城里声势显赫一时的功臣保国公朱国弼，在差役的护拥下来到了钞库街寇家，求以婚约。几番交往后，朱国弼在寇白门的脑海中留下了良好印象，觉得此人虽功高权重，但斯文有礼，温柔亲切，可以托付终身。是年秋夜，17岁的寇白门浓妆重彩地登上了花轿。明代金陵的乐籍女子，脱籍从良或婚娶都必须在夜间进行，这是当时的风俗。然而哪个女人不想在这人生中最美丽的一天里绽放出最耀眼的光辉呵！而朱国弼似乎也很善解人意，是夜，他特派5000名士兵，手执红纱灯，一路肃立在迎亲的道旁，从寇家所在的武定桥一直到朱府所在的内桥。那每一盏红纱灯，将每一寸街巷都照耀得晃如白昼，也将寇白门的心照得如花儿一般怒放。迎亲场面盛况之大，在明代金陵堪称空前。

然而，仅过了数月，朱国弼那儇薄寡情本性便渐次暴露，整日以走马于章台柳巷为乐，至于那被他用千百只红纱灯迎娶府上的寇白门则被他丢弃一边。

现代画家笔下的寇白门

1645年清军南下。朱国弼降清，不久入京，却被清廷软禁。正当寇白门多方为朱国弼奔走之时，朱国弼竟欲将连寇白门在内的家姬婢女一起卖掉。得知消息，寇白门伤痛欲绝之余对朱国弼说："若卖妾所得不过数百金……若使妾南归，一月之间当得万金以报公。"朱思忖后同意寇白门南归。

回到金陵后，善良的人们多为寇白门遭遇之不幸而愤愤，都说朱国弼自作自受，是生是死寇白门不必再管。但寇白门不食己言，很快便在旧院姊妹帮助下筹集了20000两银子将朱国弼赎释。当获释后的朱国弼表示想重圆旧梦时，寇白门又毅然拒绝说："当年你用银子赎我脱籍，如今我也用银子将你赎回，当可了结！"

如果说在那个时代，吴梅村们有时的"有心无胆"，多少还有可以原谅的地方，那么朱国弼如此的"始乱终弃"终归是一种无耻，而寇白门终将以德报怨，表现了一种凛然的侠义之气，不能不令人感佩。或许正是因此，钱谦益才诗赞其为"女侠"。

据有关史料记载，回到金陵后的寇白门，"筑园亭，结宾客，日与文人骚客相往还，酒酣耳热，或歌或哭，亦自叹美人之迟暮，嗟红豆之飘零……最后流落乐籍病死"——这便是钱谦益诗最后所述："黄土盖棺心未死，香丸一缕是芳魂。"

然而，围绕钱氏的这两句诗，后人有两种说法。

一是余怀在《板桥杂记》中说："（寇白门）既从扬州某孝廉，不得志，复还金陵。老矣，犹日与诸少年伍。卧病时，召所欢韩生来，绸缪悲泣，欲留之同寝。韩生以他故辞，执手不忍别。至夜，闻韩生在婢房笑语，奋身起唤婢，自棰数十，咄咄骂韩生负心禽兽，行欲啮其肉。病甚剧，医药罔效，遂死。牧斋'黄土盖棺心未死，香丸一缕是芳魂'，盖有微词存焉。"

一是有人根据与钱氏几乎同时代的另一位著名诗人吴梅村的《赠寇白门》一诗中，"一舸西施计自深，今日只因勾践死，难将烘房结同心"的诗句推断：吴梅村既将寇白门比作西施，又说她今日"难将烘房结同心"，仅仅是"只因勾践死"，其中必隐藏着寇白门曾有如柳如是一样同情和支持抗清的事迹，进而推断，钱诗中"黄土盖棺心未死"一句，钱氏真正要表达的意思是，寇白门至死所念念不忘的是反清复明的大业。

但在我看来，这两种推断都有不能自圆之处：如果第一种推断是事实，那么钱谦益在诗中无疑是在悼念亡友的诗中揭亡友的短，这于情于理似乎都说不通；如果第二种说法是事实，那么寇白门怎么会一点没有具体事迹留传后世，最终还落得个"女侠谁知"的结果呢？也许有人会说，因为当时已经是清朝统治了，这便决定了她即使有一些具体的抗清事迹，但人们也不敢传诵，所以终不为人所知。但我又不禁要问，那么与她同时代的柳如是，其抗清义举怎么就能留传下来呢？

所以我以为，第一种说法贬低了寇白门，第二种又拔高了，真正的寇白门只是一个自愿在自己的红泪中自溺一生的真正女子——她的这种自溺除了表示她的悲愤和控诉外，不也表现了她一种对人格独立和心灵自由的追求吗？

慧纨兰质

兰，即兰花，也称兰草，也就是说，它既是花，也是草。它喜欢生长在幽谷、石间、林下，不慕阳光，不争雨露，只顾默默地散发芬芳，连芬芳也是幽幽的，不浓郁，不艳俗，不张扬。

她的名字中有个"兰"字，她也喜欢画兰，擅长画兰。

或许正是因此，马湘兰在"秦淮八艳"中通常都是排在最末一位。

然而，这"末一位"有时本身便正是其"特殊地位"。

虽然排在末一排，但她却实实在在的是另外七人的前辈。

马湘兰是"秦淮八艳"中唯一一位没有

马湘兰

经历明亡清兴天崩地坼的，因此她的一生没有什么"英雄事迹"，直到生命的最后，才演绎了一件有点传奇色彩的事件，那竟是她的死：年轻时，她与江南才子王稚登交谊甚笃，但王终弃她而去，直到王稚登七十大寿时，马湘兰竟集资买船载歌妓数十人，从金陵前往苏州为他祝寿，"宴饮累月，歌舞达旦"，让王稚登惭愧不已，但她自己竟因此而累得归后一病不起，最终"强撑沐浴以礼佛端坐而逝"。然而这与她几位后辈相比似乎也算不得什么——她们有机会将自己的命运通过几个大人物与历史的命运相联系，所以她们留下的故事或惊心动魄、或感天动地，或发人深思——她们很大程度上便是以此而既名重于时，亦名重于史的。

几乎在所有史料与笔记中，就其外貌而言，"秦淮八艳"中有七位似乎都一律被描写得一位比一位漂亮，大可与"闭月羞花沉鱼落雁"有一比，总之都是绝色美人。而唯独马湘兰除外。《秦淮广记》中说马湘兰"姿首如常人"，可见她无论是在当时名重，还是后世能入"秦淮八艳"之列，靠的并不是姿色。

当然，其他七人为时、为史所重，也并非全靠姿色，除了所谓侠骨与气节之外，她们或擅于书画，或长于诗文，或精于音韵，或通于曲律……也基本属于事实。不过我常常以为，这多少与她们有着姣好的姿色有关系，甚至有很重要的关系。我之所以这样说，是因为艺术这玩意儿评判起来是很容易爱屋及乌的，对一个人有了好感，你再看他（她）的艺术，有时总怎么看怎么好；反之，对一个人没有好感，你再看他（她）的艺术，是怎么看怎么不好。更何况中国人，历来就将"字如其人"、"书为心画"等等奉为艺术评判的重要标准。"秦淮八艳"既然人一个赛过一个的漂亮，她们笔下的墨迹丹青、她们唱出的音色旋律，自然哪会差得了呵？这一逻辑似乎如同我们今天许多人对一些所谓"名人墨宝"莫名看重一样——在他们看来，人家既能当那么大的官，能干那么大的事，能出那么大的名，能挣那么多的钱，只要动笔，那笔下墨宝哪能差得了呵！然而这样的逻辑事实上是荒唐的。

前面提到无锡市博物馆中现藏有一张董小宛画的《彩蝶图》，那画我还真见过，在我看来艺术水平不过尔尔。因此，我常常觉得，在一些文人的笔记中，"秦淮八艳"的艺术水平多高多高，有许多时候更多是出于他们的有意无意的形容甚

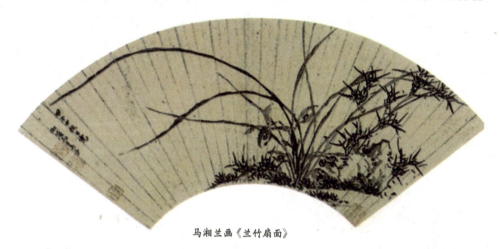

马湘兰画《兰竹扇面》

至夸饰。因此说句实话，对于"秦淮八艳"的艺术所达到的水平和高度，我历来就不全相信那些史料和笔记上所载，尽管那也算是白纸黑字、言之凿凿。

然而，唯独对于马湘兰的艺术水平我有些相信其不会太低，不为别的，只因为她的"姿首如常人"。

作为妓者，"姿首如常人"实在是一种不幸。这注定了她必须付出比别人更大的努力才能生存自身。她的努力当然首先是能"巧伺人意"，其次便是要精湛艺术以艺娱人。

马湘兰成为"秦淮八艳"之一凭借的是她的艺术——事实上她成了唯一一位以艺术而进入"秦淮八艳"之列的，因此，她是其中的另类，她进入的意义，不但是丰富了"秦淮八艳"的成分，而且也提升了这个群体的文化品位——虽然这个群体原本是最为世俗的产物，原本它并不真正需要文化，更不真正需要品位。

据说马湘兰多才多艺，而尤以绘画造诣最高，我们已知的最好证据是，当年曹雪芹的祖父曹寅，曾接连三次为《马湘兰画兰长卷》题诗，所题之诗今天还能从曹寅的《楝亭集》里读到。还有《历代画史汇传》中，评价马湘兰的画技时说她"兰仿子固，竹法仲姬，俱能袭其韵"。最重要的是，她的《兰花册页》今天藏于北京故宫博物院的"书画精品室"中。

什么时候有机会，我一定要看一看她的这一本《兰花册页》，但愿艺术水平真的不会让我失望。

风味风俗 之

那里的人爱吃酸，更爱吃甜，
那里人的每一个日子便也酸里带甜，
甜中夹酸了；那里的土地都浸泡在
水里，那里人的生活便也如流水一般，
明净而悠长了。
你听过隔着雕花窗格传出的子落棋盘的
声响吗？那是诗意生活平平仄仄
的韵脚。你见过变幻在水巷墙壁上
水流与波浪的影子吗？
那是画意人生朦朦胧胧的境界。
你闻过那将诗情画意与烟火气息
一起升起的炊烟的味道吗？
那是生活将自身的五味杂陈给这片
多情的土地。

送春

插图

　　"水是眼波横，山是眉峰聚。欲问行人去哪边？眉眼盈盈处。才始送春归，又送君归去。若到江南赶上春，千万和春住。"这是宋代词人王观的一首《卜算子》，也是我十分喜欢的一首小令，每每读起它我就会联想起从前的一个习俗：送春。

　　只是我想到的送春可没有这般诗意。

　　春来青黄不接，一些人家断了炊，走投无路了，有人便去"送春"：他们手拎一面小铜锣，肩上搭只布褡裢，远走他乡，走村串巷，每遇望上去稍富裕些的人家，便上门去讨个一把碎米、半把糙面之类。"铛铛、锵——铛铛、锵——铛铛——锵锵——铛铛——锵"他们首先将手上的铜锣在门口有节奏地敲打，然后和着敲打的节奏说唱起来。唱词多为迎春接福的吉祥话，所以人们就将这种乞讨的形式谓之"送春"。

一户人家刚造了新房，送春者则会在他家门口唱：

　　　　手敲铜锣响铛铛，老板家里亮堂堂；
　　　　我送春光到你家，幸福日子万年长。

铛铛、锵——铛铛、锵——铛——铛——锵锵铛铛——锵

……

如果这家人家刚娶了新媳妇，送春者则要唱：

手敲铜锣铛铛响，新娶媳妇好漂亮；

我将春光送府上，早生贵子去留洋。

铛铛、锵——铛铛、锵——铛——铛——锵锵铛铛——锵

……

如果主人一时不拿出施舍，这便意味着主人想听送春人多唱几句，送春人就得一直唱下去，直唱到主人把施舍拿出，送春人就借着将铜锣翻过接施舍的机会而停止说唱，并就此一面道谢一面告退。

送春的词儿，一般都是送春人现编现唱，这就要求送春人眼快、脑快、嘴快，见什么唱什么，因此，有"送春"本事的人其实并不多，也因此只要有送春者上门"送春"，人们一般都会施舍，且态度较之于对一般乞讨者要客气得多。这让一般乞讨者既羡慕又嫉妒。有一句意在讽刺可怜的人之间互相轻视的俗话："讨饭的看不得拎锣的。"这"拎锣的"便是指送春的人。

由于送春说唱时要不断敲打铜锣，所以"送春"又叫"打春"。据说"打春"习俗与明太祖朱元璋有关。朱元璋出生于"十年九年荒"的安徽凤阳，他当了皇帝后并没能改变老家的这种局面，于是便诏告天下，立春之日，凤阳人可以用送春的方式向天下人索要钱、米，且被要者不得拒绝。这也算是朱元璋发迹后对故乡的报答吧！朱元璋晚年选陵孝陵，为了使孝陵附近的住户能与他长期"和平共处"，临终时他颁布诏书，特赐孝陵卫一带人家可享受他故乡人的待遇，即在立春之日可进南京城送春，向城里人索钱、米，且城里人不得拒绝。

如今送春的习俗早已消亡了，但大街上还不时有乞讨者，他们的乞讨都是直奔主题，有时竟是强要恶讨，与之相比，送春真可算是一种"文化"了。

插图

扇子

　　"扇子在手，天热不愁；有人要借，等到秋后。"这是从前的一则俗话。由此可见，在以往，每到夏天，扇子并非可有可无，而是属于"生活必需品"。可如今在一些家庭，特别是一些城市家庭，即使在夏天，扇子也已不大看见了，因为许多家庭都用上了空调或电风扇（电风扇实际上已不是传统意义上的扇子了）。正是因为少见，反倒让我常常想起。

　　从前在乡下，姑娘出嫁的第二年端午节前，娘家照例要"送夏"，而这"送夏"的礼品中，扇子就必不可少，而且一般是鹅毛扇。为什么要送鹅毛扇？因为此时的新娘子一般都将做母亲了，这鹅毛扇是外婆为未出世的外孙准备的——鹅毛扇扇出的风柔和，而且扇风时即使不小心扇子划到了孩子的小脸蛋，鹅毛也不会划伤孩子。因此鹅毛扇是扇中的骄子。

　　乡下人最喜欢用的是芭蕉扇。芭蕉扇白天可用来扇风，夜晚可用来扑蚊，且坚固耐用。因此，芭蕉扇是扇中的平民。

　　要说扇中的贵族自然是折扇了，因为折扇从前乡下并不多见。我最早看见折扇是在电影《红色娘子军》中。洪常青身穿白色西服、手摇白色折扇的形象，给我留下了十分深刻的印象。时至今日，电影内容我早已记不大清了，但洪常清手上那把折扇还常在我的记忆中忽折忽开。为此，我曾一度把拥有一把折扇当做自己的生活目标之一，以至高中毕业后我第一次进城考大学，从城里眼花缭乱的商品中，一眼就看中了一把折扇，毫不犹豫地把它买了下来作为我第一次进城的纪念。

　　不过，今天我已经知道，洪常青手上的那把扇子，其实并不是为了扇风，它和许多戏剧中的扇子一样，要说清它的意义，得从中国的"扇子文化"（原谅我杜撰这样一个名词）说起。

　　的确，在中国，扇子除了生活的意义外，更具有文化的意义，甚至可以说，在中国，扇子扇出的清风，清凉了中国的传统文化。不是么，连最具血腥味的战争，其血腥味也被扇子扇去了不少。你看舞台上，诸葛亮"运筹帷幄之中，决胜千里之外"，手上一刻不离的就是他的那把鹅毛扇子。在中国人的心目中，没有鹅毛扇子的诸葛亮就不是诸葛亮，只有"羽扇纶巾"的诸葛亮，才有"谈笑间，樯橹灰飞烟灭"的从容和睿智。诸葛亮手中的那把扇子，实在抵得上"甲兵百万"，威力好生了得。不过要说威力最大的扇子，还得算《西游记》中铁扇公主的那把芭蕉扇。孙悟空可谓厉害了，却被那把扇子一下子扇出去五万余里，而孙悟空要想灭掉火焰山的烈火，又不得不去借那把扇子。可见那把扇子不但威力无比，而且神奇无比。许多武侠小说中的侠客也都有一把威力无比和神奇无比的扇子，但与之相比，实在是小巫见大巫了。

　　不过扇子终究只是扇子，毕竟它的主要功用不是打仗。二八之夜，花前月下，红粉佳人"轻罗小扇扑流萤"，风流才子"且将团扇写清词"，于是，扇值千金，人定终身，花好月圆，佳话永存，扇子自然成了才子佳人的爱情道具；"奉帚平明金殿开，且将团扇共徘徊"，"却恨含情掩秋扇，空悬明月

丰子恺画扇

待君王"，扇子则成了爱情、青春和生命的祭品；"农夫心内如汤煮，公子王孙把扇摇"，扇子又成了阶级社会中不讨巧的媒娘……这一切还不可足以证明，扇子在中国是一种文化吗！因此在曹雪芹的笔下，"撕扇子换千斤一笑"，无异于暴殄天物。也因此，中国人别的可以没有，但不能没有扇子。从王公贵人到黎民黔首，从才子佳人到山樵渔夫，人人都有一把扇子。君不见王后出游，身后的宫女总举着两把巨大的扇子；穷得"鞋儿破，帽儿破"的济公，手上竟也一天到晚摇着把破扇子。中国人这种对扇子的喜爱，实在具有文化的意味。

　　当然，中国人也有讨厌扇子的时候，比如有人专扇小扇子。不过仔细想想，那也只是讨厌扇小扇子的人，并非真的是讨厌扇子。

燕归来

　　老家曾有一种说法：燕子在谁家做窝，谁家就门庭吉祥。因此，那些堂前的燕窝，如同今天"文明户""新风户"的牌子，给主人以高兴和自豪。

　　记得小时候，我家住着既破又矮的草房，家里黑洞洞的，燕子总不来做窝。"哎，燕子也往亮处飞么！等盖了新房就会有燕子来做窝的！"父亲老这样说。可我家的新房一年一年老盖不起来。

　　终于有两只燕子飞进了我家的草房，我高兴得大叫起来。不想我这一叫，竟把它们吓得飞了出去，好在一会儿它们又飞了回来。一连两天，它们都这样飞进飞出，似乎很怕惊吓。大嗓门的母亲在那两天里也变得轻声细语的，我更不敢舞枪弄棍，唯恐吓跑了燕子。家里没人时，门也敞开着，唯恐锁了门，燕子进不了家而另寻人家去做窝。几天后，我家堂前终于有了一个精致的燕窝。一个多月后，窝里有吱吱的声音，原来是里面竟有了小燕子。当了妈妈和爸爸的燕子更忙了，忙着为小燕觅食。每当它们从外面觅食回来，小燕吱吱叫着将头争相伸出窝，嘴巴张得很大。那嘴巴黄黄的，呈三角形。小小的燕窝里竟有七八只燕子，燕妈妈或燕爸爸每飞回一次，只能喂一张嘴巴，所以它们不停地飞进飞出，永远不知疲倦，让人不胜感动。

　　小燕子越长越大，看起来很好玩儿，我曾很想捉一只下来玩玩，但大人们说，谁掏燕子窝，谁就会生痢痢头。当时村里有几个生痢痢头的孩子，头烂得淌血水，好了以后头发也不长，虽然不知道他们是否掏过燕窝，但我很怕生痢痢头，所以终究没敢去掏燕窝。

一天，有只小燕子突然从窝里掉到地上，被我捉住了，燕妈妈和燕爸爸绕着我上下翻飞、喳喳直叫，妈妈说："把它放了吧，明年它会来我家做窝的！"我半信半疑，便在燕子腿上拴了一小块红布，这才把它放回窝。不久，它便同其他小燕子一样，羽毛丰满飞走了。春去秋来，我家堂前的燕窝空了，我用一根竹竿把它捣了（因为大人说，空了的燕窝里会生铁丝蛇），但我常想，我放了的那只燕子明年真的会回来么。

转眼又一年春天。一日傍晚，忽然听到房梁上有燕子叫，我抬头一看，见一只燕子的腿上真真切切拴着一小块红布。"妈，我家的燕子回来了！"我高兴得大叫。这次，燕子一点儿也没被我的叫声惊吓。它在房梁上高兴地叫着，好像要把她别后一年的情况向我们一吐为快。从此，我家的燕子每年都准时来衔泥做窝生儿育女。几年后，我家终于盖起了三间新瓦房。

只是如今，我家的瓦房在村上又显得矮小而破旧了，因为它周围楼房越来越多、越来越高。但我不知道，那些建筑和装潢都十分考究的楼里，可否为燕子留着个做窝的地方；我也不知道，住在那些楼里的人们，是否仍那样欢迎燕子，并且以堂前的燕窝而感到高兴和自豪。

回家过年

插图

　　年底并不买太多的鸡鸭鱼肉、羊腿香肚之类鲜货，却总要买许多桂圆蜜饯、糖果糕点之类礼品的，是那些生活在城市而在遥远的乡下还有一个"老家"的人。他们有时把顺便买的大包小包带到单位的办公室，说一声"过年带回家的！"或者"带回家过年的！"这"家"字总说得特别亲切，语气中抑制不住得意和兴奋，周围的空气也便被他们搅得早早地有了过年的气息。那些在本市长大而无"老家"可回的同事，此时竟会从心里生出几分羡慕，羡慕那些"回家过年"的人，每年的"年"都过得如此隆重而热烈。

　　在外的游子，无论是已飞黄腾达的，还是正风雨飘摇的，回家过年的愿望一样总会有。回家过年，可与久别的亲人一享团圆的幸福，一解多日的相思；也可为家中的长幼尽几日做儿孙的孝心和做父兄的责任；还可与早年的伙伴叙叙幼时的趣事和往昔的情怀；更可看一看故乡熟悉的山水，听几日故乡纯正的乡音，住几天故乡的老屋，睡几夜老屋的土炕……回家过年，既是游子的一个不解情结，也是他们的亲人一年到头最后的一个愿望。

　　年前，我在单位值夜班，有几个四川打工仔为我们的办公室装修，正连夜赶着活儿。我问他们何以赶得那么急，一位说："赶完了早点拿到工钱，好早点回家过年。"我又问他出来多长时间了，他说近一年了，我说一定挣了不少钱带回家吧，他说："干这样的力气活儿能挣多少钱！还要住店吃饭，剩下的没几个。本不想回家过年，好省个几百元路费寄回家。可家里来信说，母亲要我一定回家过年，老婆还寄来了路费……"是的，要过年了，母亲盼儿子，妻子盼丈夫，儿女盼父亲，并不一定盼他带回多少钱。喜儿"盼爹爹快回家"，不就为了"欢欢喜喜过个年"么?杨白劳带回给喜儿的不就是二尺红头绳吗?

　　记得有一年，我将回家过年，一场大雪使公共汽车全部停开，我天天去车站，直到年三十下午，往我老家方向只开通了公交车，长途班车仍未开。我一咬牙挤上了车。出城才三十多里，公交车便到了终点站，可我离家还有近八十里。下了车，天快黑了，我看看前方的马路上连一条车辙也没有，便二话没说，甩开大步深一脚浅一脚地往家赶。幸好有一位小伙子与我同路。小伙子是一所大学的研究生，他告诉我，前天——就是腊月二十八，是他与在故乡中学当老师的对象结婚的大喜日子，可他这个新郎官却被雪留在了省城，不知家里的喜事做成个啥样了。我与他一面说一面走，在茫茫的雪夜里，靠马路两旁的树判断着方向。一会儿，我们的肚子都饿了，但不知是走路用力，还是离家越来越近的缘故，心里和身上反倒越来越热。我们走过了一个山村又一个山村，翻过了一个山坡又一个山坡，小伙子指着远处的一片灯光说他到家了，并邀我到他家一歇。我说还是赶回家过年吧，便祝他和新娘子好好过个团圆

回家的脚步

年，继续赶我剩下的近三十里路。

　　故乡终于隐隐在望了，我分明已听见远近村子里响起了迎新年的爆竹声。我来到村口，远远地见自家的窗口还亮着灯，我家的那条大花狗远远地迎了上来。回到家，母亲忙着为我热饭菜，父亲起身叫醒了全家。半夜里，一家人又围成了一桌，为我重吃了一回年夜饭。

　　回家过年，有时候竟这样重要!

香菜

　　读大学时，每逢寒暑假返校，当晚，宿舍里总要举行一次"南北风味大会餐"：东北的同学拿出粉条烧肉，无锡的同学拿出酱排骨，新疆的同学拿出葡萄干和哈密瓜……我故乡地属江南农村，没有类似的名产，这曾让我自惭形秽。然而当学友们尝过了我从故乡带来的香菜后，我却十分的骄傲起来了——在我们的"南北风味大会餐"中，我的香菜因为"香辣鲜脆，口味独特，余味无穷"，而多次被学友们评为"最佳美味"。此后每次回家，学友们总要提醒我："开学时别忘了香菜！"

　　我故乡的香菜并非湖南人所说的香菜——芫荽，而是一种用独特工艺制作的腌菜。你知道了这一点以后或许会说，这腌菜再怎么样，能算是美味吗？不过我要告诉你，香菜的神奇之处，除了它味美外，正在于它是用最普通的材料制作而成的。

　　据说，当年乾隆皇帝下江南曾在我故乡的无想寺驻足，县令为了邀宠，令百姓进贡"御膳"，可美味佳肴大多沾着鱼肉荤腥，这为佛门所禁。本县明觉乡的一户菜农，把以全素的佐料做出的一坛特殊的腌菜进献皇上，没想到乾隆品尝之后竟龙颜大悦，连问此为何菜。县令如实相告，说只是腌过的白菜梗子而已，并无菜名。乾隆哈哈一笑说："如此佳肴，岂能无名？此菜香辣鲜脆，就叫'香菜'吧！"从此后，"香菜"的名字便传了下来，而腌制香菜的习惯和工艺更在故乡延传至今。

　　制作香菜有四道主要工序：选、切、晒、腌。选，即选择那种叶小梗高的大白菜，再把它晒软洗净。切，即把晒软洗净的大白菜除掉叶子，并切成丝状。方法是，先用一根缝被子的大号钢针，将菜梗子顺势划成粗细尽量均匀的条条，然后再用刀把它切成二寸左右的段段。一般切菜丝，只要用刀把菜梗子斜着切就是了，而切香菜为何要用如此特别的方法？这是因为用一般方法切出的菜丝，两头尖中间粗，太阳一晒，整体干湿不匀——两头干，中间湿，制成的香菜质量会大打折扣。晒，即把切好的菜丝放到太阳下晒"干"。这一道工序看似简单，实则不易。它不易就不易在把菜料晒"干"到什么程度——晒得过干，最后制成的香菜韧而不脆，甚至咬不动、易塞牙；晒得不够干，最后制成的香菜味如一般腌菜，不但失去了香菜的风味，而且不易保存。另外，晒料最好是连着日头晒，这就需要老天帮忙，不要在晒料期间阴或雨。这一点也不易。制作香菜的最后一道工序是腌制。腌制本身并不难——把洗净晾干的菜丝与佐料拌匀后装进坛子密封起来就行了，难的是佐料的配制。佐料是用粉精盐、生姜米、胡椒粉、八角粉、熟食油、熟芝麻、白糖、蒜泥、茴香、陈醋、味精等配制而成的，配料之间的比例不同，最后腌出的香菜味口也不同。有经验的人正是通过改变配料的比例来腌出或偏辣、或偏甜、或偏咸、或偏酸的香菜，从而满足不同口味的人食用。

香菜的制作如此复杂，且一担白菜最多只能制成数斤香菜而已，因此一般农家并不多做，腌出的香菜一般情况下也不舍得自己享用，常常把它作为稀罕之物来招待贵客和馈赠亲友。据说也曾有人想对它做商业开发，但由于它制作工艺复杂，难以大批量生产，再加贮藏保鲜也存在困难，所以多少年来故乡的香菜一直没能被世人真正认识。

不久前，我早年教过的两位没考上大学的学生，跑到省城找到了我，说他们在故乡办了个香菜加工厂。我跟他们说了香菜大批量生产的难处，他们说我说的难处都解决了，现在唯一的难处是销路问题。说着扔给我一堆真空小包装，让我尝尝味道是否正宗，好帮他们在省城宣传宣传。我很佩服他们的闯劲儿。尽管我没有推销商品和作广告的经验，但我还是很高兴接受了他们的要求。我把他们留下的香菜分送给了几家我熟悉的饭店，很快就有饭店打来电话，问我哪儿能买到。我当然把学生们的香菜加工厂电话告诉了他们。

或许不久的将来，故乡的香菜真的能够香飘四方了。

捡湖底子

我的故乡在石臼湖的北岸。

石臼湖是一个季节湖，冬天是它的枯水期，若遇上五级以上的北风连着猛刮个半天一夜的，湖水便会被风"赶"至南半湖，较浅的北半湖便会一下子露出湖底，未跟上水的鱼儿便会被"搁"在湖底的淤泥上。此时人们下得湖去，无需渔具，便可轻易地将这些鱼捡进渔篓、渔筐，故乡人称这叫"捡湖底子"——这也算是故乡的一独特的风情吧！

然而，这捡湖底子是要有一点"一不怕苦，二不怕死"的精神的。这"不怕苦"主要指不怕冷：寒冬腊月，北风呼啸，赤着双脚，挽着裤管，在湖中走下去几里甚至十几里（在近膝深的泥水中，若穿胶鞋之类是跑不动的），等于在刺骨的冰水中泡上个一天半日，寒冷自然不难想象。而"不怕死"也绝非危言耸听：每年总有捡湖底子的人下得湖去，而上不得岸来，其情形也不难想象——踩着近膝深的

插图

淤泥，走下湖去几里甚至十几里，几乎已到湖心了，而此时湖水只是被风暂时"压"着，若是风骤小或骤停，湖水自然会立即回流，在这坦荡如砥、一望无际的湖底淤泥上，人怎么跑得过水？

插图

　　我早年在故乡时，父母从不让我去捡湖底子，尽管看见别人从湖里捡上来成篓成筐的鲜鱼，有时也不免眼馋。高中毕业那年，一是出于好奇，二是出于为做一个标准的农民做准备，我背着父母，随着村里捡湖底子的老手水生叔悄悄地去捡过一次。那是我唯一一次捡湖底子的经历，所以至今还记得。

　　那天特别冷，刮了一夜的北风到早上丝毫未小，湖底的淤泥上结了一层薄薄的碎冰。我们下湖三四里便捡到鱼了，不过都是些不太大的鲫鱼。下到十多里，多是斤把重一条的鳜鱼，越往下，鱼越大，也越多。我越捡越起劲，后来干脆将先前捡的小鱼扔了，专捡大的，一会儿便捡了大半渔篓。这时，水生叔说："我们上岸吧！"但我望着淤泥上白花花的鱼儿，想再多捡些，至少将渔篓装满。水生叔说："见好就收吧，人心不能太黑！鱼是捡不完的！风怕是要停了……"我有些依依不舍地往回走。果然，不一会儿，风就开始小了。我们气喘吁吁地刚爬上湖岸，湖水就几乎跟着我们的脚后跟涌到了湖边，我回头看看身后茫茫的湖水，不仅一阵后怕，心想，多亏听了水生叔的话！

　　这事过去近20年了，今年春节，我回故乡探亲时遇到水生叔，与他说起我们那次捡湖底子的事，他只是嘿嘿地笑了笑，说："你还记得这事呀？"我说："当然，我一辈子也忘不了的！"我又问他："现在还去捡湖底子吗？"他说早不干了，一是家里生活好了，自己也上了年纪了；一是现在湖里也没鱼可捡了，因为沿湖有些工厂，把有毒的废水往湖里放，鱼都被毒死了。我听了水生叔的话，当时不禁想起了20多年前捡湖底子时他说过的那句话："人心不能太黑！"

看夜

　　七十多岁大林叔得了胃癌来省城手术，术后我去医院看他，见到我他显得有点激动，我让他不要多说话，好好躺着休养。我坐了一会儿，突然听到他问我说："你还记得那年看夜的事吗？"语音虽然很微弱，但我听得非常分明。

　　我当然知道他所问的事，尽管在场的人连什么是"看夜"也没几个人知道。

　　深秋时节，稻子登场后需晒干才能入库或上交。那些晒了几成干的稻谷，每天傍晚收好后堆在稻场上，如同一座座圆形的金字塔，在暮色中很是壮观，夜间没人看守自然不行，此谓之"看夜"。"看夜"当然只是男人的事。

　　说起来"看夜"责任重大，其实是个美差，因为那时家家的口粮虽然都很紧，但似乎也从未发生过生产队稻场上的稻谷被偷的事情。"看夜"实际上也不过只是在稻场边的窝棚里睡一觉而已，而且这一觉，不但可以换得半个劳动日的工分，还能换得半斤米做"夜餐粮"——既是美差，就得大家有份。"看夜"便照着生产队社员名单依次轮流，每夜两人。

　　同一个生产队的人往往同一个姓，因此排名自然无法按姓氏笔画为序，好在大家姓相同而辈分不尽相同，于是生产队的社员名单是依着"全队人辈分高者居先，同辈的年长者居先"的原则排成的。只是这样，名单上相邻的两个同辈人，有时年龄却并不相仿。因为在一个村子上"爷爷"和"孙子"同岁是常有的，像鲁迅在小说中写的"'孙子'将'爷爷'打哭了"真是常事。正因为这样，有时候，同班"看夜"的两个同辈人，年龄却十分悬殊。

　　和我同班"看夜"的大林，虽然按辈分我叫他哥，但若按年龄，他做我的叔伯绰绰有余。同班"看夜"的两人，一般各带一条被子——一条垫，一条盖，但大林每次都不带被子而只带一条毡子，他说："稻场上多的是稻草，垫稻草睡觉最暖和，用不着垫被子。"其实是他老婆怕自家的被子垫在稻草上垫坏了，不让他带。
大林入睡很快，每次"看夜"，他都似乎是一躺下便发出呼噜声，有时吵得我心
烦、睡不着，我便用脚踹他。我一踹，他便一骨碌爬起来："什么事，什么事？！"
惊叫着顺手操起枕边的电筒和那支其实并未装弹药的猎枪（那是队里冬天在湖里
打野鸭用的，放在稻场上只是给"看夜"的人壮壮胆而已）。我说："你的呼噜太响
了！""哎哟，真是吓死人了，我还以为是有人偷稻哩！"他打出一个哈欠，大概是
经过刚才一吓，似乎清醒了许多，说："好吧，好吧，你先睡，稻场我听着，等你睡
着了我再睡。"他话虽这样说，但常常会在此时问我一些诸如"你有没有和女人睡
过觉了"之类的问题。我那时只有十七八岁，他的这些问题让我很难堪，于是我便
骂他老不正经。我的骂不但不会使他生气，反而常常让他很得意，有时他会得意
得在被子里做一个下流动作。我只好侧过身子不理他。只要我不理他，很快，他就
会再次打出很响的呼噜。因此，与大林"看夜"，我几乎睡不到什么觉。

　　有一次，我又被大林的呼噜吵得很不耐烦，正想用脚踹他，而就在此时似乎
听到有人走近稻场，我屏住呼吸想听个究竟，又没了声息，我于是怀疑自己有点神
经过敏。又过了一会儿，听见稻场边的草堆附近有窸窸窣窣的稻草响，再仔细听，
竟听到了喘息声。这一次我听得十分真切，心里不禁有点儿害怕，赶紧用脚踹大

插
图

林，大林惊叫一声坐了起来，我"有人"两个字刚说出口，他便一手拿起电筒一手操起猎枪，连衣服也没来得及穿，就冲出了窝棚。我还在穿衣服，便听到大林在外面大喝："谁！不许动！再动就开枪了！"然后是"哗啦"一声，那是他拉枪栓的声音。紧接着，我听到了哭泣声——是一个女人嘤嘤的哭声。"怎么是你们两个？"又是大林的声音，只是声音小了许多，语气也缓了许多……我也冲出了窝棚。借着星光，（大林的手电筒没开）我看见一男一女跪在大林面前，头低得很低，而且各自用自己的棉袄包着头，还有几件衣服扔在一旁。我明白眼前发生什么事情了，但一时不知所措。大林见我出来了，转过身子对我语气硬硬地说："回去睡觉！记住，你什么也没看到！"……

我钻进了窝棚，听到大林说："你们走吧，包好你们的头……"大林回到窝棚，也不钻进被子，而是焐着被子坐在那儿一动不动，似乎忘记了冷。我问："到底是哪两个呵？我没看清哩！"他不理睬我。最后似自言自语地说："这同姓咋就不能结婚？真是造孽！"说着钻进了被窝，任我怎么问，他就是不告诉我那两人是谁。

没想到几十年过去了，大林叔竟然在这种场合突然问起这事，我只能如实相告："当然记得哩。"他又问："那你到底知道不知道那两个人是谁？"我说："我没看清，你又不肯告诉我，我哪里知道呵？　""不是我不肯告诉你呵，是你知道了不好！"最后叹了口气说："这我就放心啦！"

几天后，我便得到大林去世的消息。

桑树叶儿，桑树果儿

"桑叶青，桑果红；桑果红，掌灯笼……"

这是一首我童年时常唱的童谣。

我家老屋的后面原有一块空地，二十多年前的一个春天，父亲用一捆桑枝插了一圈篱笆，将它圈了做菜园，其中有一根插作篱笆的桑枝奇迹般地发出了嫩绿的新芽，夏天过后竟成了一棵亭亭的小桑树，两三年后，菜园被当作"资本主义尾巴"给割去了，而这棵桑树竟枝繁叶茂、绿荫如盖了。

一天，我和几个小伙伴在树下玩儿，突然发现，碧绿的枝叶间点缀着几颗小小的桑葚，青青的像绿色的珍珠，红红的像一盏盏小小的灯笼。顿时，一股不可名状的激动充溢着我的心头，我跳起来摘了一颗，飞快地丢进嘴，嚼了几口不禁张大了嘴巴——太酸了，还未成熟。从此，我天天盼着那几颗桑葚的颜色变乌。故乡的桑树就这样寄托了我少年时成熟的渴望。

终于，枝叶间的桑葚变得乌黑发亮了，我郑重地摘下，满满一大捧。我将小伙伴们请米，一人儿颗，我们放在手心上闻了又闻，看了又看，许久才缓缓地送入口中，一嚼：甜甜的，酸酸的——那是今天的孩子吃"娃哈哈"所无法体味到的，想

插图

来这滋味足够我一生品尝。

从此以后，我每年都要为桑树松土、施肥、浇水、修枝，桑树每年也以它丰硕的果实报答我们。我家左邻右舍，没人不曾接受过它的馈赠，包括大人。当然，桑树的馈赠远不止这桑果儿，还有它肥大鲜嫩的一身绿叶。

我至今记得父亲从乡里领回蚕种时的高兴样子。那年，我家的蚕宝宝长得特别好，新栽桑园的桑叶不时告急，那棵老桑树上的叶一次次使"叶荒"缓和。后来，我每次回家探亲，总要与我的桑树相见，只是从未在桑叶鲜嫩、桑果儿成熟的时节。好在每次我都能享受它给我的欢乐和慰藉，也总忘不了为它松松土、施点肥、浇些水。它给予我和乡亲们的馈赠源源不断：春天，它的新叶儿喂蚕，蚕儿为人们吐出富裕，桑果儿鲜美，为孩子们留下童年的美好记忆；夏天，修下的枝条是入冬后烧茶的最好柴禾，那"桑枝茶"为老人们增加了几分晚年的温馨；秋天，它用自己的生命作一年中最后的努力，吐出第二茬新叶正好将秋蚕喂"上山"；冬天，那孕育春天的树枝，给人以新的启迪……

这就是我故园的桑树，它求于人甚少，给予人甚多。然而，它却被砍去了——家里来信说：我家的蚕茧今年又是大丰收，家里盖了新房，修院子时将那棵老桑树砍了。

我无法想象它被砍的样子——那生命终结后的样子。我要去看看它，哪怕只是去做一次生命的诀别。

"为什么非砍了它不可？"回到家，我望着躺在院里的桑树躯体，皱着眉头问母亲，"不能将院墙往里或往外挪一点吗？"

"往外挪一点影响村里的大道，往里挪一点院子又小了，如今谁家不是高楼深院？"

我无可奈何，但终究不相信这生命力强大的桑树，竟会如此从我生活中消失。我又来到桑树生长的一角，想寻出点什么可作纪念的东西，忽然，我的眼睛一亮——那院墙脚下的罅隙里钻出了几棵嫩嫩的小桑苗，秋阳照着它们鹅黄的叶儿，天真的样子着实可爱，仿佛正向我微笑，没有一点儿忧伤的神情。我紧缩着的心因此而宽慰了：原来桑树的生命不但未曾结束，而且以另一种形式在另一片新的天地里得到了再生。这时，我的耳边仿佛又回响起那首熟悉的童谣：

"桑叶青，桑果红；桑果红，掌灯笼……"

马齿苋

去菜场买菜，竟见到了马齿苋，不觉蹲下抓起一把来看。"买多少？这可是正宗的野生马齿苋，营养好着呢！"卖菜的以为我要买。我说回头再买，便走开了。买了菜回到家，马齿苋以趴在地上的姿势老趴在我的脑海里。

插图

我仿佛又看见，在黄昏的山路上母亲急步匆匆地回家，饿了半天的妹妹老远就歪歪扭扭地迎上去。母亲老远就开始解衣襟，妹妹像小鸟一样，一飞进母亲怀里便很响地吮吸母亲的乳汁，边吸边抬起头望望母亲，母亲笑了，妹妹也笑了。

吃饭的时候，母亲只吃一个菜，这就是马齿苋。家乡的妇女们都认为，哺乳的女人只有吃马齿苋奶水才多。母亲吃的马齿苋都是她自己从田里带回家的，每天收工她都带回或多或少的一把马齿苋，晚上，她趁着去河边洗衣服顺便将它洗净，再回家用开水焯过晾到屋檐上，在太阳下晒两三日，收下洗洗放到锅里一蒸，颜色黑黑的，装在一只同样黑黑的碗里，日日放在我家的餐桌上，成了母亲唯一的佳肴。

六月天，骄阳似火，是锄地的好时机。即使是临产的妇女，此时也去锄地，因为此时锄下的草被太阳一晒便即刻干死，事半功倍。大腹便便的女人每锄一棵马齿苋，都会捡起来。男人们有时锄到了也会主动捡起来交给女人。未生养过的新媳妇，有时不好意思这样做，就由她们的母亲或婆婆代劳。

记得我小时候第一次锄地，父亲便告诉我，如锄到马齿苋要捡起来，或者把它翻个身，否则它不会死。我问父亲为什么，父亲说：很久很久以前，天上有十个太阳，有一个叫后羿的人用箭射掉了九个，剩下的这个太阳，是因为它躲在了马齿苋底下。因此，马齿苋是太阳的救命恩人。太阳为报马齿苋的救命之恩，一旦见马齿苋被人锄断根，就不晒它了，等到下雨，那被锄断根的马齿苋又会生根复活；如果将马齿苋锄了翻个根朝天，太阳就认不得马齿苋了，马齿苋才会被太阳晒死。

插图

我不曾想到，这看上去极不起眼的马齿苋竟这般神奇。只是我至今仍不相信，马齿苋真的能使女人乳汁丰足。我小时候见母亲日日餐餐吃马齿苋，可最后母亲越来越瘦，奶水也越来越少，不得不为妹妹早早"断奶"。

我曾因为好奇背着母亲偷吃过马齿苋，那种酸酸涩涩的滋味并不好吃。母亲知道了说："真没出息，只有女人才吃马齿苋！"

如今，二十多年的岁月过去了，我竟在城市的菜场看见了马齿苋，不禁对它产生了情感，心想，马齿苋或许真有营养价值，但城里人未必懂得。